Il divano

205

Lucio Maria Attinelli

Una stagione a Palermo

Sellerio editore
Palermo

Attinelli, Lucio Maria

Una stagione a Palermo / Lucio Maria Attinelli. -
Palermo : Sellerio, 2002.
(Il divano ; 205)
ISBN 88-389-1828-7
853.914 CDD-20 SBN Pal0197022

CIP - *Biblioteca centrale della Regione siciliana*

Titolo originale: *Une saison sicilienne*
Traduzione di Annuska Palme Sanavio

Una stagione a Palermo

A Palermo, la mia città

A Marlène

Jadis, si je me souviens bien…

ARTHUR RIMBAUD, *Une saison en enfer*

I

«*Goddammit! Fuck you bastards! Sons of bitches!*».
Le grida salivano dal cortile, proprio sotto le finestre di mia madre, ed erano così violente che lei sussultò. Uscendo da quello stato di dormiveglia che fa da sonno al dolore, aprì gli occhi, accese sul comodino la lampada di Gallé, un fiore arancione picchiettato di blu, e consultò l'orologio. Era l'una meno un quarto. L'aria era pesante e si chiese se la calura sarebbe stata altrettanto insopportabile del giorno prima. Il sole aveva pesato duramente su Palermo; aveva fatto fondere il poco catrame che ancora restava nelle strade dopo che l'ultimo bombardamento alleato aveva ridotto la città a un ammasso di rovine fetide di sangue e di morte.
Mia madre stava per prendere in mano un fine fazzoletto bianco, di pizzo, per asciugarsi la fronte quando le urla ripresero ancora più veementi.
«*Mother fuckers! Pieces of shit!*».
Riconoscendo gli accenti e le inflessioni di quella voce calda e sonora, si disse che il generale Pat-

ton doveva essere veramente fuori di sé. Non che fosse cosa rara per quell'uomo di carattere, al contrario. Ma per quanto il comandante in capo della VII Armata americana sbarcata in Sicilia fosse noto per le sue ire omeriche e il suo linguaggio sboccato, sembrava che quella notte un fatto imprevisto, la collera e forse anche un'improvvisa ansietà, dessero un colore ancora più vivace alle sue solite esplosioni.

Eppure, al dire dei suoi stessi ufficiali, qualcosa era cambiato nel comportamento del personaggio da quando aveva stabilito il suo Quartier Generale nel cuore del Palazzo Reale di Palermo. Dal giorno che aveva fatto sistemare le sue stanze non lontano dai saloni dove, un tempo, le giovani donne della Tirza – la manifattura reale musulmana di stoffe preziose – tessevano la seta e l'oro al ritmo di melopee arabe sotto l'occhio attento degli eunuchi di corte, *Gorgeous Georgie*, Giorgetto il magnifico, come lo chiamavano i suoi soldati, sembrava aver perduto la sua irritabilità leggendaria a profitto di languori del tutto orientali.

A quell'ora di notte il Cortile della Fontana, un grande patio ocra e bianco di gusto andaluso, dove il monotono getto d'acqua pareva il solo

elemento al mondo capace di ritmare il tempo, era in ebollizione. Frustati dalle invettive del Generale, i soldati della guardia correvano in tutte le direzioni in un frastuono d'inferno.
Acquattati nell'oscurità della nostra stanza immediatamente sovrastante la residenza di Patton, nascosti dietro gelosie semichiuse, mio fratello Pino e io tentavamo di osservare il tumulto. Temendo che uno di quei colossi con il bracciale MP della polizia militare americana potesse scorgerci dal patio, spostammo lentamente l'inclinazione delle persiane verso il basso per meglio goderci lo spettacolo.
Mentre un tenue filo di fumo rendeva incerta la visibilità, un odore acre, molto pepato, che pareva in sospensione nell'aria, ci fece fare un balzo indietro. Aggrediti da un vivo bruciore, gli occhi ci si riempirono di lacrime. Scordando le consegne di prudenza, mio fratello scoppiò in un'improvvisa risata. Era felice.
«Hai visto? Il colpo è riuscito».
«Sei sicuro?».
«Certissimo!» rispose, il ridere che gli strozzava la voce.
Cercando di prolungare il piacere insistetti: «Da cosa lo vedi?».

Mi guardò con commiserazione:
«Il fumo, no? Poi questo odore...».
«E se fosse qualcos'altro?».
La risposta fu categorica.
«Impossibile!».
Con il rovescio della mano si asciugò le lacrime. Poi, con un gesto felino, prese uno dei calzini di cotone bianco abbandonati ai piedi del letto, se lo piazzò sul naso come una mascherina, e tornò al suo posto d'osservazione. Non voleva perdere un istante di quello che considerava ormai il «suo» spettacolo.
Ubriacato da tutto ciò che stavo vivendo, imitai mio fratello. Presi l'altro calzino, me ne feci anch'io una maschera protettrice, e in silenzio mi sistemai accanto a lui, contro la persiana.

Avevo appena compiuto dieci anni e sebbene mio fratello ne avesse cinque più di me, la nostra reciproca emulazione, la complicità, la nostra muta intesa, erano tali che in famiglia eravamo considerati gemelli. Per nostra madre soprattutto eravamo l'uno l'ombra dell'altro. Ciò era cominciato il giorno in cui nostro padre, vedendomi avanzare a quattro zampe malgrado avessi già sedici mesi, aveva esclamato con rabbia:

«Che pigraccio, quello! Mi chiedo a chi potrà assomigliare».
Ferito nell'amor proprio come se le mie reticenze fossero colpa sua, mio fratello, prendendomi per mano, era riuscito da solo a farmi fare quello che i nostri genitori, la natura, o le due cose insieme non avevano potuto ottenere.
Una testardaggine assoluta e una tenerezza senza limiti gli erano bastate per compiere ciò che mia madre definì semplicemente «il miracolo». Era passata una settimana appena, ed ecco che trotterellavo già da un punto all'altro del soggiorno dagli eleganti *lambris* damascati che la mia nascita aveva sornionamente trasformato in una comoda nursery. Unica condizione perché il «miracolo» si realizzasse era che mio fratello fosse presente allo spettacolo.

Così, sugli avamposti del Cortile della Fontana, assaporando il tumulto di cui si sapeva l'artefice, la gioia, l'ilarità e l'eccitazione che provava mio fratello, non foss'altro che per la legge della gemellarità, erano simultaneamente anche le mie.
Al parossismo dell'emozione Pino represse un grido. Pari al genio di Aladino che sorge dalla lampada magica, la *silhouette* imponente e tuttavia fami-

liare del Generale entrò nel nostro campo visivo, stagliandosi nella foschia che invadeva il patio. Dirò che fin dal loro ingresso a Palermo i soldati americani ci avevano sorpreso sia per l'aspetto e il portamento, che per la loro mole poderosa. Al confronto dei siciliani ordinari parevano dei giganti. Stivali di cuoio, mento autoritario, cranio rotondo, capelli a spazzola, con la camicia militare aperta su un torso da gladiatore romano, il generale americano, scudiscio in pugno, frustava l'aria con colpi violenti e precisi.

«Non ti ricorda nulla? Un vero condottiero!» disse mio fratello sorridendo, mentre Patton, vedendo i suoi soldati con tanto di casco e armati fino ai denti correre in tutte le direzioni, meno che verso il luogo da dove usciva il fumo, li apostrofava urlando a squarciagola:

«*Get in, bastards, sons of bitches, pieces of shit*».

Senza saperlo e senza avere consultato mia madre, che si supponeva dormisse due camere più in là – sovrastanti anch'esse al Cortile della Fontana – le nostre opinioni concordavano perfettamente: Patton era veramente arrabbiato.

2

In quegli anni vivevamo al Palazzo Reale di Palermo, rara testimonianza della felice simbiosi tra mondo cristiano e mondo islamico. Il privilegio nasceva dalle funzioni di mio padre, primo Segretario della Sovrintendenza ai Monumenti per la Sicilia occidentale, l'organismo incaricato della loro conservazione e tutela.
Invalido della Grande guerra, il corpo trafitto da una trentina di profonde ferite, questo miracolato della battaglia del Piave andava in giro con monocolo e bastone come altri, in Sicilia, ostentavano allora la pancetta e il gilè. Palermitano di razza, la sua guerra al fascismo era cominciata con il rifiuto di portare l'uniforme nera che il regime imponeva ai funzionari dello Stato. A rigore, ma in casi assai rari, cedendo alle pressioni di mia madre che chiamavamo «la Cinese» per le maniere indirette e sottili con cui affrontava le cose della vita, mio padre accettava di indossare l'uniforme militare di parata, con le stellette da uffi-

ciale sulle spalline e le medaglie di guerra sul risvolto della giacca: la sua sola difesa contro ogni tentativo di metterlo al passo da parte delle milizie fasciste, sempre sul chi vive.

«Mi occorrono alcune migliaia di morti per sedermi al tavolo della pace», aveva detto Mussolini al maresciallo Badoglio, suo Capo di Stato Maggiore. E poco dopo, umiliato per le sconfitte militari riportate in Grecia, e cercando di giustificarsene, gridava ancora: «Quel che mi manca è la materia prima. Se Michelangelo sotto le mani avesse avuto argilla invece che marmo, sarebbe stato un ceramista e nulla di più!».

Ancora una volta, le intuizioni di mia madre dovevano rivelarsi esatte.

«La verità è figlia del tempo», soleva dire. E subito, cercando di incitare mio padre alla prudenza, aveva aggiunto: «Mussolini è un uomo finito. È come un cane ferito. E i cani feriti mordono sempre, non lo dimenticare!».

In quei giorni, preoccupato dalla frequenza e la forza distruttrice dei bombardamenti alleati su Palermo, quel padre che temevamo tanto quanto lo amavamo, quell'uomo tutto d'un pezzo dal monocolo eternamente avvitato sul viso, pensava al pericolo che ci minacciava. Così, un bel matti-

no, quasi all'improvviso, aveva deciso: «Il pericolo si avvicina, dobbiamo partire».
Senza neanche il tempo di farci abituare all'idea che dovevamo abbandonare la nostra casa col suo carico di ricordi per i capricci di un nemico che veniva dal cielo, ecco che, vilmente, la lasciavamo già tra due allarmi, portando con noi soltanto ciò che ci sarebbe servito a sopravvivere: qualche vestito, i libri di scuola, un romanzo di Emilio Salgari, *Le Tigri di Mompracen*, un altro di Giulio Verne che mio fratello non aveva ancora finito di leggere, due o tre stupidaggini raccolte alla svelta nella scatola dei gioielli di mia madre e, come giocattolo, un bel Meccano di metallo completo di equipaggiamento elettrico – il primo del genere.
La nostra «roulotte», come la chiamava mia madre che aveva innato il senso dell'effimero, era situata al centro di Palermo in un quartiere dal piglio spagnolesco tanto il barocco fiorito vi si è felicemente acclimatato fin dall'epoca remota delle conquiste borboniche. Era una di quelle case riservate ai mutilati e ai grandi invalidi di guerra che nasceva a pochi passi dal mitico Hôtel delle Palme, là dove Wagner aveva finito di comporre il suo *Parsifal* e Raymond Roussel, circondato da una quantità di libri, e soprattutto dai numero-

sissimi esemplari delle sue opere *Locus solus* e *Impressions d'Afrique*, aveva misteriosamente trovato la morte avvelenato dalla governante, giacché, da quanto ne scrisse Leonardo Sciascia, secondo il rapporto della polizia mussoliniana al Questore di Palermo (datato 14 luglio 1933, anno XI dell'era fascista), nell'Italia felice, il suicidio risultava inconcepibile.

Certo, anche visto dal cielo tutto ciò non costituiva che un bersaglio innocente. Ma agli occhi di mio padre il gran difetto del nostro disgraziato quartiere era di trovarsi sull'asse preferito dall'aviazione angloamericana per le sue incursioni mortali.

Fu quindi contro la volontà della Cinese, che detestava visceralmente il Palazzo Reale, troppo carico di storia e certamente abitato da innumerevoli fantasmi, che mio padre ci trasferì di autorità nell'appartamento di rappresentanza del Cortile della Fontana di cui gli era stato accordato l'uso.

Fiducioso nell'arte dei costruttori antichi, l'ex combattente sosteneva che le monumentali volte reali e le arcate spesse dieci metri, costruite nel 1131 dal «Sultano battezzato» come era chiamato re Ruggero II di Hauteville – quel re di Sicilia che amava l'Islam e la cristianità, e il cui impero

si estendeva allora da Siracusa a Tripoli, da Palermo a Tunisi e Keruàn – sarebbero bastate da sole, dato il loro spessore, a proteggerci dagli attacchi aerei delle fortezze volanti americane, dispensatrici mai uguagliate di desolazione e di morte.
E la vita aveva poi seguito il suo corso. Fino a che, il suo antifascismo, la sua costante opposizione al Regime e le denunce, avevano finito col pesare sul gioco del destino vincendo l'utopista che la prima guerra mondiale aveva pur risparmiato. Finì per averne ragione un'ultima derisoria pallottola tedesca sparata da un «SS» di vent'anni, forse uno splendido ragazzo biondo come un arcangelo che in altri tempi avrebbe potuto farci sognare.

«Maledetto caso; e poi, che sfortuna! Ficcarsi nella bocca del lupo proprio quando i tedeschi erano già in fuga!» aveva detto a mia madre, con un tono compassionevole, il Grande Amministratore.
E lei aveva risposto freddamente:
«Il caso non esiste, caro signore. Ciò che lei chiama così, è soltanto il destino che viaggia sempre in incognito. Riguardo a mio marito poi, la parola più adatta è... delazione!».

Quel giorno, quando tornammo a casa, dopo ore di angoscia, nostro padre ci contemplava già con degli occhi lunari, un sorriso fisso su quei sentieri opachi da dove non c'è ritorno. Il suo corpo era stato lasciato all'abbandono e delle serpentine di pidocchi color rosa-bruno gli sbucavano adesso dai capelli, mentre occhi, bocca e naso offrivano ancora asilo a quella carovana. Fuori, un lacerante gridìo degli uccelli si mescolava al battito delle ali. Il cielo era già morto? Era l'alba. Fu così che, sostenendo mio fratello, vidi mio padre per l'ultima volta.
Poi, visto che le lacrime di mia madre – che avrebbe dato la vita affinché quella di suo marito potesse conoscere ancora qualche aurora, qualche altra primavera – non erano riuscite a piegare la volontà dell'invisibile e diabolico Giudice Supremo, i nostri giorni trascorsero alla velocità del tempo. Quel tempo, il cui trascorrere varia a seconda che trascini nella sua scia pagliuzze di gioia o pura disperazione.
Alla meno peggio, la nostra esistenza seguì il flusso dei giorni comuni fino a quel 22 luglio 1943 quando Patton finalmente entrò a Palermo, a dannazione del suo grande rivale, il generale britannico Montgomery, rimasto inchiodato tra Catania e Messina.

L'Americano insediava già il suo Quartier Generale all'interno del Palazzo Reale – luogo prestigioso, altamente simbolico e in questo del tutto adatto alla dismisura di quel personaggio fuori del comune – quando i nostri universi, quello dell'infanzia, ancora tenero, caldo, vicino, e il nuovo, così pieno di ferite e di incertezze, si scontravano dentro di noi senza il minimo fragore apparente, sordamente.

In una Palermo superficialmente festosa, in questa città mascherata dove verità e menzogna si confondono spesso intimamente fino ad assomigliarsi, non c'era balcone o finestra dove non fosse esposto bene in vista un lenzuolo bianco in segno di resa e di pace.

Nella quiete del Cortile della Fontana, dove gli effluvi penetranti del gelsomino si mescolavano ai sentori carnali delle tuberose appassite, la vita era come sospesa. È anche vero che gli umori spauriti della città qui non avevano mai avuto libero accesso.

Influenzata forse dal clima rassicurante che emanava da quel luogo, nel momento stesso in cui vide arrivare Patton con il suo seguito di ufficiali e di soldati, mia madre ebbe una certezza: qualcosa nell'atteggiamento del Generale, nel suo sguardo insieme franco e senza compiacenze, la convinse

che l'espulsione che ci minacciava fin dalla scomparsa di mio padre non sarebbe avvenuta, almeno nell'immediato futuro.
«È soltanto un rinvio» aveva però decretato il Grande Amministratore. E lo stesso giorno, per completare il quadro delle cose, la «roulotte» che avevamo lasciato veniva ridotta in un ammasso di macerie dall'ultimo di quei bombardamenti a tappeto che mio padre aveva tanto temuto.
Quella mattina, inconsapevole della gravità della situazione e con tutto il candore della mia giovinezza, avevo gridato:
«Passi ancora la casa, ma distruggermi la collezione dei *Topolino*, questo non glielo perdonerò mai!».
È anche vero che le avventure di «*Eta Beta, l'uomo del 2000*» che Walt Disney ci aveva raccontato con tanta poesia in pagine meravigliosamente illustrate, e che avevo seguito, una settimana dopo l'altra, con vera emozione, avevano tutto per farci sognare. A pensarci bene, si trattava di un E. T. *ante litteram*. Dotato della stessa morfologia e dello stesso portamento del celebre personaggio cinematografico di Steven Spielberg, *Eta Beta* possedeva però una forza evocativa, un potere emotivo e una tenera umanità che superavano, perlomeno nella mia memoria, quelli del commo-

vente piccolo extraterrestre del cinema americano di oggi.

Certo, la distruzione di *Eta Beta*, scomparso nel nulla, come nel nulla sparivano con lui il nostro passato, il nostro presente e senz'altro anche una parte del nostro futuro, non lasciò alcuna traccia visibile, se non in me e in mio fratello. Così, quando finalmente fu deciso di lasciarci «temporaneamente» nell'appartamento del Cortile della Fontana, noi eravamo ormai pronti a tutto. C'è da dire che, pugnace come non mai, l'amministrazione aveva già deciso di difendere il suo punto di vista con le unghie e con i denti, non foss'altro che per non perdere la faccia.

Sfiduciato, triste, quasi patetico, il Grande Amministratore si disperava. «Cosa c'è di più ingombrante di una vedova di guerra con due figli a carico?» si lamentava. Altre volte, a seconda dell'interlocutore, aggiungeva sullo stesso tono lacrimoso: «Ditemi che c'è di più colpevolizzante, di più difficile da gestire e da sopportare quando si ha un'alta opinione delle proprie responsabilità verso quella *res publica* che abbiamo l'incarico di amministrare?».

Un bel mattino, pensando che fosse giunto finalmente il suo momento, e volendo sbarazzarsi al più presto di quel fardello, aveva decretato da buon latinista da salotto che «*Jus est ars boni et aequi!*». E affermato che il diritto è l'arte del bene e del giusto, aveva proposto che il compito di dirimere la «dolorosa controversia» fosse devoluto al generale americano, nuovo padrone dei luoghi e la cui intransigenza era ben nota.

Riassumendo il problema al suo comandante, il sergente George Meeks, l'attendente afro-americano di Patton, aveva esclamato:

«*Quando eravamo in Messico, al comando del* V *Cavalleria, i messicani non è che valessero molto. Poi andammo in Marocco, e gli arabi valevano ancora meno dei messicani. In Tunisia, al comando del* II *Corpo d'Armata fu ancora peggio. Pensavamo di avere toccato il fondo in Algeria. Ebbene, no! Infatti eccoci in Sicilia, anche qui al comando di un'Armata e, di tutti quanti, direi che i siciliani sono davvero i peggiori!*».

«*Fuck you! Let me know those people!*» gridò il Generale. E poiché non delegava le sue responsabilità a nessuno, neppure le più minute, fingendo di dover visitare i luoghi per ragioni di sicurezza ordinò che ci si facesse scendere nel patio.

L'incertezza ha il potere di dilatare i tempi. Così, i pochi minuti che seguirono durarono per noi un'eternità. Stavamo stupidamente immobili al centro del cortile quando vedemmo il Generale, probabilmente colpito sia dalla magrezza che dal pallore del volto di nostra madre, piegarsi verso il suo aiutante di campo e sussurrargli qualcosa. Qualcosa che il tenente March, presente all'incontro e straordinario sosia dell'attore hollywoodiano James Stewart, ci tradusse più tardi pressappoco così: «*Shit!*», avrebbe detto il Generale, «tutto questo casino per tre poveri spaghetti in bianco, senza formaggio né pomodoro! Ma non rompetegli le scatole, lasciateli dove sono». Se questo fu il verdetto inappellabile, non tutti lo apprezzarono come noi.

C'è da credere, in ogni caso, che Patton avesse con la pasta asciutta un rapporto di effettiva complicità quando si sa che se ne era già ispirato per illustrare un punto fondamentale della sua strategia militare. «I soldati» spiegava, «sono come gli spaghetti. Se si spingono da dietro si accavallano nel disordine e non avanzano mai. Se invece li tiri intelligentemente dalla parte anteriore del piatto, si lasciano avvolgere dalla forchetta e vanno dritti verso il loro destino».

Ignorando questi sottili dettagli del pensiero militare dell'Americano, e profondamente delusa nelle sue aspettative, la segretaria e tenera amante del Grande Amministratore, che mirava al nostro appartamento per suo uso personale, si sciolse in lacrime discrete. Un gran dolore che le valse però qualche regaluccio e una notte d'amore di cui mio fratello e io, nascosti nel giardino adiacente alla sua camera da letto, non perdemmo un solo sospiro.

3

Vergognosamente dimentichi del debito morale che avevamo verso il Generale per averci elegantemente salvati dalla strada, mio fratello ed io, il naso incollato alle persiane semiaperte, spiavamo la straordinaria confusione che si svolgeva sotto i nostri occhi e per opera nostra.
D'improvviso, vedendo un maestoso soldato americano uscire da sotto la volta della scalinata reale, il mio cuore sussultò:
«Guarda chi c'è, il sergente maggiore Rainwater, *Acqua piovana* in persona. L'indiano!», gridai, fiero di vedere in azione l'amico pellerossa che avevamo conosciuto qualche giorno prima.
Questo assicuratore newyorchese, fiero discendente di una tribù di indiani irochesi (da lì il cognome di «Acqua piovana»), era stato il primo soldato americano a presentarsi a noi con le mani piene di caramelle e un gran sorriso.
Questa volta avanzava verso il Generale portando a braccia tese e avvolto in un pezzo di tenda

damascata un grosso cilindro metallico dal quale usciva un fumo leggero.
«Cazzo, l'hanno trovato! Che classe quell'indiano! Si direbbe che porta in giro il Santissimo Sacramento!» esclamò mio fratello, stringendomi in braccio con aria di trionfo.
Incredulo malgrado l'evidenza insistetti:
«La bomba fumogena? Sei sicuro?».
E siccome tardava a rispondermi, affascinato dallo spettacolo, continuai tirandolo per un braccio:
«Allora dimmi, è la nostra bomba o no?».
«Cos'altro vuoi che sia, una pizza?», mi rispose lui, irritato.
Fosse la voglia di farmi paura da solo o l'eccitazione del momento, certo è che mi vidi costretto a insistere. Con tono febbrile, il cuore in gola che mi strangolava la voce, chiesi ancora:
«Credi che sospetteranno di noi?».
Pino potens, Pino clemens, come parafrasando il latino di chiesa chiamavo a volte il mio falso gemello, il mio vero doppio, mio fratello, non era tipo da farsi impressionare dagli avvenimenti, al contrario.
«Vedremo, vedremo», rispose seccamente. «Ogni cosa a suo tempo».
Intanto, attorno al generale Patton che li domi-

nava tutti di una testa, due poliziotti col famoso bracciale della MP, un lungo sfollagente in legno chiaro che gli pendeva dalla cintura, parevano apostrofare con veemenza i tre soldati di guardia, colpevoli, secondo loro, di non avere visto nulla. Pochi passi più in là, quattro addetti alla manutenzione e alle pulizie, quattro poveracci siciliani vestiti di nero, tremavano come infreddoliti, malgrado la temperatura più che estiva della notte palermitana, come se si aspettassero chissà che sentenza.
Una volta ancora, Patton urlò:
«*Fucking shit!* Se non mi trovate i figli di troia che hanno seminato questo casino, vi piglierò tutti a calci finché le budella non vi usciranno dal buco del culo come se giocassero a yo-yo».
«Mamma mia che casino» dissi, inquieto. E aggiunsi, sempre più preoccupato:
«Tutto questo non mi dice nulla di buono. Guardali confabulare tutti insieme. Sono certo che stanno tramando qualcosa».
«Piantala di fartela sotto» disse mio fratello, impassibile, con il suo leggendario sangue freddo.
Ritornai all'attacco, indicandogli i quattro siciliani che adesso sembravano accasciati nel loro angolino.

«Ma guardali, Lima, Nicolosi, Cangemi... persino quel povero Scinà, il giardiniere. Guardali, credi che staranno lì ad aspettare senza fare nulla? Senza dire nulla? Muti, come quando c'era papà e facevamo qualche fesseria? Scinà magari... Ma gli altri? Sai benissimo che non ci possono sopportare. E poi, sei sicuro che nessuno sospetta...».

Mio fratello gridò:

«Nessuno, ficcatelo in testa. Nessuno!».

Poi, come per rassicurarmi, riprese: «Lo sai benissimo che Patton ci vuol bene».

A credergli, ci muovevamo sul velluto. Certo, fin dal primo giorno, con quel saggio dosaggio di autorità e bonomia che lo caratterizzava, senza che mai il lato stravagante del personaggio si avvantaggiasse sul soldato, e senza che nessuno si sognasse di protestare, il Generale aveva saputo regnare con un pugno d'acciaio sul piccolo mondo del Palazzo Reale, così propenso a tanti privilegi. E poi, ognuno di noi amava in lui sia l'essere umano che la leggenda. La Sicilia, si sa, è fatta così, in quest'ombelico del Mediterraneo, la forza, il coraggio e l'incontestabile autorità di Patton esercitavano su tutti noi un fascino quasi sovrumano. Così, anche se fin dal suo arrivo per gli abitanti di quel microcosmo nulla era più come prima, e il diritto d'accesso come le rare visite dei parenti che vivevano fuori dal Palazzo Reale erano ormai regolati da un rigido sistema di lasciapassare concessi con il contagocce, tali erano il fascino e la popolarità del Generale che nessuno osò mai protestare. Sicurezza *oblige*. Inutile insistere, si diceva, i suoi ordini, come le sue decisioni, erano sempre senza appello.

Solo il vescovo della Cappella Palatina – la cappella bizantina del Palazzo – tentò un giorno, pare, di ottenere un permesso di favore. Lo chiese per una persona per la quale si diceva che il sant'uomo avesse un interesse particolare, non molto cattolico. Certo, le leggende che corrono sulle perpetue sono sempre tenaci, ma il racconto che ce ne fece mia madre lasciava poco spazio all'incredulità.

Una mattina, all'ora del lattaio, mentre passava sotto il colonnato che scorre lungo la cappella, vide attraverso la porta semiaperta che accede a quello scrigno d'oro e di mosaici, che il Generale stava lì, a pregare. Era immobile, come preso da quella contemplazione che sembrava riflettere tutto il suo misticismo. Senza attardarsi, mia madre proseguì il suo cammino. Come sempre, rimpiazzando la nostra cameriera siciliana che si diceva troppo vecchia e stanca per fare tanta strada, si accingeva a un compito delicato: andare nel bugigattolo al pianterreno, là dove i soldati americani gettavano i resti della loro prima colazione, raccattare due o tre *brioches* rimaste intatte, qualche zolletta di zucchero ancora avvolta nella sua carta originale e ritornare sui propri passi, assicurandoci così la prima colazione.

Quel giorno, mentre nostra madre percorreva già il cammino di ritorno, Patton, incrociandola davanti alla porta dell'oratorio, e accorgendosi di ciò che aveva in mano, le sorrise. Fu uno strano sorriso, quasi volesse dirle: «Ti ho vista, sai?» o forse soltanto «Buongiorno». Un sorriso comunque che lei ricambiò alla meglio, sentendosi vagamente umiliata. Aveva appena fatto qualche passo in direzione del Cortile della Fontana quando il vescovo della Cappella Palatina, uscendo dall'ombra come un diavoletto e tenendosi la sottana con due mani per meglio camminare, come all'epoca delle crinoline facevano le dame, agganciò il Generale.

«Ciò che si dissero solo Dio lo sa», ci raccontò nostra madre un po' più tardi. «Ma sentii Patton rispondergli, con la sua bella voce tenorile e in perfetto francese: Monseigneur, lei è certamente un buon padre di famiglia, ma come potrei concedere un lasciapassare notturno a una signora che non vive qui?».

E, una volta ancora, gli ordini del Generale rimasero così senza appello.

Eppure, fosse perché eravamo ragazzi, o per il riguardo che Patton ebbe sempre verso nostra madre, mio fratello ed io godevamo di una tolleranza senza pari, perenne fonte di gelosia da parte degli altri abitanti di quel Palazzo che di «reale» ormai aveva soltanto l'aggettivo.

Senza che ufficialmente nulla fosse stato detto o scritto, mia madre mio fratello ed io eravamo i soli a poter circolare liberamente. Anche la sera e a ora tarda, le nostre uscite non conobbero mai i controlli del posto di guardia o i discreti filtraggi degli MP, sempre sul chi vive.

Fu per questi privilegi, di cui profittavamo con maestria, che un bel mattino d'agosto mio fratello ed io compimmo l'orribile misfatto.

Certo, la cosa non fu facile. «Dobbiamo il nostro successo ai prodigi della fortuna!» mio fratello usava dire, riferendosi a quel misterioso elemento della sorte che presiede a ogni improvvisazione. In effetti, nulla era stato pianificato e tanto meno

inventato. L'idea ci si era imposta a tutti e due simultaneamente, con la forza dell'evidenza.
Sotto l'effetto dello scirocco, il mare s'era colorato di cielo e il cielo non aveva più nessun colore. Mio fratello ed io passeggiavamo lungo il vecchio porto di Palermo. Era l'ora in cui anche i marinai, prostrati da una temperatura da bagno termale, cercano un improbabile venticello che li spinga al lavoro. Troppo felici della nostra libertà erravamo come due cagnolini selvaggi lontani dalle mura soffocanti del Palazzo Reale e da quell'universo chiuso che a volte ci faceva pensare a una prigione.
Ci spingevamo lungo il molo quando un oggetto cilindrico, uno strano bidone a metà affondato nel fango, scordato tra gli ormeggi infranti di un barcone alla deriva, attirò il mio sguardo.
«*Pino potens!*», dissi, indicando la scoperta a mio fratello. «Guarda!».
Pino si curvò sul cilindro misterioso, lo esaminò con un occhio che si voleva attento ed esperto, poi con un sapiente calcio lo fece ruotare su se stesso finché un disegno dai grossi tratti neri si presentò al nostro sguardo. L'epiteto di *Pino potens* non era usurpato. Infatti, gli bastò un'occhiata per capire di cosa si trattava.

«Elementare, caro Watson, elementare!» esclamò, fiero di sé, indaffarandosi già attorno a quel bidoncino dall'aria innocente.
Aiutandosi con un coltellino che portava sempre in tasca cercava di sollevare un tappo metallico che faceva da coperchio quando, impaziente, esplose la mia curiosità.
«Lascia perdere Watson!» esclamai. «Se sei davvero uno Sherlock Holmes dimmi cos'è».
Giocando con accortezza sulla mia impazienza, le palpebre semichiuse che lasciavano appena filtrare lo sguardo, *Pino potens* mi interrogò a sua volta:
«Cos'è cosa?».
«Non fare l'idiota, hai capito benissimo. Cos'è quest'aggeggio che stai tentando di aprire?», insistetti, quasi sillabando.
«Indovina».
«Indovina un cazzo!» gridai esasperato. «Piantala con queste fesserie. O me lo dici, o me ne vado».
Pino esitò ancora qualche istante, poi, con tutta la solennità di cui era capace quando cercava di stupirmi, lasciò cadere gravemente:
«Una bomba».
«Una bomba?».
«Sì, ma non ti agitare. Si tratta soltanto di una

bomba fumogena. Come dire, nessun pericolo. Le usavano i tedeschi in caso di attacco aereo. Con due affari come questo puoi far sparire il porto di Palermo sotto un mantello impenetrabile di fumo».
«E tu sai come funziona?».
«Naturalmente. Guarda», disse mostrandomi il disegno stampato sul cilindro. «Tutto qua! Ecco come si fa. Qui ci sono tutti i dettagli descritti con precisione. Che ne dici? Elementare, no?».
I nostri transistor cerebrali si misero in moto. Le connessioni induzione-deduzione si rivelarono decisamente cibernetiche. Il passaggio all'azione fu tanto più immediato che si fece in silenzio e in perfetto accordo. Come sempre, l'uno sapeva in anticipo ciò che l'altro stava per fare. Gemellanza, ecco di cosa si trattava.
Con uno strattone sollevammo l'oggetto che, reso scivoloso dalla fanghiglia in cui si trovava, quasi ci scappò di mano. Portandolo prima in due, poi ciascuno a suo turno, risalimmo lentamente il corso Vittorio Emanuele, l'antica via trionfale lunga quasi un chilometro che dal Palazzo Reale scende in dolce declivio verso il mare. A Palermo è chiamata «il Cassaro» – dall'arabo al-Qasr, il Castello – un lungo viale una volta invaso dagli effluvi marini e che i fenici di Cartagine, i roma-

ni di Cecilio Metello, i bizantini di Belisario e infine gli arabi e i normanni, tutti hanno esaltato a loro modo. Verso il XV secolo, poi, quando i grandi viaggiatori Brydone e Bartels dipinsero Palermo come la città più dissoluta d'Europa, il Cassaro fu descritto come «la passeggiata del piacere». I concerti di musica non iniziavano mai, quegli anni, prima di mezzanotte affinché le elegantissime carrozze padronali potessero ospitare fino a quell'ora «gli scontri amorosi delle giovani fanciulle dell'aristocrazia cittadina, avide di conoscere precocemente i piaceri mondani». La libertà sessuale non era il minore dei privilegi per l'aristocrazia di allora.

Nel cuore di questa Palermo atavicamente apatica, vinta dal caldo, lo spettacolo di due ragazzi che trasportavano uno strano cilindro chiaramente troppo pesante per le loro fragili braccia, non stupì nessuno. Fu dunque senza intralci e dopo due lunghe ore di marcia che arrivammo a casa.

Avevamo appena passato la Cattedrale, quando il Palazzo Reale ci apparve come un miraggio. La sua massa color sabbia sembrava sospesa nell'aria, al centro del nulla, sotto un cielo magnifico e desolato. Un profumo ci avvolse, forte e delizioso

come la carezza di uno zefiro che sorvolasse un campo di rose.
Lascivamente distesa ai piedi della scalinata che portava allo spiazzo reale, la Villa Bonanno, tra papiri egizi, arbusti fitti, palme giganti, boschetti fioriti e la fontana dove allora galleggiavano ancora le ninfee, era un porto di pace e frescura. Seduto come un sarto, le gambe piegate sotto le natiche, un *griot* siciliano, un cantastorie, preparava il fondale dipinto delle storie leggendarie – e mai scritte – che si apprestava a narrare e che facevano di lui, con la sua memoria, la più bella biblioteca del mondo.
Come tutte le fiabe, anche quella ebbe inizio con le parole rituali, che invitano al viaggio: quei «tre colpi» di un teatro senza altre quinte e luci se non quelle dell'immaginazione e il *griot* palermitano pronunciò con voce grave e sonora: «C'era una volta...».
Nei climi caldi, il lussureggiare della natura rammollisce i corpi, eccita l'immaginazione, genera sogni, illusioni, miraggi. Nulla è più dolce dell'avventura. Per noi, a quell'ora, l'avventura stava per cominciare.

4

Mio fratello, il nostro misterioso cilindro ed io eravamo a una decina di metri appena dall'ingresso monumentale del Palazzo Reale quando ci fu il cambio della guardia. Fedele alla tradizione di West Point, il GI incaricato della cerimonia abbaia due parole verso il suo compagno di fazione che abbandona subito la garitta, fa il saluto militare alla bandiera stellata e senza dire parola si allontana come un automa, cedendo il passo a un altro soldato.

Che potevamo aspettarci di meglio, come accoglienza? Con un movimento sciolto e falsamente disinvolto raccogliemmo il cilindro che avevamo appena posato a terra per riprendere fiato, e ritrovammo il cammino di casa. Alla solita piccola folla di curiosi che sempre assisteva alla cerimonia del cambio della guardia si erano uniti alcuni carabinieri, affascinati dal portamento dei GI che si allontanavano sotto il portico del Palazzo Reale con la rigidità di soldatini di piombo.

Prendendo molto sul serio il suo ruolo alla testa del nostro infantile commando, mio fratello mi fece le sue ultime raccomandazioni. Stavamo per compiere quello che pomposamente egli chiamava «il passaggio». Il momento era grave e chiare erano le consegne.

«Non guardare in faccia nessuno. Evita di incrociare gli sguardi. Concentrati su ciò che fai!» mi ordinò, più che suggerirmi.

Ritrovando una forza inaspettata sollevò da solo il cilindro, ripetendomi poi a bassa voce: «Sii sciolto, camminami al fianco. Fischietta, se ciò ti può aiutare...».

Nell'emozione del momento sentivo che i miei calzoncini davvero troppo corti per le mie gambe troppo lunghe e magre, stavano per calare. Obbedendo comunque alle consegne, abbassai gli occhi calcando esattamente i miei passi su quelli di mio fratello. Mi fischiavano le orecchie. Il cuore mi balzava in petto e la bocca era così secca che le labbra mi si incollavano ai denti. Diversamente da me, Pino pareva folle di gioia. La nostra pantomima aveva l'aria di funzionare.

Eravamo arrivati all'altezza del corpo di guardia quando una voce mi fece sussultare. Un carabiniere ci aveva visti.

«Dove andate ragazzi?» ci gridò con tono autoritario.
«Noi?» ribatté con candore mio fratello. E subito aggiunse: «Ma... a casa, perché?».
Senza perdere la calma, posò a terra il cilindro facendo in modo di nascondere al militare lo sforzo fisico che ciò comportava. La sua strategia era semplice: fidarsi sempre di ciò che i Cinesi chiamano l'«invisibilità dell'evidenza». Bisogna dire però che questa volta ci si mise anche la fortuna.
Si stava già discutendo, quando, sorgendo dal nulla, apparve il tenente March, come un insperato messaggero del destino.
«*It's* OK, *it's* OK, *give them a break. Let 'em go*», «OK! Li lasci in pace. Li faccia passare» urlò al carabiniere.
Dato che gli ordini venivano da un ufficiale della cerchia immediata di Patton, l'italiano si fece piccolo piccolo, mormorò qualcosa di inintelligibile, girò sui suoi tacchi e scomparve sotto il portico, diretto verso uno sgabuzzino che fungeva da posto di guardia.
Fedele a se stesso *Pino potens* mi guardò con soddisfatta complicità. Capivo che tentava di darmi forza e coraggio perché potessi rimettermi in

moto senza titubanze. Seduto sull'ordigno e molle di sudore, gli risposi con un pallido sorriso.
Compiuto il miracolo, il tenente March si allontanò verso Villa Bonanno. Avvicinandosi a me, Pino fece ad alta voce affinché il carabiniere lo potesse udire:
«Sbrigati, alzati! La mamma ci aspetta!».
Sentii che un rictus, più che un sorriso, mi tendeva le labbra. Era tempo che riprendessi coraggio. Così, aiutai mio fratello a raccattare il cilindro, e questa volta, la paura avendoci messo le ali ai piedi, facemmo il resto del cammino in meno tempo che occorre a dirlo. Traversata la lunga volta reale dell'ingresso come fosse un passaggio iniziatico, tanto ci pesava addosso la paura di incontrare altri sguardi inquisitori, superammo il cortile centrale e andammo di corsa verso i giardini. Quei giardini sospesi dai profumi rari. Una sorta di sogno lontano; forse un omaggio alla lussureggiante Siviglia.
«Dai, coraggio, la via crucis è finita!» mi rimproverò Pino, per spingermi ad un ultimo sforzo. Davanti a noi, un fitto boschetto dominato dai rami pesanti di una magnolia gigante, pareva tenderci le braccia. Era il nascondiglio ideale per il nostro ordigno.

Per effetto di quell'ossidazione dell'aria che concede ai crepuscoli d'Oriente una particolare magia, al sole ancora infuocato del tramonto, si opponeva, timidamente, il primo quarto di luna che sorgeva bianca all'altro capo dell'orizzonte. Si era fatto tardi. Nostra madre ci aspettava già.
«Domani è un altro giorno», concluse mio fratello, serenamente, quando il cilindro fu ben nascosto.
E quel domani venne così presto ché nessuna notte ci parve tanto breve.

5

La Sala dei Venti, quella che re Ruggero preferiva, era bagnata da una luce densa come una colata di fuoco. E tuttavia, in quell'estate trionfante del 1943, pochissimi erano i luoghi come questo dove si potesse ancora respirare senza fatica, anche quando lo scirocco che veniva dall'Africa si abbatteva sulla città e sembrava avere il potere magico di cambiare il ritmo delle cose e alterare il cammino del tempo.
Languidamente distesa ai piedi del Palazzo Reale, Palermo viveva già al rallentatore malgrado l'ora mattutina.
Anche Patton pareva sognare. Comodamente seduto dietro una scrivania intarsiata di ciliegio selvatico arricchita di incrostazioni d'avorio finemente cesellato, i cui toni si sposavano a meraviglia con l'impugnatura, anch'essa d'avorio, della pistola che portava alla cintura.
Davanti a lui, in un quadernetto in brossura aperto alla prima pagina – uno di quei «diari segreti»

che il Generale teneva sempre a portata di mano –, campeggiava una citazione attribuita ad Alessandro Magno e che egli aveva fatta sua giacché riassumeva perfettamente lo spirito che lo animava: «*Ho vinto perché non sapevo che ciò era impossibile*». Una delle massime che preferiva già quando, sulle rive dell'Africa del Nord, sapendosi tallonato dal generale Montgomery, vincitore di Rommel a El-Alamein, sognava il momento in cui sarebbe sbarcato in Sicilia seguendo le strategie dei suoi eroi: Annibale, Scipione l'Africano o Napoleone, i suoi punti di riferimento aldifuori dei quali, per lui, nient'altro esisteva.

Certo, sono gli uomini di questo genere che danno vita alle leggende. Si racconta, infatti, che all'ultima riunione, alla quale aveva partecipato anche il re d'Inghilterra, venuto apposta da Londra per stabilire i piani definitivi dello sbarco in Sicilia, un giovane ufficiale di stato maggiore si fosse rivolto a Patton facendogli le lodi di Karl von Clausewitz, il generale prussiano autore del celebre *Della guerra*. Nella sua foga, questi aveva aggiunto, entusiasta: «Un vero genio, Generale, sa! Le sue lezioni di strategia militare hanno influenzato perfino Tolstoi quando volle descrivere la battaglia di Borodino in *Guerra e Pace*».

L'Americano lo aveva ascoltato in silenzio, ma dopo un lungo sguardo di commiserazione aveva sbottato: «*That's a fucking shit, my friend!*». «Questa è tutta merda!» aveva detto. E, una volta di più il suo giudizio era apparso lapidario, senza appello.

Eppure, malgrado le rozze apparenze, questo gentiluomo del Sud statunitense – perlomeno era così che gli piaceva definirsi – era un mistico. Non soltanto credeva nella reincarnazione ma anche nella fondatezza di quei fenomeni di percezione extrasensoriali che talvolta ci danno l'illusione di avere *già visto* luoghi che invece ci sono sconosciuti, o di avere *già vissuto* in epoche e luoghi lontani situazioni per noi del tutto nuove. Fedele come un bramino a questo principio della religione indù, Patton era sinceramente convinto di avere combattuto, sotto altri cieli e in altri periodi della Storia, via via nei panni di un oplita greco, di un legionario romano, di un cavaliere di Belisario, d'un highlander degli Stuart o ancora di un *grognard* della vecchia guardia di Napoleone e di Murat.

Quel mattino, la Sala dei Venti, annegata in un oceano di luce e come isolata dalla confusione umana, aveva preso la dimensione onirica di una navicella caduta fuori dal tempo, di un rifugio romantico deliziosamente senza padroni. Influenzato dai perfidi inganni del subcosciente oltre che dalla particolarità del luogo così carico di storia e di fantasmi, Patton, che tante volte aveva avvertito quelle improvvise folgorazioni che immobilizzano un gesto o smorzano una risata, era in preda a neri presentimenti. Senza dubbio, l'incidente avvenuto durante una sua visita ad un ospedale di campo, dove aveva schiaffeggiato un soldato, colpevole secondo lui di viltà, aveva più che raffreddato le sue relazioni con il generale Eisenhower, mettendo a rischio i suoi galloni di generale e le prerogative del comando. Così, nel silenzio di questa «torre d'avorio», scordate le preoccupazioni della sera precedente, scordate le urla e i brutti scherzi dei falsi incendiari, Patton cercava l'oblio. Al suo aiutante di campo, adesso, il duro compito di chiarire quel che già alcuni chiamavano «il caso».

Le dimensioni della scrivania, questo si sa, hanno sempre assillato l'ego dei potenti. A Palazzo Venezia, per esempio, Mussolini l'aveva fatta piazzare all'altro capo dell'ingresso, in fondo a una sala lunga come un corridoio, pensando di intimidire così i suoi visitatori, obbligati a fare un

lungo tratto sotto il suo sguardo prima di giungere a lui.
Senza alcun rapporto con il Duce, ma altrettanto affascinato dall'autorità che gli conferiva questo simbolo del potere, Patton provava una certa fierezza a star seduto dov'era: un imponente tavolo imperiale ch'era già stato di Federico il Grande e la cui vista aveva suscitato le invidie e i sarcasmi del generale Montgomery, quando era venuto a Palermo per una visita al comando della VII Armata.
Come soleva fare spesso, ogni volta che tentava di sottrarsi a quel sentimento di incertezza che, surrettiziamente, si impossessava di lui, l'Americano scriveva a sua moglie Beatrice.
«*Per raggiungere l'appartamento reale dove dormo, devo prima attraversare sette anticamere e un'angusta sala da pranzo di appena trenta metri per quindici. È lì, infatti, che mangiamo le nostre razioni 'K', servite su piatti di porcellana con inciso lo stemma dei Savoia. Ma tutto questo non è nulla se penso al piacere che provo ogni volta che vado in quei w. c. resi maleodoranti da reali costipati*».
Le campane della Cattedrale battevano le nove, quando il suo aiutante di campo bussò alla porta entrando poi nella stanza come spinto da un ven-

to cattivo. Il Generale alzò gli occhi, smise di scrivere, ma il suo sguardo per qualche istante restò lontano.

«*You know what?*» disse infine, continuando a voce alta il filo dei suoi pensieri. «Oggi, seduto a questo tavolo, ho veramente la certezza di essere un grande comandante». Poi, dato uno sguardo fuori dalla finestra, aggiunse: «D'altra parte finora tutti i miei piani hanno funzionato. Se soltanto Dio seguitasse a starmi al fianco...».

Ci fu una pausa. Nel silenzio imbarazzato del suo aiutante, Patton si stupì:

«A proposito, perché cazzo sei venuto?».

Cercando di darsi un contegno il militare socchiuse le palpebre, si grattò il cranio con aria distratta e rispose:

«È per la faccenda di ieri sera, Generale. Ho seguito le sue istruzioni. March ha fatto il necessario. Tutto finalmente è OK!».

«Avete invitato gli spaghetti a pranzo?».

«Era ciò che voleva, no?».

«Assolutamente, assolutamente... Vedremo chi di noi è il vero re dei figli di puttana. Se sono io, o quei fottuti ragazzi!».

Facendo eco alle campane della Cattedrale, quelle di un'altra chiesa vicina suonarono anch'esse le

nove. Dopo i fracassi della guerra, Palermo aveva bisogno di rassicurarsi, e daccapo misurava il tempo.
Istintivamente Patton guardò l'orologio da polso e chiese:
«Quand'è che vengono, quegli stracci da culo?».
Un leggero sorriso increspò le labbra dell'ufficiale che rispose:
«Si rassicuri, Generale, non sarà alle tre del pomeriggio come fanno questi beduini. Gli ho fatto dire che l'invito è per mezzogiorno».
Il Generale non reagì. Manifestamente pensava ad altro.
«OK!» disse alla fine, distrattamente.
L'aiutante ebbe una breve esitazione. Forse avrebbe voluto aggiungere qualcosa, ma stette zitto. Con un passo deciso si diresse invece verso l'uscita, come assalito da un improvviso desiderio di sparire. Aveva appena oltrepassato la soglia che la voce di Patton lo bloccò.
«John!» fece il Generale con tono autoritario. «Faccia mettere un coperto in più per piacere. Le spiegherò dopo».

6

Nella cucina dove eravamo riuniti, nostra madre lesse con voce esitante il biglietto che il tenente March le aveva fatto pervenire alle otto di quella mattina. Era un cartoncino scritto a mano, con inciso lo stemma americano, col quale, in due semplici parole, il generale Patton ci invitava a pranzo quel medesimo giorno, a mezzogiorno in punto. Nostra madre ci fece notare che l'ora del pranzo era stata sottolineata due volte, poi ci passò il biglietto che ciascuno di noi esaminò attentamente.

Stupiti dall'invito tanto imprevisto quanto improvviso, e ancora sotto l'emozione della sarabanda che avevamo scatenato la sera precedente, mio fratello ed io (pallidi in volto e gli occhi arrossati per il poco sonno) cercavamo di darci un contegno senza però riuscirvi. Tanto più che, per una volta, nostra madre, anziché rallegrarsi che il Generale ci gratificasse di tanta attenzione, sembrava di pessimo umore.

Già al risveglio, e a sua precisa richiesta, malgrado l'ora mattutina generalmente così poco propizia alle chiacchiere, avevamo dovuto raccontarle per filo e per segno ciò che avevamo fatto il giorno prima. La discesa per corso Vittorio Emanuele, la passeggiata lungo il porto, il ritorno al Palazzo Reale: tutto era stato passato in esame. Ovviamente, il racconto della nostra lunga sosta davanti al cantastorie di Villa Bonanno e il fascino che ne avevamo provato ascoltando le sue favole, avevano opportunamente sostituito l'odissea del trasporto della bomba fumogena che, in tutta evidenza, continuava a fare i suoi danni. Ahimè! Per quanto le nostre capacità di commedianti fossero tutt'altro che trascurabili, qualcosa doveva aver suonato falso nei nostri racconti. E poi la Cinese non era donna da lasciarsi ingannare. Inutile tentare la carta degli scherzi per distendere l'atmosfera: già un vento di disfatta mulinava nell'aria. «*Mala tempora currunt!*», mormorò mio fratello con una smorfia che tradiva un certo smarrimento. Fu allora che nostra madre ci chiese a bruciapelo: «Siete sicuri di non avere dimenticato nulla?». Recuperando d'un tratto il suo solito sangue freddo, Pino restò impassibile mentre io sbarravo gli occhi, fingendo la sorpresa. Cercando di darmi un contegno, riempii d'acqua fino all'orlo un bicchiere che stava lì sul tavolo, e domandai stupidamente:

«Scordare cosa, mamma?».

«Imbecilli!» gridò lei. «Siete impossibili, tutti e due! Non vi pare che ho già abbastanza problemi senza che se ne aggiungano altri?».

«Ma di che cosa parli?», fece mio fratello, perfidamente.

Questa volta, la risposta di quella regina dell'ellisse esplose in un'implicita accusa,

«Parlo di questa notte!».

Sicuro di sé, Pino non si lasciò smontare.

«Che cosa, di questa notte?».

«Quell'inizio di incendio... il fumo... le grida di Patton. Non ditemi che non avete sentito nulla e che non c'entrate».

Simulando una complicità stupefatta, mio fratello mi guardò sbalordito, come per dire «non capisco» e girandosi verso nostra madre gridò:

«Ma che cosa stai dicendo? Non siamo i soli che abitiamo qui».

La Cinese socchiuse gli occhi e lo fulminò di uno sguardo.

«Sì, proprio così, per queste cose ci siete solo voi!», fece con rabbia.

Sbilanciato da tanta veemenza, mio fratello si difese in modo goffo che tradiva già una certa colpevolezza.
«Ma insomma mamma, non siamo responsabili di tutto ciò che avviene nel mondo, che diavolo! La guerra, i bombardamenti, la carestia, non è tutta colpa nostra, no?», gridò allora con un tono certamente eloquente ma scarsamente convincente.
L'atmosfera si guastava. Spinto dall'inquietudine sussurrai discretamente all'orecchio di mio fratello:
«Credi che sospetti qualcosa?».
Abbandonando ogni velleità di difendersi, Pino fece una piroetta, si chinò lentamente verso di me e mi confidò a voce abbastanza bassa per non essere inteso:
«Credo proprio di sì!».
«E come?», ribattei, scettico.
Per tutta risposta, mio fratello portò l'indice della mano destra all'altezza della sua appendice nasale fino a sfiorarne la punta, e accennò un miserevole sorriso.
«A naso?» chiesi, stupidamente.
Lasciando libero sfogo al suo gusto per la pantomima, Pino spalancò le braccia e alzò le spalle mentre un'indefinibile espressione di acquiescenza e accettazione gli si disegnava sul viso. Arlecchino

in persona non avrebbe potuto far di meglio. Il messaggio era chiaro: poco importa per che strada la Cinese sia giunta alle sue conclusioni, il fatto è che sa!

Eppure, quanta prudenza, quante precauzioni, quante astuzie avevamo inventato perché ciò non succedesse! Nascosto il bidone in fondo al giardino reale, ancora accaldati, ci eravamo anche dati da fare per distenderci in volto prima di rientrare a casa. Ma c'era di più – e forse era lì l'origine dei sospetti di nostra madre – per una volta dolci, gentili, premurosi, prima di metterci a tavola ci eravamo persino lavate le mani senza aspettare che ce lo dicesse lei. Poi, dopo una cena alquanto frugale – per mancanza d'altro ci attendeva soltanto un piatto di pane stantio annegato in un vago *ersatz* di latte bollito – tutto si era svolto come il solito. Tutto, meno la consueta partita a scacchi che mio fratello ed io disputavamo ogni sera, insieme, contro nostra madre, che si diceva la pallida allieva di Alekhine – il grande maestro francese d'origine russa – e che amava giocare da sola il suo capolavoro scacchistico detto l'«immortale», come i virtuosi del pianoforte fanno le scale sulla tastiera prima di esibirsi in concerto.

«Come mai, nessuna rivincita stasera?», la Cinese ci aveva chiesto con malizia.
Ma subito, facendo buon viso a cattivo gioco, doveva aggiungere: «D'accordo, andate a letto. Avete l'aria distrutta. Ad aspettare avete solo da perdere. Domani sarà scacco matto in poche mosse, con l'ingrata corvé dei piatti da lavare come premio a chi perde».
Una volta a letto, spinti da una estrema prudenza, spente tutte le luci, avevamo atteso all'incirca un'ora prima di rialzarci. Poi, silenziosamente, le scarpe in mano, mio fratello ed io eravamo usciti di casa attraverso la porta di servizio che avevamo preventivamente lasciata semiaperta onde evitare ogni rumore di serratura suscettibile di attirare l'attenzione della Cinese.
Infine – doveva essere già l'una di notte – scivolando come ombre avevamo traversato il Cortile della Fontana, superato l'arco che porta ai giardini reali, e navigando nella notte come nictalopi ai quali una vaga luce stellare sarebbe venuta in soccorso, raggiungemmo il boschetto con la sua brava magnolia gigante: il nascondiglio supremo. Senza più attendere, il pane stantio col latte avendoci conferito nuove energie, dopo aver ripreso l'ordigno incantato, rifacemmo in parte, ma in

senso inverso, il cammino che avevamo percorso prima di cena.
Questa volta, anziché ritornare completamente sui nostri passi, infilammo la grande scalinata reale dai gradini di marmo rosa, salimmo lentamente fino all'ultimo piano e imboccammo qui il colonnato che conduce all'entrata superiore degli appartamenti reali di cui mio fratello era riuscito a procurarsi una chiave.
Protetti dall'oscurità carica dei profumi di gelsomino che pervadevano i luoghi, avanzammo alla cieca fino alla porta d'ingresso. All'improvviso, mentre «qualche cosa» ci sfiorava le gambe, delle grida quasi umane ci fecero trasalire: due gatti in calore, disturbati nelle loro attività amorose, fuggivano nelle tenebre e nel disordine verso luoghi più propizi alle loro effusioni. Passato l'effetto sorpresa, mio fratello tese una mano alla cieca, raggiunse la toppa che si trovava al limite dei due battenti della porta ed esclamò, trattenendo il fiato:
«Con buona pace di Patton, questa sera gli dei sono con noi!».
La serratura aveva ceduto, il talento di scassinatore di Pino dava i suoi frutti.
Cresciuti nel serraglio, ne conoscevamo gli angoli più reconditi. Sicché, una volta all'interno degli

appartamenti reali, ci dirigemmo direttamente verso una nicchia scavata nel muro che si trovava a destra entrando, ci impadronimmo delle due candele e dei fiammiferi che i guardiani avevano lasciato lì, in caso di bisogno, le accendemmo entrambe, e iniziammo la traversata.
Alla luce tremula delle candele, la Sala d'Ercole, quell'immensa Sala dai grandi affreschi dedicati alle fatiche del semidio – e dove un tempo i balli regali rivaleggiavano in splendore, superandoli, con quelli della corte di Vienna – ci apparve più gigantesca che mai. Vedendoci passare mentre trasportavamo a turno quella bomba fumogena, un Ercole dalle dimensioni colossali sembrò ostentare la sua poderosa clava ossuta osservandoci con sguardo decisamente ironico. Certo, paragonate ai suoi possenti bicipiti, le nostre braccia di adolescenti avevano l'aspetto rachitico dei ramoscelli d'ulivo.
Interpretando il mio silenzio, mio fratello mi fece coraggio:
«Ancora un po' di pazienza vecchio mio, dobbiamo nascondere la bomba nel gabinetto del re».
«Vuoi dire nel cesso?» feci ridendo.
«Proprio lì, al sicuro».
Dalla Sala d'Ercole entrammo negli appartamen-

ti della Torre Pisana, la parte più antica del palazzo. Quando fummo nella Sala del Trono, là dove Ruggiero il Normanno riceveva la sua corte, un rumore secco e uno strano fruscio, seguito dal tintinnare di oggetti metallici che si urtavano tra di loro, ci bloccò di netto. Un freddo tremore ci si arrampicò lungo la schiena obbligandoci a posare il cilindro ai nostri piedi. Proprio davanti a noi, due enormi candelabri di *vermeil* sembravano muoversi sulla consolle dov'erano posati mentre un'ombra smisurata, dai contorni umani, danzava lì vicino riflettendosi negli specchi che avevamo di fronte.

«Vedi ciò che io vedo?» chiesi a mio fratello con voce alterata.

«Lo vedo, lo vedo...» rispose lui con un tono fermo e senza apparire particolarmente turbato.

Restammo immobili, quasi senza respirare, pietrificati. In un silenzio assordante, tanto l'afflusso del sangue in testa ci faceva fischiare le orecchie, ripiegammo per prudenza verso l'uscita. Nostra madre aveva ragione. Manifestamente, i fenomeni paranormali erano correnti fra le mura del Palazzo Reale. Coraggiosamente dunque ci preparavamo già alla fuga quando, di colpo, come folgorato da un'ispirazione, mio fratello esultò:

«Il trabocchetto della Torre Pisana!».
Situato là dove si usava far sedere l'invitato d'onore del re, questo strano trabocchetto era in effetti una botola dai battenti tanto mobili quanto segreti. Una volta messi in azione, lo schienale della sedia dove si trovava l'ospite sfortunato si abbatteva di colpo catapultandolo all'indietro, verso una profonda strozzatura armata di quattro lame affilate destinate a squartarlo prima ancora che il suo corpo toccasse il fondo.
Quando mio padre, con altri Conservatori delle antichità di Palermo, avevano scoperto l'inganno, in fondo alla fossa li attendevano decine di scheletri che il tempo non era riuscito a ridurre in polvere. In alcuni di questi, le mani facevano pensare alle radici mozze di qualche albero rinsecchito, in altri, che conservavano ancora intatte larghe tracce di capelli, di barba e di baffi, i volti incartapecoriti, quasi imbalsamati, sembravano ridere atrocemente, come stravolti dallo spavento.
È pure vero che si dovettero riempire una ventina di ceste perché quei resti umani, usciti da un orrendo carnevale della morte, trovassero finalmente quiete e pace nel palermitano cimitero di Sant'Orsola.
Le parole di mio fratello risuonarono come un'eco. Così chiesi, spaventato:

«Hai detto, il trabocchetto della Torre Pisana?».
«Sì», mi rispose lui, con voce chiara che contrastava tanto con la mia.
«Ebbene?».
«È quello lì, proprio davanti a noi».
E subito, indicandomi un angolo del salone, aggiunse:
«Guarda, un pipistrello!».
Disturbato dal nostro arrivo, con un battere d'ali insieme molle ed affrettato, un pipistrello, appena sgusciato dalla sua nicchia nascosta ai margini del trabocchetto, si aggrappava alle tende del balcone creando un gioco d'ombre alquanto spaventoso.
«Tutto qui?» gridai alla fine, sollevato.
Ritrovate le forze, mio fratello prese di peso la bomba fumogena e rispose camminando:
«Tutto qui, vecchio mio. Tutto qui!».
I cessi reali sembravano lasciati all'abbandono. Catino, lavabo, *coiffeuse*, specchi, tutto era coperto di uno strato nerastro di polvere e di sporcizia. Patton aveva ragione, il servizio lasciava alquanto a desiderare. Deciso a finirla al più presto con quella nostra spedizione, Pino dette un'occhiata in giro e disse:
«Ecco ciò che ci serve, guarda un po'».

Ficcato in un angolo, un sontuoso vaso da notte di ceramica smaltata decorato di fiori policromi aveva attirato la sua attenzione. Pensando al rispettabile deretano di Ferdinando II di Borbone, Re delle Due Sicilie, che aveva dovuto onorarlo dei suoi nobili escrementi, presi l'oggetto con curiosità e rispetto per osservarlo da vicino. Dipinto all'interno del ricettacolo, proprio al centro, un occhio spalancato mi lanciò uno sguardo assassino.

«Ma perché mi guarda così?» chiesi a mio fratello, divertito per la mia scoperta.

«Sai» fece lui, «forse perché dopo aver visto tanti glutei reali può darsi che il tuo volto gli ricordi qualcosa...».

Impadronitosi allora del prezioso recipiente, senza nemmeno terminare la frase, Pino lo nascose dietro una grande specchiera ovale e, non senza difficoltà, vi pose dentro l'ordigno infernale. Tolto il coperchio del cilindro, ne estrasse allora una grossa pastiglia ancora protetta da un sacchettino scuro, la fregò energicamente contro il suo stesso tessuto come fosse un fiammifero, quindi la ripose all'interno del cilindro e ordinò ridendo:

«Via, svelto, scappiamo. Tra qualche minuto qui non ci sarà che fumo!».

Il viaggio di ritorno ci parve assai più breve. Il tempo di percorrere in senso inverso il labirinto degli appartamenti reali, di superare le scale di marmo rosa, scivolare lungo i muri senza farci sorprendere dai riflettori della Military Police e già eravamo a casa.
Stanchi, anzi distrutti, ma perfettamente felici, ritrovammo con vera gioia la serenità della nostra camera da letto. Il tempo di spogliarci, ficcarci tra le lenzuola e il sonno finalmente ci vinse.
La nostra notte era appena cominciata quando le urla di Patton ci fecero sobbalzare:
«*Mother fuckers, pieces of shit!*».
Impossibile dubitare: il Generale era proprio arrabbiato.

7

Perché mai Patton ci aveva invitati? Che credeva di poter trarre da questo pranzo improvvisato? Cosa sapeva? O, più esattamente, cosa tentava di sapere? E se tutto non fosse che una semplice coincidenza, un gesto normale per questi americani quando si installano da qualche parte e vogliono conoscere i nuovi vicini? Erano domande alle quali ci trovavamo incapaci di dare una risposta. Domande che, comunque, dalla nostra riunione mattutina fino all'ora pallida della prima colazione, continuavano ad affollarsi nelle nostre teste, senza che trovassimo il coraggio di parlarne con nostra madre.

Guardandola spostarsi in quell'appartamento dai soffitti troppo alti e comunque troppo vasto per le necessità di un presente diventato tanto angusto, la sentivamo anche più fragile, vulnerabile, e più piccola persino. La guardavamo attendere ai suoi compiti quotidiani senza mai chiedere nulla, mai lamentarsi di nulla, e capivamo d'istinto

quanto il vero dolore sia iscritto con una sostanza misteriosa nelle tavole del tempo, quei palinsesti della vita al confronto dei quali il granito non è che sabbia. Né basta un'eternità, a cancellarlo. Era come se sapessimo già che in un miliardo d'anni la sofferenza e la solitudine che la Cinese aveva provato per la morte di nostro padre non si sarebbero estinte. E che nulla e nessuno avrebbe mai potuto cambiare le cose.
Anche se questo genere di pensieri sfiora raramente la mente di un bambino, constatavamo con inquietudine certe assenze nello sguardo di nostra madre, come se un odore improvviso o il suono di una voce rivolta soltanto a lei la trasportassero bruscamente verso mondi lontani.
E in quei momenti, ci sentivamo esclusi e colpevoli. Sì, colpevoli di «essere lì». Colpevoli di non aver saputo o potuto impedire che si realizzasse l'inevitabile. Colpevoli anche di avere lasciato che nostro padre se ne andasse da questo mondo senza aver saputo o potuto invocare la nostra innocenza per ottenere la grazia dall'Onnipotente.
Alcune delle nostre azioni, per quanto reprensibili, erano di fatto, inconsciamente, tanto per mio fratello quanto per me, una specie di sbocco, un modo di sfogare questi sentimenti indefinibi-

li. Nella nostra mente, insomma, questo poteva almeno giustificare certi comportamenti alquanto ribelli.
Qualche accordo di pianoforte e le *Variazioni Goldberg* di Bach risuonarono all'improvviso come una liberazione.
«Ci siamo, la Cinese si prepara all'attacco!», esclamò Pino, riprendendo a sorridere.
Quando mia madre sapeva di dover far fronte a una situazione difficile o dolorosa, cercava spesso il soccorso della «sua» musica, il solo elemento capace di rimetterla in piedi e ridarle coraggio.
Senza più attendere, mio fratello andò nella stanza da bagno, si bagnò i capelli per pettinarli meglio, si guardò nel vecchio specchio molato sospeso sul lavabo, e finalmente andò a stendersi sul letto come per ingannare meglio il tempo. Vestito, le braccia incrociate sul petto, si sottraeva alla luce del giorno nascondendo gli occhi dietro un giornale che gli copriva il volto. Immobile come era, pareva deciso a rimanere così finché non avesse trovato una scia di luce in fondo a quel mare di incertezze che sembrava sopraffarlo. A meno che non si sforzasse di starsene lì con gli occhi chiusi per meglio sottrarsi alle idee nere che dovevano assediarlo.

Mentre la Cinese si vestiva ascoltando Bach, e mio fratello architettava chissà quali strategie per far fronte ai possibili attacchi di Patton, non ebbi altra scelta che distendermi anch'io sul letto aspettando pazientemente che passassero le ore.
Vinto da una strana sensazione di oblio, malgrado il sole che inondava la stanza, fui colto lentamente da un misterioso languore.
«Dormi in pace amore mio. Abbiamo più di un'ora davanti a noi», mormorò mia madre con voce dolce.
Dopo tante emozioni e una notte alquanto breve, l'angoscia poteva certo attendere.

8

La risata di Cleo – Cleopatra, era il suo vero nome – ci colpì appena entrammo in quell'ala degli appartamenti reali riservati a Patton. Era un ridere sui generis che si attardava nelle note alte, una risata calda, ricca, e che riempì la Sala Cinese – un capriccio di re Ferdinando IV di Borbone, vittima della moda delle cineserie che furoreggiava nell'Ottocento – dove il Generale aveva fatto preparare una tavola degna di un banchetto reale. Quel ridere melodioso che esplodeva senza mai irritare, era un'arma di seduzione con la quale Cleo giocava a meraviglia. Adesso, lì, davanti a noi, lasciandolo sbocciare a ogni istante mentre i suoi seni, fermi e vigorosi, le tendevano la camicetta sapientemente sbottonata, e le sue labbra si schiudevano su una fila di denti così bianchi e perlacei, perfettamente allineati, Patton non la perdeva d'occhio, beato nell'ammirazione. Sorprendendo lo sguardo del Generale mio fratello mi sussurrò:

«Ragazzo mio, le cose si mettono bene... Guarda un po'... sbava».
Quanto alla Cinese, in quella Sicilia sessualmente così imbrigliata, aveva già visto tanti aspiranti sfilare ai piedi di Cleo che non vi prestò attenzione. Bruna, grandi occhi verdi a mandorla, un corpo assolutamente perfetto – le sue misure, dicevano, si avvicinavano al canone dorato – Cleopatra aveva una sola ossessione: sposarsi. Era vero che, dopo aver scartato un numero impressionante di pretendenti, trovandoli via via stupidi, brutti o non abbastanza ricchi per aspirare a dividere con lei il talamo maritale, aveva raggiunto, e anche superato di due anni, il traguardo della trentina senza aver conosciuto i dolci nodi dell'imene. La guerra, poi, aveva fatto il resto. Con tanti uomini al fronte, pochi erano quelli che potevano ancora insidiare la sua verginità che, ben lungi dall'essere in pericolo, al contrario era diventata per lei una vera e propria angoscia.
E non era raro che i genitori si intromettessero nella faccenda. Se il padre, grande argentiere del Palazzo Reale dalla pancetta voluttuosamente rotonda, vi alludeva in maniera più o meno delicata, la madre, invece, non esitava a gridarle addosso, disperata: «Zitella, figlia mia. Continua così e resterai zitella!».

Paradosso dei paradossi, la «zitella», alla fine, era rimasta vittima non soltanto del suo strepitoso fascino sessuale, ma anche di quella voglia di sposarsi che aveva finito per ossessionarla. Due elementi, questi, di considerevole portata. Se il primo infatti aveva l'inconveniente di allontanare i maschi siciliani, troppo orgogliosi, troppo timidi, o troppo timorosi di farsi respingere, il secondo li paralizzava. Il desiderio di convolare a giuste nozze, con quella carica emotiva che Cleo non riusciva ad occultare, era troppo forte perché l'eventuale pretendente avesse il coraggio di lasciarsi coinvolgere.

A questo punto, per Cleo non c'era che una via d'uscita: prendere lei stessa l'iniziativa. Quel che fece infatti, timidamente, in occasione di una cena in città, presenti i genitori. Sennonché, la Sicilia d'allora essendo quella che era, questa volta i rimproveri si erano rivelati altrettanto violenti, pure se d'altra natura.

«Puttana, non sei che una puttana. Ti comporti come una saltaletti. Invitare un uomo a ballare!».

«Mamma, ma non ha che vent'anni!» aveva gridato lei, come per giustificare quell'«atto sconsiderato».

Ma sua madre, peggio, aveva rincarato la dose:

«Appunto, è ciò che dicevo, un minorenne! È così che ti vuoi sposare? Una sfrontata, ecco cosa sei!». Questa volta invece, ipocritamente, per non compromettere con la sua presenza le possibilità della figlia nei confronti di questi americani così prestanti nella loro uniforme e con in tasca tanti dollari magici, la madre aveva declinato l'invito a pranzo invocando un fastidioso raffreddore estivo.
«Mia figlia Cleo sarà ben lieta di venire a pranzo», aveva assicurato all'emissario del Generale. Aggiungendo subito, per salvare le convenienze: «D'altra parte non sarà sola. Ho saputo che avete invitato anche quella santa donna, la vedova del Primo Segretario con i suoi due bambini. Vede, mi spiace davvero per il contrattempo... Sarà per un'altra volta».
L'emissario di Patton se ne era andato via, turbato, non da quel rifiuto di partecipare al pranzo, ma dalla vista, seppure furtiva, della signorina mentre questa, distrattamente, si cambiava la camicetta.
C'era da credere che il pover'uomo fosse ancora sotto l'effetto di quella «visione» quando fece un ingresso tutt'altro che discreto nella sala da pranzo, proprio nel momento in cui ci apprestavamo a metterci a tavola. Saltando con un passo che si

voleva leggero i due o tre scalini d'ingresso, non ebbe il tempo di rendersi conto che Cleo li stava salendo con un bicchiere in mano. Lo scontro fu fatale.

«*Sorry... I'm so sorry!*» fece in fretta e confuso.

Nell'urto, Cleo lasciò cadere il bicchiere. Il vino bianco che conteneva si rovesciò sulle scarpe di Patton, che soffocò una di quelle bestemmie di cui aveva il segreto.

Senza capire ciò che stava succedendo, ma vedendo il Generale chino ai piedi di Cleo intento a raccogliere non si vedeva bene cosa mentre nell'aria saliva già un leggero filo di fumo (era quello di una sigaretta non del tutto spenta), mio fratello gridò come accennando all'Americano:

«Presto, dell'acqua, brucia!».

La risata di Cleo esplose una volta ancora allorché Patton le tendeva il bicchiere vuoto rimasto miracolosamente intatto. Poi fu una questione di secondi: intercettando lo sguardo del Generale e indovinando la sua volontà di chiudere l'incidente al più presto, l'ufficiale d'ordinanza annunciò con voce grave:

«Il pranzo è servito».

9

La tavola era stata imbandita con grande cura: coperti di *vermeil*, piatti reali in porcellana di Limoges, servizio di bicchieri in cristallo boemo, ogni cosa portava incise le armi dei Savoia, ultimi padroni del Palazzo. Un cartoncino elegantemente scritto a mano indicava il posto assegnato agli ospiti. Divina sorpresa, in un piattino alla sinistra di ogni convitato erano disposti una bella fetta di pane bianco e un cubetto di burro pastorizzato, avvolto in carta argentata: maraviglie delle quali avevamo perso l'abitudine. Le privazioni della guerra che fuori da quei saloni spingevano ogni mattina nostra madre a cercare tra i rifiuti della mensa ufficiali qualcosa da darci da mangiare, qualcosa di diverso da quel pane nero che si incollava alle dita, sembravano qui appartenere a un remoto passato.

Tra i fortunati eletti, quel giorno eravamo in sei. Mia madre sedeva alla destra di Patton mentre alla sinistra sbocciava la bella Cleo, galantemente piazzata tra il Generale e il suo aiutante di campo. A noi due fratelli era stato accordato il privilegio di essere al tempo stesso vicini a nostra madre e di fronte al padrone di casa. E mentre un militare d'ordinanza, così stilizzato e di bell'aspetto che pareva uscire da un romanzo di P. G. Wodehouse, serviva agli adulti un vino bianco secco colore del miele, per noi due ragazzi ci fu sugo di pomodoro.

Non avendo mai visto una tale mistura se non come condimento per la sacrosanta pasta, invano, stupito e confuso, cercai lo sguardo di mia madre. Per fortuna, come al solito, mi soccorse mio fratello Pino.

«La punizione!» suggerì lui, sottovoce, ma con aria saputa.

Stupore.

«Tu credi?» mormorai a mia volta, attento che non mi udissero.

«Avrebbe potuto essere peggio», fece ancora, felice di aumentare i miei timori.

«Per esempio?».

«Olio di ricino».

Era troppo. Le descrizioni che ci aveva fatto nostro padre sull'uso dell'olio di ricino da parte delle milizie fasciste, i racconti di quelle punizioni

umilianti che consistevano nel fare bere con la forza un litro di quella mistura agli oppositori al Regime, tutto era ancora così vivo nella mia memoria che fui lì lì per sentirmi male.
«Che dobbiamo fare?» domandai, confuso.
La risposta di mio fratello si limitò a uno sguardo. Un'occhiata eloquente seguita da mimiche così espressive che per un attimo temetti che anche gli adulti capissero il messaggio. Infatti, turandosi il naso con una mano, con l'altra faceva il gesto di bere la pozione rossastra che stava davanti a noi.
«Tutto qua!» sussurrò, come unica spiegazione.
E per mostrarmi la sua determinazione, fece come nella pantomima. Così anch'io, trattenendo una smorfia, seguii coraggiosamente il suo esempio.
Non ero stato abbastanza freddo nell'esecuzione? Avevo bevuto troppo in fretta la mistura, come un alcolizzato quando la mattina vuota la sua prima birra per spegnere la sete? Mistero. Certo è che qualcosa nel mio atteggiamento attirò l'attenzione del Generale:
«*Anything wrong, my boy?*» si inquietò.
Cleo, che ci amava come fratelli, cercò subito di distrarre la sua attenzione. Con un movimento di stupefacente sensualità, curvandosi dolcemente

verso di lui, lasciò che dalla scollatura s'intravedesse il caldo profilo del suo seno.
«*You know, Mister Patton*», disse in un soffio, come se aspirasse le parole, «*my English is so bad...*».
L'effetto non si fece attendere.
«*No. No. Not bad at all!*», esclamò il Generale che doveva riferirsi a ben altro.
Poi, riprendendosi rapidamente aggiunse:
«*Parlez-vous français?*».
«*Vous parlez français, mon Général?*» intervenne mia madre, desiderosa di uscire dall'isolamento in cui il sex-appeal di Cleopatra l'aveva involontariamente confinata.
Patton si drizzò nell'uniforme le cui pieghe impeccabili testimoniavano l'alto livello operativo del suo servizio di lavanderia, e rispose con ostentato orgoglio:
«*Bien sûr Madame!* Prima della guerra ho vissuto a Parigi. Ho fatto la scuola di cavalleria di Saumur e ho anche studiato scherma con il campione d'Europa. La Francia è la mia seconda patria! Si figuri che ci fu persino un momento in cui pensai di dare le dimissioni dall'esercito americano per arruolarmi in quello francese. E poi, guardi, sono certo che in un'altra esistenza ho combattuto come *grognard* di Bonaparte!».

L'occasione era troppo bella. Felice di potersi unire alla conversazione e di esprimersi nella lingua di Stendhal – *Il Rosso e il Nero* e *La Chartreuse* erano i suoi libri preferiti – mia madre si lanciò a corpo morto.
«In un'altra vita, dice lei? Allora crede nella reincarnazione, nella metempsicosi?».
Tra le opere che avevano influenzato la gioventù di Patton c'erano già l'*Iliade* e l'*Odissea*, le avventure dei Diecimila e del loro capo Clearco raccontate da Senofonte, ma anche le tragedie di Shakespeare, il Vecchio Testamento e ancora certi romanzi di Kipling. Letture che, per sua stessa ammissione, oltre che verso un certo misticismo, lo avevano spinto a credere nella telepatia e nella reincarnazione. E poi, a completare le cose, c'erano anche le celebri visioni della nonna paterna. Una strana donna della quale si diceva che durante la guerra di secessione fosse a conoscenza prima di chiunque altro, e per pura intuizione, di cosa stava accadendo al marito sul campo di battaglia. Né erano da meno le esperienze di suo padre: da grande esperto di scienze divinatorie qual era, questi aveva studiato e calcolato le esatte misure della Grande piramide di Cheope per perfezionare le sue profezie. Non c'è da stupirsi, quindi, se

per capire il presente e decifrare meglio il futuro, Patton, più tardi, si lasciò attrarre dalla storia.
«Se credo nella reincarnazione, signora?» riprese con forza. «Ma ne sono un esempio vivente! Sono certo che sono state le mie esperienze in vite anteriori che mi hanno permesso di vincere in Sicilia».
Vinta dal fascino del Generale, Cleo non stava più nella pelle. E mentre mio fratello ed io respiravamo felici dopo le minacce che l'orribile pozione di sugo di pomodoro aveva fatto pesare su di noi, la Cinese, vedendosi improvvisamente nell'impossibilità di scambiare una sola parola con il Generale senza che Cleo vi aggiungesse il suo grano di sale, parve alquanto irritata.
«Lei mi affascina, Generale» esclamò Cleo con voce tonante, dando le spalle all'aiutante di campo – un bel ragazzo che tuttavia non sembrava a suo agio con le rappresentanti dell'altro sesso. Poi, presa dall'entusiasmo, si lasciò andare a uno dei suoi argomenti favoriti, la sua arma d'attacco negli incontri mondani, ma anche tra amici.
«Se lei sapesse come sono strani questi luoghi! Le pietre che lei vede qui, intorno a noi, sono certamente stregate. Ognuna di esse ha tanto da insegnarci, ma anche da nasconderci. Non dipende che da noi svelarne i segreti!».

A questo punto, Cleo tirò il fiato seguitando in francese: «Ci sono epoche appartenenti al passato di quest'isola di cui gli storici italiani non amano molto parlare. Mi riferisco ai tempi in cui la nostra civiltà era molto più avanzata di quanto non lo fosse nel nord. Palermo era ricca, l'aristocrazia liberale, generosa. Con Ciullo d'Alcamo qui nacque la prima corte poetica d'Europa. Certo, è rimasto ben poco di quel periodo fiorente. Ma la razza che è sopravvissuta a tante lotte, porta in sé, per atavismo, l'amore per la natura, il gusto dell'arte, l'istinto per le avventure eroiche e una grande volontà d'indipendenza. Se attorno al Partenone ci sembra ancora di vedere i trofei degli eroi di Salamina, di assistere ai giochi Olimpici, di ascoltare le odi di Pindaro o il canto di Omero, ad Agrigento attorno al tempio dei Giganti, o a Solunto fra le rovine del tempio di Giove, ci sono soltanto tenebre percorse da luci sinistre che ricordano gli scontri feroci, i massacri di tutte quelle razze che, vittoriose o vinte, sono state sepolte in un comune oblio. Da troppo tempo la Sicilia è avvolta in una lunga notte. E c'è voluto che Roma vivesse a nostre spese perché trionfasse Mussolini».
Avevamo appena terminato il primo piatto, un'insalata di rughetta e noci all'olio d'oliva, ed ecco

che l'ordinanza, sempre così impeccabile, ci serviva già del pescespada alla griglia con contorno di patate dolci in crosta. Mentre un altro soldato d'ordinanza, impeccabile come il primo, versava agli adulti un vecchio *Corvo bianco riserva*, proveniente dalle cantine dei marchesi di Salaparuta, a noi ragazzi, invece del sugo di pomodoro, veniva servita una bevanda scura, il cui colore ondeggiava tra quello della birra irlandese e le tinte più fosche dei vini di Calabria. Una bevanda dal nome strano, mai sentito prima: *Coca-Cola*.

Ascoltando Cleo, mia madre gongolava. Le lunghe sere d'inverno, quando era lei a tenerle quei discorsi sulla Sicilia e la sua storia, non aveva mai immaginato che un giorno quella sua allieva li avrebbe ripetuti appropriandosene al punto da riprodurne persino l'emozione.

Approfittando per un istante di una pausa di silenzio, mentre Cleo appariva sempre più in beata contemplazione di Patton, la Cinese si rivolse all'Americano. Per metterne alla prova la sincerità, gli pose una di quelle domande alle quali è difficile rispondere, se non si è in animo di provocare:

«Ma lei, Generale, che viene da orizzonti così

lontani e al tempo stesso così vicini, lei che ama la Francia, sua seconda patria, quel Paese che da sempre è un po' anche il nostro tanto amiamo i suoi poeti e i suoi scrittori, mi dica: per quanto superficiale essa sia, che opinione si è fatto di noi siciliani?».

Patton, che fino a quel momento si era mostrato alquanto volubile, rimase piuttosto interdetto. Soltanto uno sprazzo di luce nei suoi occhi e una strana espressione del viso tradirono, forse, un certo imbarazzo. Certo che in altre circostanze, e con persone diverse da mia madre, la risposta sarebbe stata un chiarissimo «*That's shit!*». Ma la sua educazione di gentiluomo della Virginia, come amava definirsi, ebbe invece il sopravvento sulla sua natura iraconda.

«*You know what*» fece come per darsi il tempo di riflettere. «Questo paese mi sembra alquanto complesso. Non soltanto mi sfuggono le leggi segrete che fanno di ogni individuo l'esponente algebrico delle forze latenti di un popolo, ma ignoro anche il modo in cui voi siciliani sembrate funzionare».

Patton fece una pausa, bevve un sorso di vino, si accese una Lucky Strike dal dolce profumo oppiato, e mentre una voluta di fumo azzurro saliva al

soffitto concluse la frase. Questa volta assunse un altro tono:
«Vede, signora, visto che parliamo di 'funzionamento', da quando la osservo, lei non mi sembra vivere secondo i miei criteri comportamentali».
«Vale a dire?» interruppe la Cinese, già pentita di essersi avventurata nelle trappole delle confidenze.
«Vale a dire» seguitò il Generale con tono quasi paterno, «che non capisco perché tutte le mattine lei va alla mensa degli ufficiali a raccattare i resti della loro colazione, quando, se me lo chiedesse, sarei onorato di offrirle la mia».
La Cinese accusò il colpo. «Per una volta» dovette dirsi, «il più anglosassone di noi non è quello che si pensa lo sia».
«Come si dice in inglese?» mormorò allora con un sorrisetto che celava appena il suo imbarazzo. «*Never complain, never explain?*».
Sally Flint, la vedova del colonnello Harry Flint, buon amico del Generale, doveva darne una spiegazione qualche anno dopo: «Poche persone conoscono l'autentica cortesia, la dirittura morale, la devozione quasi puritana delle credenze religiose del vero George Patton». Così, l'uomo con la pistola dal calcio d'avorio; il personaggio che ama-

va le serate in maschera che gli permettevano di travestirsi da re Artù o Ivanhoe, assumendo ogni volta nuove identità; il soldato «tutto sangue e trippe», capace di trasmettere a centinaia di uomini la sua rabbia di vincere: ebbene, quell'uomo, di fronte alla vulnerabilità e al pudore di quella donna dallo sguardo d'acciaio, si sentì preso in contropiede.

Per sua fortuna Cleo, che nel frattempo si era stancata dell'aiutante di campo, troppo riservato o troppo preoccupato di non fare ombra al suo Generale, ritornò alla carica:

«Lei di che segno è, Generale?» chiese, d'un tratto.

Patton spalancò gli occhi, finse di contare sulla punta delle dita, consultò un libretto che teneva in una tasca della sua bella camicia militare con le stellette perfettamente allineate sul colletto, abbozzò una smorfia e dichiarò confuso:

«*I don't know*».

Sedotti dal suo talento comico, mio fratello ed io non avevamo più occhi che per quell'uomo dallo sguardo così tenero. Ancora un po', e ci saremmo sentiti in colpa per quello che gli avevamo fatto subire la notte precedente.

Decisa a non mollare, Cleo riprese:

«E va bene, diciamo pure che lei non conosce il suo segno zodiacale, ma la data di nascita, la saprà?».
Patton finse di riflettere. Poi, come se recitasse una litania, disse tutto di un fiato:
«Sono nato l'undici-novembre-mille-ottocento-ottanta-cinque in California U.S.A.».
«Scorpione! Lei è scorpione!» esultò Cleo, quasi saltando sulla sedia. «E lo sa cosa vuol dire?».
«Significa che sono nato Scorpione. Ma posso assicurarle che da allora mi curo...».
Cleo fece una smorfia, come a dire: «Quant'è bravo, lui!», e riprese con una voce che all'improvviso era diventata carezzevole:
«Non scherzi, è una cosa seria».
«Ma io sono serio, *my darling*, mortalmente serio. E lei, però, è veramente pratica di astrologia? Sa davvero cosa sono le domificazioni, gli hyleg, l'afete, l'anerete, il trigono, il quadrato, il sestile, eccetera eccetera?».
Attorno al tavolo si fece uno strano silenzio. Lo stupore di Cleo fu contagioso. La sorpresa fu tanto grande che mio fratello, al quale mia madre aveva tradotto le parole del Generale, fu colpito da un sentimento oscuro che gli velò il volto.
«Certo che nasconde bene il suo gioco, l'anima-

le!» mi sussurrò allora, portandosi una mano davanti alla bocca per dare alle sue parole una prudente segretezza.

Dopo un ultimo scambio di sguardi stupiti, Cleo esclamò:

«Ma Generale, lei è veramente competente!».

Patton sorrise con falsa modestia. Poi, con un tono che nascondeva appena la sua soddisfazione, ammise:

«In effetti, lo confesso, credo di saperne un po'».

E subito aggiunse:

«E lei?...».

Il volto di Cleo si imporporò. Nessuno capì però se ciò fosse dovuto a un eccesso di timidezza o alla vergogna per aver mentito.

La risposta di Cleo non tardò a venire. Affascinata dal Generale malgrado la sua natura di donna siciliana abituata da generazioni a nascondere sia i sentimenti che i desideri, cosciente che gli uomini hanno la spiacevole tendenza a interpretarli a modo loro, e stravolgerne il significato a proprio vantaggio, per un breve istante perse il suo autocontrollo.

«Lei mi fa arrossire» disse dapprima, nascondendo il viso tra le mani, come una bambina.

Poi si riprese:

«Naturalmente so di cosa sto parlando. In Sicilia, quando si è donne, ci si sente così isolate, così sole che l'astrologia è diventata per me una specie di evasione, un rifugio, anche una passione». C'era un così forte accento di verità in queste parole che Patton ne apparve colpito. Così, passato un breve momento di imbarazzo in cui ciascuno faceva finta di interessarsi ad altro, la conversazione riprese animatissima.
«Non dubito affatto delle sue capacità» disse il Generale, come per farsi perdonare di avere sottovalutato le sue competenze. «E a dire il vero, ho anche un po' barato. In astrologia non sono che un principiante. Senza contare che in questo momento non è che possa dedicarmici come vorrei. Ciò detto, mi farebbe piacere se lei uno di questi giorni facesse il mio tema astrale».
Senza che nessuno di noi se ne fosse accorto, le ordinanze, tolti i piatti e quel nulla che rimaneva del pescespada, portavano adesso in tavola delle coppe di gelato e una quantità di frutta. Per Pino, come per me, era tornato natale. Dopo avere consultato con un solo sguardo la Cinese affinché ce ne desse l'autorizzazione, e ignorando deliberatamente la frutta, ci precipitammo sui gelati senza nessuna vergogna. Gelato alla vaniglia, gela-

to al caffè, gelato al cioccolato, tutto si mescolò nelle coppe di cristallo di Baccarat che risultarono insufficienti alla bisogna.
Questa volta, ignorando superbamente il mondo degli adulti, troppo compassato a nostro avviso di fronte a tali meraviglie, non ci rendemmo nemmeno conto che, finito il pranzo e avendo preso il caffè, Patton si era trasferito già con gli altri ospiti nel vicino boudoir dove troneggiava un tavolo da gioco. Come descrivere la nostra sorpresa quando, vedendoci arrivare e guardandoci in faccia come se si indirizzasse a noi, il Generale esclamò:
«Che cosa dicevo? Le carte non mentono mai! Guardate un po': fante di cuori e fante di quadri. E poc'anzi mi è uscita anche la dama di picche! Non mi dica adesso che non sa ciò che tutto ciò vuol dire...».
Una volta ancora Cleo arrossì. Soprattutto sembrava imbarazzata. Avvicinando la sua sedia a quella della Cinese come per sentirsi più protetta, replicò:
«Non ignoro nulla e non pretendo nulla. Dico soltanto che su quello che è successo la notte scorsa le carte non dicono niente che valga la pena di essere interpretato seriamente. Tutto qua!».

Alquanto perversamente, il Generale insistette: «Ah! Per lei queste carte non dicono nulla? Non le suggeriscono la presenza di due giovanotti, fante di cuori e fante di quadri, mentre una povera dama di picche si dispera da sola un po' più in là?». Trattenendo il fiato, mio fratello ed io cercammo la mano di Cleo per darci coraggio. L'insinuazione era troppo evidente perché la Cinese non intervenisse. Ma questa volta Patton con astuzia si rivolse direttamente a noi. Il vero obbiettivo di questo invito a pranzo in fine si chiariva.
«Mi rivolgo alla gioventù. Si dice che la verità esce dalla bocca dei bambini, non è vero? *Listen kids, listen to me!* Guardate queste carte da gioco, a cosa vi fanno pensare?» ci chiese allora in una specie di italo-spagnolo, felice della sua trovata.
Mio fratello fece un passo verso il tavolo, dette uno sguardo distratto a quello che avremmo potuto chiamare 'il gioco della discordia', ma prima che avesse aperto bocca Patton lo interpellò nuovamente:
«Aspetta, prima di tutto ascolta bene ciò che sto per dirti, così capirai meglio...».
Questa volta, prima ancora che il Generale avesse terminato la frase Cleo gli si avvicinò, gli sussurrò qualcosa all'orecchio e fece per andarsene.

«OK! OK!» esclamò allora l'Americano, rivolgendosi esclusivamente a lei. E quindi aggiunse: «*Wait a second, please. I'll go with you*».

Fingendo di non capire, mi avvicinai a mio fratello e gli sussurrai a mia volta con un sospiro di sollievo:

«Salvati dal gong!».

«Salvati da Cleo, vuoi dire!» replicò fulmineo. «Sarei curioso di sapere che cosa può avergli detto. Chissà se un giorno riusciremo a saperlo. Con lei non si sa mai».

A seguito di questo *a-parte* misterioso, le cose precipitarono alquanto. Mentre nostra madre prendeva la borsetta e ci chiamava già a sé, subitamente desiderosa di andar via, il Generale si congedò con grande cortesia:

«Scusatemi per il contrattempo, continueremo il gioco un altro giorno», disse, e girandosi verso Cleo aggiunse sorridendo: «E lei verrà con il mio tema astrale e i tarocchi, non è vero?».

«Senz'altro», rispose Cleo. «Per lei, ma soltanto per lei, sarò Cleopatra, lucidissima veggente. La regina dei tarocchi».

Stavamo per uscire quando l'aiutante di campo, che si era allontanato con tanta discrezione che

nessuno di noi se n'era accorto, ritornò con due pacchetti. Uno era per noi due fratelli, l'altro per Cleo, che il Generale però le offrì personalmente baciandola leggermente sulle guance.
«Venga», le disse poi. «Se me lo permette l'accompagno a casa».
Storditi dal pranzo come dopo un giro sull'otto volante, mio fratello ed io percorremmo i pochi metri che ci separavano dal Cortile della Fontana saltando e correndo come due invasati.
Con quel suo passo disperatamente misurato, nostra madre ci raggiunse, aprì la porta e quando fummo sul sommo delle scale puntando l'indice verso di noi, con voce secca esclamò:
«Voi, canaglie, non ci perderete niente ad aspettare!».
Fingendo di non avere udito la minaccia e troppo curiosi di scoprire il regalo aprimmo il pacchetto. Un disco. Si trattava di un disco, solo che era infinitamente più leggero e flessibile di quelli che conoscevamo. Al centro sull'etichetta, sopra il titolo delle canzoni e i nomi dei musicisti, c'era una parola in caratteri stilizzati: *Victory*. Folle di gioia, Pino lo pose sul grammofono che mise subito in funzione.
«Ascolta», mi disse. «L'interprete del primo pezzo si chiama Glenn Miller».

Ascoltavamo già le prime note di quello che sarebbe stato un giorno uno dei più grandi successi del secolo, quando mio fratello, che tentava di capirne il titolo, ammise amareggiato:
«Non ci capisco un cazzo! Qui c'è scritto soltanto *In the Mood...*».

10

Sola, in quel rifugio di pace che era il giardino reale, una sorta di radura in un campo aperto alla quale non si aveva accesso che con la chiave molto esclusiva del cancello, la Cinese restava a volte seduta per ore. Guardava passare le rare nubi o si lasciava trascinare dalla nostalgia degli accesi tramonti, una delle meraviglie naturali dell'eterna primavera palermitana.

Obbligata a restare in quel luogo, quasi controvoglia, da quando era morto nostro padre aveva finito con l'adattarsi a quel Palazzo Reale come le recluse al convento: da carmelitana.

Se le persone di fuori – come erano chiamati i mortali non residenti nel Palazzo – si stupivano a volte della sua sorprendente conoscenza del mondo, era perché non percepivano il vantaggio di stare a una certa distanza dalle cose della vita.

Così, a coloro che si confidavano con lei, rispondeva invariabilmente:

«Per me, il vero specchio del mondo è questo giardino».
Disposta a terrazza, quella sorprendente isola di verde era un continuo stupore. Alle spalle di un garbuglio di alberi di limoni, di arance, anche di banane, si nascondevano le *Mimose pudiche*, come vengono chiamate quelle piante sensitive che chiudono le loro tenere foglie alla minima carezza umana. Un po' più in là, rispondendo probabilmente all'immaginazione del vecchio Scinà, 'giardiniere-poeta' e vero padrone dei luoghi, spuntavano strane piante carnivore, sempre pronte a chiudere le loro 'labbra' umide anche sulla più piccola farfalla che vi venisse a bottinare, attirata dai loro succhi mortali.
Qua e là, nelle aperture irregolari di questa cortina vegetale, la prospettiva della Conca d'Oro, allora ricca di mille aranceti, sembrava irreale. Per rifinire la fantasmagoria, si intravedevano in prospettiva, strette tra ulivi saraceni che parevano aver messo radici nei secoli, le colline di Monreale con la sua basilica bizantina, una delle più belle del mondo.
L'uomo è un animale sociale e l'ascesi è tutt'altro che naturale. Tuttavia, c'era da credere che la Cinese sarebbe riuscita a raggiungere questo affrancamento dello spirito se, con le nostre monel-

lerie d'ogni giorno, non l'avessimo trascinata costantemente verso le difficili realtà quotidiane. Nel silenzio del tramonto, restava immobile di fronte alla vista che le si dispiegava davanti, serena, lo sguardo fisso verso chissà che lontananze. Fluttuava nell'aria un aroma leggero di bergamotto che secondo i capricci del vento copriva la forte fragranza del gelsomino.

La Cinese si era spostata verso il lungo parapetto ai piedi del quale si stendeva mollemente Palermo, quando una voce rauca la fece sussultare:

«Signora!».

Girandosi, vide Lascari, uno degli uscieri del Palazzo, che stava giusto alle sue spalle.

«Che è successo? Che vuole?».

«Suo figlio, signora!» rispose quello, sgomento, senz'altra spiegazione.

«Mio figlio? E cosa gli è capitato?».

L'usciere affettò un'aria disperata:

«I miei uccelli, signora».

Per un momento mia madre aveva temuto il peggio. Rassicurata da quanto aveva udito, e respingendo i timori dentro di sé, tentò di ottenere una risposta più precisa.

«Di quale dei miei due figli mi sta parlando, del grande o del piccolo?» chiese con calma.

Lascari alzò un braccio al cielo come per misurare l'altezza del ragazzo al quale si riferiva. Poi esclamò:

«Quello grande».

L'usciere era così impacciato, e le sue mimiche di spaventapasseri disossato così comiche, che la Cinese non poté impedirsi di accennare a un sorriso e corresse:

«È ciò che pensavo... il piccolo. Cioè quello che lei chiama il più grande per via della sua statura».

Spinta dall'espressione un po' ebete dell'interlocutore spiegò:

«Insomma, si tratta del più giovane, no?».

Il povero Lascari non sapeva cosa rispondere e parve emergere da un abisso di riflessioni quando salmodiò:

«Oh, signora, l'uno o l'altro importa poco, sono un paio di... come dire? Sempre insieme. E intanto i miei uccelli...».

La storia degli uccelli era troppo complessa perché Lascari riuscisse a riassumerla in poche parole. Già da qualche tempo mio fratello ed io, nel corso delle nostre incursioni quotidiane nei recessi più reconditi della proprietà reale, eravamo stati incuriositi da gorgheggi, frequenti e vivaci, che parevano uscire da un sinistro sgabuzzino

incastrato tra i due piani di una sordida scala di servizio. Da questo buco malsano, chiuso da una porta chiodata, antica e solida come le antiche mura del Palazzo, usciva un raggio di luce visibile dal pianerottolo. Un giorno che in cerca di avventure passavamo di là, Pino, incuriosito dal canto degli uccelli proveniente da un simile luogo, aveva deciso di passare all'azione.
«Bisogna chiarire il mistero di cosa sta dietro quella porta, entriamo!».
Obbiettai: «Non hai visto il catenaccio?».
Non ebbe esitazione: «Lo faremo saltare».
Detto e fatto: ci mettemmo alla ricerca di una sbarra di ferro. In quel paradiso di cianfrusaglie che erano i depositi del Palazzo Reale trovammo un piede di porco, tutto nuovo come se uscisse dalla bottega di un fabbro. Mio fratello se lo nascose sotto la camicia e, tenendolo con mano ferma attraverso la tasca destra del pantalone, lo portò fin davanti alla porta che dovevamo scassinare mentre io lo seguivo canticchiando per darmi un contegno. Il catenaccio, però, si rivelò più recalcitrante del previsto: con le nostre forze, impossibile aprirlo.
«Aspetta... Aspettami qua. Non ti muovere!» fece allora mio fratello, e sparì.

Pochi minuti dopo era di ritorno accompagnato da un soldato americano che era riuscito a tirar fuori dalla stanza di riposo.

«A questo Maciste, nulla potrà resistere», annunciò con fierezza.

«Cosa gli hai raccontato perché ti seguisse?», domandai stupito.

La risposta fu lapidaria: «Non gli ho detto nulla perché non mi ha chiesto nulla».

Fatte le presentazioni, rispettoso della forma come soleva essere, mio fratello mostrò all'Americano l'impervio catenaccio. Quindi gli tese il piede di porco, e con una comica mimica spiegò:

«*My mother ask to me to do that but I can't. I'm not strong enough! Could you help me, please?*».

Se il suo inglese era confuso, ciò che Pino voleva era invece chiarissimo. Senza aspettare ulteriori spiegazioni, il militare afferrò il piede di porco, lo infilò tra la porta e il catenaccio e senza sforzo, con una semplice contrazione dei bicipiti, face saltare ogni cosa.

«OK?» esclamò quindi, vittorioso.

«OK!» gli fece eco mio fratello, soddisfatto, mentre quello già ripartiva.

Ciò che vedemmo entrando nello sgabuzzino assomigliava a un incubo. Decine e decine di uccelli, assetati e affamati, volavano in tutte le direzioni. Altri battevano le ali nel vuoto, in maniera disordinata, come per chiedere aiuto. Sul pavimento, escrementi, resti di granaglie annerite e di vecchie gabbie arrugginite si ammucchiavano in una confusione fetida e marcita.

«Guarda!» dissi entrando nell'anfratto. «Sono cardellini, una specie di passeri canterini».

Mio fratello venne avanti a sua volta, raccolse un lungo ago nero annerito dal fuoco e mormorò stupefatto:

«Sono quasi tutti ciechi».

«Sei sicuro?» feci atterrito.

«Osservali bene. Gli hanno crepato gli occhi con questo ago».

«E perché?».

«Perché cantino meglio. Una leggenda, naturalmente. Ma questa vecchia abitudine popolare, barbara e crudele, fa guadagnare tanti soldi agli uccellatori».

«Soldi?».

«Gli *austini*, cioè i cardellini d'agosto, come questi qui, si vendono molto cari».

Attirati dall'aria pura e dalla luce del giorno, un certo numero di cardellini già sceglievano la strada della libertà.

«Tu credi che Lascari...» feci a mio fratello.
Il volto gli si oscurò.
«Non lo credo, ne sono certo!» fece con un tono senza appello.
Dopo questa constatazione non era il caso di attendere oltre. Bisognava passare all'azione. E per la porta spalancata facemmo fuggire tutti gli uccelli, anche quelli ciechi che seguivano gli altri per istinto o forse guidati dal rumore.
Come mio fratello, così sicuro della sua decisione di permettere questa fuga, o piuttosto questa evasione, sentivo un profondo fremito dentro di me. Era soltanto stanchezza ma forse anche la paura, l'angoscia di potermi essere sbagliato, anche se adesso non era più possibile tornare indietro.
Il sole calava all'orizzonte. Le finestre del Palazzo Reale si illuminavano l'una dopo l'altra. In questo universo chiuso al quale le tenebre della sera avrebbero ridato il suo aspetto sepolcrale, qualche nota di jazz portò un briciolo di gaiezza. L'ingresso del Palazzo e il patio cominciavano a illuminarsi di una luce giallastra. Le lampade elettriche erano esauste. Il va e vieni delle automobili militari si era arrestato e piccoli gruppi di ufficiali uscivano a passo pesante dalla mensa.

Come mio fratello, mi sentivo il cuore che si serrava.
«Cane bastardo non lo rifarai!» urlò una voce dal sommo delle scale.
Furibondo, rosso come un tacchino, Lascari sembrava sul punto di avere un attacco apoplettico.
«Andrò a parlare con tua madre. Vedremo per quanto tempo ancora ci romperai i coglioni con le tue cazzate!».
E così era corso fino al giardino dove gli era stato detto che avrebbe potuto trovare «la santa donna». Lì, dopo avere spiegato il suo travaglio e per mostrare la sua legittima collera si era tolto di tasca un uccello morto e glielo aveva mostrato gridando:
«Si rende conto signora di ciò che vale? Non si può più andare avanti così, ne parlerò al Generale!».
Rispose la Cinese, fingendosi spaventata:
«Non sono così convinta che mio figlio abbia avuto tanto torto ma... ne parli pure al Generale, ma sì. Vedremo cosa dirà».

11

Patton era pensieroso. Dopo avere guerreggiato, essersi battuto con coraggio per stimolare l'ardore di un'intera armata affinché in ciascuno dei suoi ufficiali e dei suoi soldati nascesse il fuoco dell'eroismo, ecco che Eisenhower lo metteva in quarantena a Palermo senza che ne sapesse veramente il perché. Né quello che doveva fare.
Molto in forma, calmo, sempre identico a se stesso nell'elegante uniforme militare, era comunque fiducioso. Sapeva ciò che l'America gli doveva. Aveva creato un esercito a sua immagine, duro, altamente qualificato, impregnato del violento desiderio di vincere: un esercito di professionisti simile a nessun altro. La campagna di Sicilia gli aveva permesso di avvicinarsi all'obbiettivo ultimo della sua vita. Tra poco non ci sarebbero state più cose che ragionevolmente potesse ancora desiderare. Se talvolta si sentiva un po' stanco, doveva anche ammettere che a cinquantotto anni poteva considerarsi soddisfatto. Stanco, certo, ma felice.

A volte, meditando sui suoi successi mentre passeggiava nei corridoi del Palazzo Reale – il suo regno, ma anche un esilio che non osava dire il suo nome – tra brevi momenti di dubbio, lo assaliva una felicità selvaggia che gli scendeva fino nelle profondità della carne.
C'era una sola ombra, la stupida storia di uno schiaffo: la desolante storia di quel soldato traumatizzato che era arrivata a Washington commovendo alcuni membri del Congresso e la cui conseguenza logica era stata la messa in disparte del Generale. Almeno per qualche tempo. Il tempo che Eisenhower decidesse di perdonargli lo sgarro.
E tuttavia, profittando di una grande kermesse all'aperto organizzata per distrarre i suoi soldati, di fatto obbedendo ai «consigli» di «amici» al Pentagono, Patton aveva offerto per quella faccenda pubbliche scuse.
Dopo tanti anni di sofferenza, la campagna palermitana aveva ritrovato un po' della pace e quiete dei tempi andati, quell'abbandono tanto caro alla figlia di Saturno e Cibele, Cerere, tanto amata dai siciliani. Sotto il fuoco del sole i furori della guerra si erano alquanto assopiti, lasciando spazio a un'illusoria gioia di vivere perché tutti potessero almeno sognare.

Quel giorno, fedele alla sua immagine di capo carismatico diventato maestro nell'incontinenza verbale, Patton che guidava i carri armati come una carica di cavalleria, era salito su un palco alzato tra alberi di limoni e ulivi centenari e aveva arringato i suoi soldati con il piglio di un tribuno.
«Mi è parso giusto venire qui, davanti a voi, perché possiate giudicare se sono, o no, quel grande figlio di puttana che pensate!» aveva gridato a quell'assemblea militare, come se si stesse confessando a un fratello per chiedergli perdono.
Subito, le sue parole erano state accolte da tanti fischi di ammirazione e tanti nutriti applausi. I suoi uomini erano della sua stessa pasta, quelli che si ostinavano a non capirlo erano sempre i soliti burocrati di Washington.
Già all'inizio di quella «storia» Eisenhower, rassicurante, gli aveva detto: «Non c'è il rischio che ti dimentichino nelle paludi stagnanti della guerra!». Eppure, malgrado quelle parole incoraggianti, un'insopportabile attesa di cinque mesi lo teneva inchiodato a Palermo – e con lui lo Stato Maggiore della VII Armata, più qualche unità antiaerea: in tutto, cinquemila uomini.
Il Generale traversava il patio dal quale si poteva accedere alla Cappella Palatina quando il suo

sguardo si posò su Cleo, che lo osservava da lontano, i gomiti appoggiati alla balaustrata, guardando distrattamente in basso. Così, di primo acchito, non le avrebbe dato trent'anni. Era nell'ombra di una nube, pallida, i capelli nerissimi tirati stretti in uno chignon sul sommo del capo, le labbra pigramente socchiuse in un'espressione di apatia insieme languida e selvaggia. Era bellissima.

Indossava una semplice camicetta grigia – sotto la quale si disegnava un seno che il Generale giudicò solido – e una gonna nera stretta in vita. Il suo corpo posava mollemente sulla balaustrata, e le sue anche, splendidamente modellate, sembravano offerte al vento in un'indifferenza animalesca. A guardarla alla giusta distanza, si sarebbe detta una di quelle studentesse falsamente bohème delle scuole d'avanguardia la cui libertà e impertinenza raggiungevano un'eleganza quasi aggressiva.

Per una brevissima frazione di secondo il Generale, alzando gli occhi, intravide soltanto una parte delle gambe di Cleo, ché i piedi erano nascosti e la sottana scendeva sotto il ginocchio.

In controluce percepì il profilo insolente delle cosce che sbocciavano in una commovente progressione carnale, subito nascosta dal gioco delle pieghe della gonna.

Il Generale proseguì lungo il colonnato, imboccò la scalinata reale e salì al piano superiore. Questa volta, Cleo gli concesse un'occhiata distratta. Non che fosse aggressiva, al contrario, si trattava di una sorta di suprema indifferenza che faceva sì che, presa da una certa apatia, le risultasse difficile controllare gli sguardi.

Patton la scrutò furtivamente, turbato, come se si fosse sbagliato di persona. Anche se si sforzava di tenere lo sguardo dritto davanti a sé per difendere la sua dignità nei confronti dell'attendente e degli altri due soldati che lo seguivano, non poté resistere alla tentazione, e nuovamente si girò per osservarla meglio.

Cleo lo guardò nuovamente e parve a Patton – o forse fu soltanto un'impressione – che le labbra voluttuose, esangui, tremassero come quando si sta per dire qualcosa ma che il pudore o il timore consigliano di tacere.

«*Fucking shit!*» si disse allora, e continuò il cammino. Per un istante, ebbe la sensazione come se lo sfiorasse un vago calore alla nuca, un alito. Forse Cleo seguitava a fissarlo. Affrettò il passo.

In quel momento, mentre un signore dalla pancetta

generosa si allontanava saltellando verso uno degli appartamenti riservati al personale amministrativo del Palazzo, udì una voce di donna che lo chiamava:
«Generale» faceva la voce con quel tono particolare che tradisce una certa intimità.
Fingendosi distratto, Patton non reagì. Ma Cleo, assicuratasi con un'occhiata che l'ometto saltellante – suo padre – fosse entrato in casa, riprese a chiamarlo con voce nettamente più calda e sensuale:
«Generale, sono io, Cleo, che fa, non mi riconosce?».
Un'improvvisa sensazione di pace, quasi di felicità, assalì il Generale che adesso si volse.
«Cleopatra, che sorpresa! Come sta? Si sente meglio stamattina?».
Scartando ogni falsa, vecchia e superflua premessa, Cleo gli prese la mano e, il fiato mozzo per l'emozione, esclamò:
«Mussolini è caduto!».
Lo disse come qualcun'altra avrebbe detto «Ti amo». Certo, per una dichiarazione d'amore avrebbe potuto fare di meglio, anche se il tono di voce e lo sguardo complice erano quelli. Su ciò non c'era dubbio. Spettava a Patton adesso sostituire le parole che lei aveva appena pronunciato con quelle che in

effetti le bollivano nel cuore e non aveva osato dire. Ma per questo sarebbe stato necessario che il Generale fosse a conoscenza di tutti gli arcani dell'animo siciliano: *Sicilia docet*, punto e basta.

Afferrando comunque l'ambiguità della situazione, Patton le indirizzò uno sguardo caldo e sentito prima di rispondere con un laconico:

«Lo so».

Faceva caldo a Roma, molto caldo. Non un passante a piazza Venezia, sotto il famoso balcone dal quale Mussolini era solito parlare. Da un po', voci inquietanti circolavano nella Città Eterna ma la prudenza imponeva il silenzio. Finché alla radio scoppiò la notizia. La voce impersonale di un giornalista annunciò: «Sua Maestà il Re d'Italia e Imperatore d'Etiopia, Vittorio Emanuele III, ha accettato le dimissioni del capo del governo e primo segretario di Stato, cavaliere Benito Mussolini. Ha nominato capo del governo e primo segretario di Stato il Cavaliere e Maresciallo d'Italia Pietro Badoglio...». In poche ore, scomparso il Duce, il fascismo si sfasciava. Tutto ridiventava possibile per il paese straziato dalla guerra, a cominciare dalla rottura con Berlino. Un'avventura non così semplice, quella, ché i tedeschi già si riversavano in forza sull'Italia. La Storia aspettava...

Sotto le arcate del colonnato che porta alla Cappella Palatina, i sentori di incenso che fluttuavano nell'aria stagnante a causa del caldo davano alla testa. Cleo fece un passo verso Patton e tenendogli sempre la mano sospirò:
«Lei cosa farà? Partirà? Vorrei poterle dire, resti ancora un poco...».
Forse perché preso di sorpresa, una strana espressione si disegnò sul volto dell'Americano. Come immaginarsi innamorato soltanto perché aveva visto in Cleo la giovinezza e al tempo stesso il frutto proibito? E poi così, di colpo? Che stupidaggine, che assurdità. No, no, tutto questo era poco serio. E tuttavia...
E tuttavia, in lui, là dove qualche istante prima vibrava un piacere infinito, adesso un sentimento più confuso pareva dominarlo. Si diceva che non avrebbe mai più visto Cleo, che non l'avrebbe mai «conosciuta». E che tanti anni fatti di rinunce, disciplina, rigore, astinenze, desideri soffocati, menzogne e sogni irrealizzati si sarebbero susseguiti come un fiume senza più vita, incapace di raggiungere il mare.

Il pensiero lo spaventò. Prendendo a sua volta la mano di Cleo tra le sue, mormorò:
«Partire? No, non prima che lei mi abbia spiegato la ragione della sua inopinata partenza l'altro giorno. È stato realmente un malessere, o piuttosto una finta, per ciò che stavo per dire a quei due ragazzi?».
Le mani di Cleo diventarono di ghiaccio. L'emozione la faceva tremare.
«Probabilmente un insieme di cose... anche la sua presenza... Adesso mi scusi, devo rientrare, i genitori mi aspettano. Non vorrei che si preoccupassero...» aggiunse, chiaramente turbata.
E d'un medesimo fiato: «A presto?».
Patton stava per farsi più insistente ma l'idea gli parve una scandalosa follia. Lasciandola, mormorò semplicemente:
«A domani...».

12

Già da due ore un'interruzione di elettricità ci obbligava al buio. La situazione era senz'altro scomoda ma gli anni di guerra ci avevano abituati a questi disagi. Contrariamente a quanto ci si poteva aspettare, mio fratello trovava la cosa piuttosto piacevole. C'è da dire che, con il pretesto di raccontarci gli ultimi giorni di guerra che avevano trascorso nascoste nelle Madonie – quelle montagne dove, diceva mio padre, anche il diavolo si sarebbe dannato – le due figlie gemelle del suo ex segretario, di cui una pareva avesse un certo interesse per Pino, si erano appena invitate a cena.
Sandra, la più grande – nata quindici minuti prima di Silvia, la minore – con tutto il candore dei suoi quindici anni aveva persino insistito con la Cinese:
«Basta un semplice piatto di pasta».
Al che lei aveva risposto:
«Pasta? Non sognarlo neppure. Anche i tagliandi delle tessere di razionamento non servono più. Se volete, posso farvi un piatto di patate, quello sì».

Dopo gli uragani di piombo che avevano messo Palermo a fuoco e a sangue, e malgrado le restrizioni alimentari ancora in vigore, la vita quotidiana riprendeva a poco a poco i suoi diritti.
«Atmosfera!» esclamò mio fratello, felice di avere ritrovato le sue amichette.
E subito, tolto da una specie di bacheca per antichità un superbo candelabro barocco d'argento *guilloché*, lo aveva piazzato sul tavolo della sala da pranzo. Con un embrione di fiammifero aveva poi acceso le cinque candele già a metà consumate. Era un rito quasi quotidiano al quale gli anni di guerra ci avevano abituati.
Quando le risa complici di Sandra e di mio fratello presero a perturbarmi, mi indaffarai a fare funzionare una vecchia lampada a petrolio per meglio illuminare la cucina sicché alla Cinese restasse soltanto l'ingrato compito di preparare la cena.
Passate in padella con un miscuglio di grasso vegetale, pepe, sale e alloro, le patate furono presto pronte. Le candele facevano danzare lunghe ombre pallide sulla tovaglia bianca, quando mia madre annunciò:
«A tavola!».
La notte respirava attraverso le grandi finestre. Una notte tanto attesa e che, scurito il cielo per

meglio tesserlo di stelle, aveva rinfrescato l'aria. Attorno alla tavola chiacchieravamo allegri. Malgrado la nostra giovane età, la caduta di Mussolini ci infiammava il cuore.

«Ma vi rendete conto? Tanto rumore per nulla...» esclamò mio fratello.

E mia madre aggiunse:

«Anche così tanti morti!».

Le ore passavano e sgranavamo un rosario di ricordi, di aneddoti di vita quotidiana, sapientemente rinvigoriti da pettegolezzi su questo o quel residente del Palazzo, quando, sornionamente, Sandra fece scivolare la conversazione su argomenti più delicati e personali.

«Ci lamentavamo della vita a Palermo, delle difficoltà per noi ragazze di vivere liberamente, ma se sapeste! Nelle Madonie, dove eravamo, tra quei beduini di Sicilia, non si poteva neppure parlare con un ragazzo. Bastava dirgli buongiorno, accennare al minimo sorriso e ci mormoravano alle spalle, 'Puttana!'». Lo disse gonfiando il petto, mettendo in risalto il profilo dei suoi seni appena sbocciati.

Sandra, né bella né brutta, né grande né piccola, minuta, piacevole a guardare, il volto vivace, pieno di voglia di vivere ma anche – già – di desideri repressi, si era confortevolmente sdraiata

accanto a mio fratello. Silvia, come sempre un po' più riservata, mi si era seduta al fianco. Più timida forse della sua 'sorella maggiore' seguiva la conversazione con fare distante, in silenzio.
Forse era la reazione all'afa, quel caldo soffocante che aveva pesato sulla città fin dalla mattina: nel Cortile della Fontana tutto s'era zittito. Nel silenzio ovattato, anche i passi dei soldati che si alternavano al posto di guardia davanti alla residenza del Generale ci giungevano attutiti.
La cena era arrivata alla fine. La Cinese, stanca, non aveva che un desiderio, andarsene a letto. Certo, era piacevole per lei rivivere quelle esperienze di donna siciliana adesso 'rivisitate' dalla più grande delle due gemelle. In effetti, queste briciole di vita, pur avendo segnato la sua lontana giovinezza, ai suoi occhi restavano di una grande attualità – la confortavano nella certezza che in Sicilia, malgrado il passare del tempo, nulla cambia mai, neppure il colore del cielo.
«Ragazzi e ragazze, è l'ora» disse. «Io mi ritiro in camera mia. Voi siete grandi, ormai. Non avete bisogno della mia compagnia. Vi lascio soli».

Le prime note delle *Variazioni Goldberg*, che nostra madre talvolta suonava al piano prima di

andare a letto, fluttuavano leggere fino a noi, senza che nessuno vi prestasse attenzione, quando Sandra chiese a mio fratello:
«Ti ricordi del tuo primo bacio? L'effetto che ti ha fatto? Le tue reazioni?».
Vedendo che accennavo a una smorfia, Sandra mi lanciò uno sguardo provocatorio e buttò giù:
«Non fare quella faccia, cos'è più dolce di un bacio? Non ne sai nulla tu, non puoi dirne nulla, poverino. Sei ancora un bebè!».
Silvia mi prese una mano stringendola forte. Poi, intervenendo nella conversazione per la prima volta, e girandosi verso di me, lasciò cadere, con un tono di commiserazione:
«Mio Dio, com'è stupida. Non l'ascoltare...».
Lo sdegno di Sandra, affettuoso per quanto potesse essere, mi aveva ferito. Certamente, avessi avuto qualche anno di più non mi sarei fatto prendere dall'amarezza. Forse avrei atteso il momento propizio per tenderle un tranello a modo mio. Forse l'avrei fatta pentire di quelle affermazioni. Ahimè, ero ancora un bambino. Così non potei impedire che un vero fuoco, fatto di timidezza e orgoglio, mi imporporasse le guance.
In realtà, non ero in armonia con me stesso. Se per l'anagrafe ero ancora un bambino, le prove

subite durante la guerra e la morte di mio padre facevano sì che avessi già una certa maturità. Senza saperlo, ero in quel periodo della vita quando, tra una spensieratezza perduta e una pubertà non ancora maturata, si ha la sensazione di percorrere un cammino incantato tracciato tra due giardini bordati di alte muraglie e gonfi di desideri senza oggetto, di tristezze senza ragione. Erano sofferenze segrete che non riuscivo a condividere neppure con mio fratello, quell'*alter ego* che era comunque più grande di me.

Una bella domenica piena di sole, passeggiando tutto solo nei giardini del Palazzo Reale, volle il caso che sorprendessi Sandra tra le braccia di mio fratello che, a quell'ora, credevo stesse ripassando le lezioni. Poiché i due piccioncini non mi avevano notato, mi ero ficcato in fretta in un boschetto di arbusti per osservarli di nascosto.
Quando li vidi baciarsi, stretti l'uno all'altra, una specie di febbre, anche uno spasmo di gelosia, mi presero alla gola. Fu come un morso. Un dolore sordo, forse un desiderio che non conoscevo ancora.
Durante la cena, i miei occhi frugarono ogni espressione di mio fratello come se cercassi di

percepirvi chissà che cosa. Animato da un folle romanticismo, di cui ignoravo anche il nome, volevo scoprire nel suo sguardo e nelle sue labbra le stigmate meravigliose dell'amore.
Ma Pino mi sembrò lo stesso di tutti i giorni, quello di sempre, disperatamente gaio e loquace. Da allora mi fu difficile vederlo al fianco di Sandra senza provare un fremito di desiderio, un sentimento nuovo e indescrivibile che mi rendeva felice e infelice ad un tempo. In realtà, scoprivo le delizie di quella strana febbre che doveva farmi amare la solitudine facendomi conoscere la felicità.
Anche questa volta, seduto davanti a lei, non riuscivo a distoglierne lo sguardo. Osservare il disegno delicatamente provocante delle labbra – già abbastanza mature ma al tempo stesso infantili – mi suscitava sensazioni confuse di piacere e dolore tutt'altro che spiacevoli. Le immagini di quel bacio, quell'abbraccio, già lontani, le rivivevo nei minimi dettagli, nell'espressione del più flebile sospiro.
Consumate, le cinque candele del bellissimo candelabro d'argento che troneggiava davanti a noi, l'una dopo l'altra morirono.
«Credo che è l'ora di tornarcene a casa» disse Sandra, alzandosi.

E mentre mio fratello, nel buio, la guidava già verso l'uscita, Silvia, alzandosi anche lei, mi prese per la mano e, attiratomi a sé, mi diede un bacio. Un tenero bacio sulle labbra. Il primo del genere che abbia mai ricevuto.
«È tardi, bisogna andare» mi disse poi.
E senza darmi il tempo di rispondere mi sussurrò all'orecchio:
«Domani sera… alla Cappella Palatina… alle cinque… ci sarò».
Un nodo alla gola, scoprendomi improvvisamente muto – non un solo suono poteva uscire dalle mie labbra – accennai a un vago 'sì' facendo cenno col capo.
Ma una volta a letto mi assalì un'insonnia tenace. E mentre il mio cuore batteva sempre più forte, le parole risuonarono a lungo dentro di me. Sfilavano come un'infernale litania a una cadenza ossessiva: domani sera… Cappella Palatina… alle cinque… ci sarò… Domani sera… Cappella Palatina… alle cinque…

13

Seduto accanto al letto, mio fratello mi guardava dormire. Era preoccupato. Ebbi un tremito, scossi la testa come per liberarmi da una stretta invisibile, aprii gli occhi e fissandolo con un'espressione di stupore mormorai a voce spenta:
«Cosa c'è? Che succede?».
Mio fratello mi carezzò la fronte e rispose, nel modo più sereno:
«Niente, niente. Ma siccome ti lamentavi...».
In un semitorpore – le immagini confuse del sogno o piuttosto dell'incubo che mi aveva agitato il sonno non erano ancora del tutto dissipate – mormorai:
«Sento una specie di angoscia, di inquietudine... Non so che mi succede».
Mio fratello esitò; poi con la stessa calma, tentò di rassicurarmi:
«Sei un po' stanco ma non hai febbre. Non preoccuparti. È normale dopo tutto quello che è successo stanotte».

Tacque per qualche istante mentre io lo guardavo sforzandomi di tenere gli occhi aperti.
«Questa notte? E cos'è successo?».
Ci fu un lungo silenzio: spesso, pesante, impalpabile. Come se i muri, i mobili, i letti, i libri che ci circondavano trattenessero il respiro. Poi mio fratello disse:
«Il tuo sogno – un maledetto incubo, deliravi al punto... Mi hai fatto paura...».
«Delirare io? Ti ho fatto paura? Ma che dici?».
Sembrò stupirsi.
«Non ti ricordi più? Gridavi, papà papà! E poi quel dialogo – impressionante, sai».
Un imbarazzo si inserì tra di noi, fatto di angosce, di immagini scolpite nella memoria di mio fratello che volentieri avrebbe voluto scordare.
«No» dissi, «non ricordo. Racconta...».
«Raccontare? facile da dire. È cominciato verso mezzanotte. E dire che Silvia e Sandra se ne erano appena andate e tu dormivi già. A proposito, che ne pensi della cena, splendida, no?».
La mia risposta, malgrado ciò che Silvia mi aveva fatto provare e la meravigliosa prospettiva delle sue mute promesse, si rivelò stranamente vaga.
«Sì» dissi, «divertente...».
«Niente di più?».

«Sì, sì, certo, ma dicevi che verso mezzanotte... Che è successo verso mezzanotte?».

«Mi hai svegliato. Parlavi così forte che per un istante ho creduto che nella stanza ci fosse qualcun altro».

«E allora?».

«Allora gridavi, 'Papà, ti prego, poiché sei tornato, dacci una mano, chiama la mamma, ha bisogno di te, lo sai?'».

«Parlavo con papà? Che idea! È una storia da pazzi. Cos'altro ancora? O è tutto qui?».

«Non lo è affatto, appunto! D'improvviso mi hai chiamato. Avevi gli occhi chiusi ma ti sei girato verso di me e mi hai detto: 'Ti prego, dal momento che sei ancora in piedi perché non dai un'occhiata fuori? Deve esserci qualcuno'. Io ti ho risposto: 'Chi vuoi che ci sia? Patton a quest'ora dorme e anche tu dovresti dormire'. Non mi sono mosso ma tu insistevi: 'Ti prego, papà mi ha detto che c'è una luna meravigliosa. Che il mondo è perfetto. Che non mi dovrei preoccupare. Ha detto che ha fatto bene a fare quello che ha fatto. Che i tedeschi sono partiti dalla piana di Catania. Ha detto che il Grande Amministratore...'. A questo punto di scatto mi sono alzato, ho aperto gli scuri, ho guardato fuori e sono rimasto interdetto. Dopo l'afa del giorno,

l'aria era di una incredibile purezza. La luna, più luminosa che mai, rischiarava il Cortile della Fontana come se fosse giorno. Tutto pareva deserto, immobile, cristallizzato nel silenzio. Una calma totale, bizzarra, aveva invaso l'atmosfera. Vuoi sapere? Era come quel silenzio ovattato che precede i terremoti quando più nulla si muove, neppure il tempo, e la natura si fissa in una muta paura».
Zittì. Immagini della nostra infanzia, un frammento doloroso della nostra vita, una folla di ricordi di una felicità perduta, sfilavano davanti ai suoi occhi a inaudita rapidità – la velocità della coscienza. Poi, come il ricordo delle allusioni appassionate e indecifrabili del mio delirio non lo aveva abbandonato, cambiò di tono e aggiunse: «Non avevo mai provato una simile pace. E tu eri felice... 'Guarda, papà è tornato' dicevi singhiozzando. Allora anch'io mi sono messo a piangere. E ho pianto con te mentre attorno a noi l'universo intero pareva riposare in una immensa pace. La sensazione era così meravigliosa, fatta di incantesimi e di un languore misterioso, che ti ho preso tra le braccia come quando eri piccolo e ti insegnavo a camminare e ti ho sussurrato: 'Dormi tranquillo, adesso. Fuori non c'è nulla, non un'anima viva. Non ho mai visto tanta pace...'».

«Nulla. Così non resta nulla… più nulla di papà?» dissi bruscamente.
Mio fratello era sempre in preda a una forte emozione.
«Chissà?» rispose, come se fosse già altrove.
Di fatto, devo confessare che a partire da quella notte, a volte provo uno strano sentimento. Come se, mio malgrado, qualcuno si insediasse dentro di me o che mi abitasse un'entità estranea e allo stesso tempo profondamente mia. Come se non fossi più solo e ogni mio gesto, ogni mia parola avessero per testimone uno spirito invisibile. L'incanto dura poco, presto la presenza scompare – e gli oscuri ingranaggi del tempo mi stritolano nelle ore che trascorrono.
Sotto lo sguardo di mio fratello, una vera e propria metamorfosi avveniva in me. Rivivendo grazie a lui quella notte 'magica', mi sapevo ormai dotato di una forza nuova.
«Adesso che ne abbiamo parlato, mi sento molto meglio» dissi, accennando a un sorriso che lo rassicurasse.
Il giorno stava per cominciare. Il mio appuntamento delle cinque mi colmava già di eccitazione.

14

«L'uomo è la sua parola. Se non ha parola, non è nulla».
La Cinese ce lo aveva martellato tante volte e con tanta forza, che la frase è rimasta scolpita dentro di me. Così, malgrado uno stato di generale debolezza, accessi di febbre e la legittima paura di addentrarmi in qualcosa di assolutamente sconosciuto, mi recai all'appuntamento fissatomi da Silvia.
Erano quasi le sei e la sorprendente ferocia di quella temperatura canicolare che rammollisce il corpo e addolcisce lo spirito quasi a meglio sottometterlo all'abbandono dei sensi, seguitava a pesare sulla città.
Scintillante sotto i raggi di un sole al tramonto, il maestoso mantello d'oro e argento dei mosaici bizantini in cui è avvolta la Cappella Palatina s'infuocava, si faceva di brace.
Seduto sul bordo di un banco di marmo grigio, che alcuni secoli di usura avevano finito per modellare lisciandolo al massimo come un vecchio ciot-

tolo respinto dal mare, aspettavo Silvia che era in ritardo di un'ora.
Quella domenica pomeriggio, tutto era silenzio. Nella noia dell'attesa, mi sentivo avvolgere dagli odori d'incenso che esalava la Cappella dove ormai i vespri non si celebravano da anni.
Pensavo: 'Se mio padre mi vedesse adesso, cosa penserebbe di me?'. E aggiungevo, turbato: 'Sono sicuro che è comunque qui, al mio fianco, e ride della mia situazione'.
La percezione insieme dolce e dolorosa che uno spirito protettore abitasse dentro di me, si rafforzava senza che ne provassi più né gioia né paura. 'Certo' mi dicevo ancora, 'se mio padre, che ha sempre dato prova di tanto amore e tanto coraggio, si mostrasse in altra forma che nei sogni, non fuggirei'.
In ogni caso, ero troppo depresso per fuggire. Inoltre, avevo un gran bisogno di parlare, di esprimermi, di liberarmi dell'uragano che mi si era creato nel cervello come quelle tempeste che si inarcano sul mare sotto la forza del vento. Mi sentivo così vecchio che scoppiai a ridere. Se in quell'istante mi fosse apparso il diavolo in persona, gli avrei fatto fronte con una grande risata. Nell'angosciante incertezza dell'atte-

sa, la febbre a poco a poco si era impadronita di me.

In altri luoghi c'era il sole, c'era la vita e altri esseri cercavano come me di conoscere quella sorgente del 'meraviglioso' che avevo intravvisto a malapena la sera prima. E adesso, eccomi qua. Se Silvia venisse! Dopo quelle fugaci promesse, il mio sogno stava per svanire?

Un gatto in calore lanciò i suoi rauchi miagolii. Una leggera brezza giocava con un foglio di un vecchio giornale. Per ingannare il tempo, decisi di muovermi, di fare qualche passo sperando che Silvia venisse. Il profumo dei gelsomini, dominante su quello degli altri fiori, mi colpiva a zaffate. La mia ombra si allungava, si infrangeva contro i muri, gli archi, le colonne del patio, i blocchi spersi di un muretto in restauro, contro tutto ciò che era a qualche passo da me.

L'incontro con Silvia era così importante per me che tutti i luoghi possibili per un appuntamento non potevano che convergere verso la Cappella Palatina. Evitando di farmi notare, spiavo da tutti gli angoli, ansioso di vederla.

Il minimo scricchiolio che poteva assomigliare a un rumore di passi bastava a farmi sussultare. E tuttavia, senza che l'avessi vista venire, ecco che

all'improvviso, come uscita dal nulla, lei era lì, davanti a me. Cosa c'era di più luminoso, più ingenuo, più franco del suo sorriso?
Al primo sguardo, per quella meravigliosa intuizione femminile, già così viva, Silvia capì ciò che mi tormentava. Prima ancora che potessi dire qualcosa, con voce dolce sussurrò:
«So di essere in ritardo. Hai dovuto credere che non sarei venuta, so anche questo. Ciò che mi sfugge, però, è quello che capita là dentro».
Per dare forza alle parole mi sfiorò la fronte e il cuore con un gesto insieme infantile e autoritario. E subito, con tono carezzevole, aggiunse:
«Cos'è successo ieri sera? Perché sei così triste? Così infelice? Hai gli occhi spenti, il volto scuro. Non sembri tu!».
Dicendolo, con lo stesso slancio della sera prima quando stava uscendo da casa nostra, Silvia mi prese tra le braccia, mi strinse forte contro di sé e mi dette un bacio così appassionato che in me le perdonai subito il ritardo.
«Dove andiamo?» mi chiese allora, in gola una leggera emozione che le faceva tremare la voce.
Mi sentivo smarrito, stravolto sotto il suo sguardo che traversava già la luce fugace del primo desiderio. Il bambino che si stava allontanando

e il ragazzo non ancora formato che ero, si scontravano già dentro di me senza che sapessi quale dei due avrebbe preso il sopravvento. D'istinto, capii che ogni mia esitazione avrebbe avuto conseguenze fatali per l'avvenire di quella che già consideravo una 'relazione'. Ero stato scelto, malgrado l'età. Il gioco era nelle mie mani.

«Entriamo nella cappella» dissi con sicurezza.

«In chiesa?» fece lei, stupita.

«E perché no? A quest'ora non c'è nessuno, fa fresco, e se mai qualcuno dovesse entrare sarà per raccogliersi in preghiera. Nessun rischio di essere disturbati».

Nulla da dire, la mia studiata sicurezza faceva effetto.

«O ragazzo mio» disse lei, «come nascondi bene il tuo gioco!».

Poi, cercando di farmi capire quanto fosse fiera di me, fiera di questo ometto teneramente maldestro sul quale aveva scommesso, mi prese per un braccio e mi strinse forte contro il cuore.

La dolcezza del suo seno che mi carezzava il braccio attraverso la camiciola di cotone fu come un altro bacio, anche se di un genere del tutto nuovo. Passavo da scoperta a scoperta. Certo, se a quell'età la passione non mi abitava ancora, già ne apprezzavo le delizie.

Come sempre a quell'ora, essendo i due battenti dell'ingresso principale chiusi a chiave, la porticina della sacrestia veniva lasciata semiaperta fino alle otto di sera.

Nella somma solitudine bagnata da una luce crepuscolare, la Cappella Palatina non mancava di maestà. Entrai per primo, guizzando come un'ombra. Prendendo Silvia per mano, la guidai verso il fondo della chiesa, verso l'abside, più nascosta, discreta e accogliente di quanto non fossero le navate, esposte a ogni sguardo indiscreto.

Strisciando lungo i muri dai mosaici bizantini che illustrano i Vangeli con la forza evocatrice di un fumetto rutilante di colori, ci fermammo dietro l'altare, sotto lo sguardo protettore del maestoso Cristo pantocratore che sovrasta il coro.

Alcuni sacchi di juta marrone serviti al trasporto di materiale per il restauro della chiesa e abbandonati lì per incuria, ci fecero da giaciglio. Così distesi vedevamo, alzando gli occhi, gli ultimi raggi infuocati del sole che tramontava. Che pace! Nessuna voce umana. Soltanto lo stridere di qualche pipistrello che volava all'altezza del tetto.

Stringendosi forte contro di me, Silvia mi sussurrò:

«Sto in cima al mondo!».
Eravamo teneramente allacciati e mi abbandonavo alle sue carezze con un languore fino allora sconosciuto. In quel momento avrei voluto dire tante cose, ma qualcosa dentro di me me lo impediva. Normalmente avrei pianto di felicità. Adesso, esploravo il corpo di Silvia con le dita di un cieco. Sorpreso di non trovare resistenze, lasciai che lei stessa mi guidasse la mano. All'improvviso ebbe un'espressione da bambina e credo che arrossì. Poi, incapace di contenerlo, la sua gola lanciò un grido leggero. L'orgasmo ci colpì simultaneamente come un fulmine. Eravamo uniti, intensamente vivi, meravigliosamente complementari.
Di fatto, i nostri corpi obbedivano a una stessa, eterna, legge naturale, quella che vuole che non ci sia un corpo di ragazza o di ragazzo che non si svegli un mattino per soccombere sul sentiero nascosto dove amore e desiderio sono sempre in agguato.
Senza che ne avessimo coscienza, il tempo era trascorso alla sua propria velocità. Qualcuno dovette chiudere la porta della sacrestia poiché udimmo il rumore della serratura. Le labbra gonfie dal piacere, Silvia si strinse ancor più contro di me:

«Voglio vederti tutti i giorni» mormorò con un ultimo bacio.

In meno di un'ora ero maturato di dieci anni. Mi dissi che niente nella vita importava di più – nulla, al di fuori di lei, poteva contare. Ma la vita doveva metterci il suo granello di sabbia. E ciò fin dal mattino dopo.

15

La Cinese si era alzata all'alba, la fronte bagnata di sudore: la notte era stata soffocante, non un filo d'aria. Appeso alle persiane della camera da letto, il lenzuolo bianco ancora umido della sera prima – lo aveva inzuppato nella vasca da bagno prima di stenderlo alla finestra nel vano tentativo di rinfrescare l'aria – sembrava ammettere la sconfitta. Né era servito a qualcosa che se lo fosse dolcemente disteso sul corpo come su una ferita: lo scirocco era stato invincibile.

«In piedi, ragazzi! Uno di voi due deve accompagnarmi a Bagheria. Non c'è più nulla da mangiare. Sono finite anche le patate che avevo messo da parte. L'armadio della cucina è affamato!» gridò stentorea come una tromba, svegliandoci. E, spalancate le finestre, aggiunse:

«E sì che questa mattina Patton ci ha viziati – due chili di zollette di zucchero, una dozzina di tavolette di cioccolato, una scatola di biscotti americani, una montagna di caramelle varie, una decina di tortiglioni allo zucchero d'orzo o alla cannella, un cartone di Camel e persino del burro salato. Vere provviste da uomo! D'altra parte, portandomi lo scatolone con tutto quel ben di Dio, il soldato mi ha detto: 'Sono dolciumi da parte del Generale. Scommetto che i suoi ragazzi saranno felici'. E rideva, rideva...».

Appena sveglio pensavo già a Silvia. «Voglio vederti ogni giorno» mi aveva detto, andandosene. Ed ecco che sarei scomparso per un'intera giornata. Non avevo altra scelta. Ad accompagnare la Cinese tra i contadini di Bagheria alla ricerca di qualsiasi prodotto agricolo che fosse insieme commestibile e poco caro c'ero soltanto io. La formula, «Uno di voi due mi deve accompagnare», come sempre, era soltanto un modo di dire.

Era così da quando mio padre se n'era andato. Ciò che nostra madre chiamava «le responsabilità familiari», le sfacchinate insomma, mi spettavano d'ufficio, ché mio fratello, anche se più grande di me di cinque anni, ne era automaticamente esentato. Su questo punto la Cinese fu sempre categorica: niente deroghe. Giudicandomi fisicamente più robusto di Pino mi aveva scelto come capofamiglia. Ed era inutile protestare, la Sicilia è fatta così, punto e basta.

Alle dieci del mattino quando arrivammo alla stazione di Palermo la corriera per Bagheria era già in attesa. Era un macinino asmatico e senza età che sputando a tratti grandi sbuffi neri di gasolio, faceva servizio alla meno peggio sulle poche decine di chilometri che separano Palermo da quella borgata carica di ogni ben di Dio. Un percorso che il vecchio autobus compiva in meno di due ore, un record di velocità che un tempo i siciliani pare avessero pensato di fare omologare.
In un cielo disperatamente sbiancato dal caldo, il sole trionfava. C'erano quarantacinque gradi all'ombra, ma dell'ombra non c'era traccia. Masticando il gambo di una rosa rossa per ingannare la fame, l'autista aspettava che il mezzo fosse colmo di passeggeri 'fino all'orlo' per mettersi in cammino. Anche se l'America ancora non era così vicina, Palermo conosceva già le dure leggi del mercato.
«Vieni» disse mia madre, «finché c'è posto mettiamoci a sedere. Viaggiare in piedi non è il caso, alla mia età».
Sotto un sole che avrebbe fatto impallidire un africano, i sedili ricoperti di una specie di tela-cerata erano così bollenti che parevano sul punto di fondere. Dopo essermi scottato contro un appog-

gio metallico reso quasi incandescente, protestai vivamente:
«Ma fa caldo, mamma, si soffoca!».
La Cinese tirò fuori dalla borsetta dei fazzoletti di lino ricamati e coprì due sedili. Delicati effluvi profumati salirono nell'aria e adesso mi sgridò:
«Smettila di lamentarti. I capricci lasciali per domani. Fa come faccio io. Se non ti agiti, se resti fermo, quasi immobile, il calore se ne va. Sparisce. Vedrai! Proverai addirittura una piacevole sensazione di frescura».
(Molto tempo dopo, a New York d'agosto, in viaggio durante una giornata torrida, su uno strapuntino vicino al motore e soffocando di caldo in uno dei Greyhounds che collegano l'aeroporto J. F. Kennedy alla città, mi ricordai delle parole di mia madre. A identica situazione, identico rimedio. La Cinese aveva ragione. Non solo smisi di sudare, ma finii persino per trovare un piacevole senso di frescura).
Aspettavamo, dunque, incollati gli uni agli altri come polli di batteria, quando l'autobus, tremando e vibrando fino all'ultimo dei suoi vetri e delle sue vecchie articolazioni, finalmente si scosse iniziando il viaggio. Eravamo troppo grati a questa carcassa di portarci là dove dovevamo andare

per lamentarci. Sicché le perdonammo gli stridii, dovuti alla sua veneranda età, che lanciava a ogni curva e a ogni salita.
Rispondendo all'oscura legge gregaria che governa l'umanità, i passeggeri erano arrivati all'ultimo momento e tutti insieme. Senza un minimo spazio per muoverci né un pur minuscolo sfogo d'aria per respirare, una quantità di contadini dalla coppola avvitata sul capo, e di donne vestite in gran lutto come se tornassero da un funerale, si agglutinavano adesso in uno spesso amalgama di carne umana.
L'ultimo a salire era stato un uomo sulla quarantina, anche lui vestito di nero. Indicando il maialino da latte che portava in braccio e che si agitava come un bebè, mormorai a mia madre:
«Questa non è una corriera, è l'arca di Noè».
Se ne accorse anche il bigliettaio che si schiarì rumorosamente la gola, scosse le spalle, fece passare da un angolo all'altro della bocca lo stecchino che stava masticando, spinse le natiche sul sedile per sistemarle a suo agio, aprì i gomiti sulla tavoletta metallica che gli serviva da banco e gridò al nuovo venuto: «Scusi signore, guardi che questa è una corriera, non un porcile!».
L'uomo finse di non avere udito. Chiaramente non

capiva bene questa distinzione – corriera o porcile, gli importava poco.
Il bigliettaio si sistemò il berretto, simbolo di autorità per antonomasia, e assunse una posa altera, più degna del suo rango. Visto che ci si permetteva di mancargli di rispetto, quando lui, cittadino, palermitano purosangue, acconsentiva di occuparsi di quei bifolchi, la reazione non si fece attendere:
«Signore, parlo con lei!» disse alzando la voce.
Forse impressionato da quei toni autoritari il porcellino fece un peto.
Il bigliettaio ripeté il suo appello:
«Sto dicendo che parlo con lei, signore! Lei, con quel porcellino in braccio!».
L'uomo finalmente si degnò di girarsi:
«Parla con me?» chiese con quella voce stanca e rauca che soltanto i mafiosi sanno modulare.
«Sì, a lei e al suo maledetto porcellino» rispose l'altro sullo stesso tono.
In quel momento esatto una strana febbre si impadronì dei passeggeri della corriera. Una febbre tipica dei siciliani, fatta di silenzi e di paure. Quell'ipertermia delirante che in situazioni delicate li spinge a ripetere sempre le stesse parole:
«Non ho visto niente. Non ho sentito niente. Se c'ero, dormivo».

In effetti, ci sono cose che ai siciliani è superfluo spiegare. Per loro un mafioso è un mafioso e con lui né si discute né si tratta. Si sa fin dal principio che quel genere di persone danno sempre libero corso agli istinti più criminali per una semplice parola o anche per nulla – ipertrofia dell'ego e ciò che si chiama onore. Così, meglio starne alla larga.
All'improvviso, la Cinese mormorò tra i denti: «Rieccoci...».
La mafia era di ritorno. Certo Mussolini le aveva reso la vita dura. Il suo prefetto Mori, talvolta sulla base di un semplice sospetto, i mafiosi li aveva spediti al confino, in quelle isole Lipari dove l'unico «padrino» è il sole. Ma poi, anche lui s'era fatto arrestare come un volgare ladro di polli.

Faceva un caldo insopportabile quel giorno, a Roma. Deciso a rovesciare il suo camerata della prima ora – quel Duce ormai detestato – il conte Grandi, ministro della Giustizia da poco destituito, si dà da fare. Con una manovra rimasta fino ad oggi inesplicata, ottiene da Mussolini la convocazione di una sessione straordinaria del Gran Consiglio Fascista, corpo dirigente del partito che da vent'anni non si riunisce. I membri arrivano dopo molte esitazioni e sono tutti armati. Il conte Grandi, temendo per la sua vita,

si è anche confessato e comunicato. Sotto la sua direzione, il consiglio proclama che: «È necessario ristabilire il funzionamento normale dello Stato rendendo al Re le responsabilità che gli spettano. Il Capo del Governo chiede a Sua Maestà il Re – al quale il Paese esprime fedeltà e fiducia – di volere assumere per l'onore e il bene della Nazione, oltre al comando effettivo delle forze armate, quelle prerogative di decisione suprema che gli attribuiscono le nostre istituzioni».
La mozione è votata con diciannove sì e appena otto no. Per Mussolini è la fine, l'abbandono del potere. Ritornato sulla scena politica dopo vent'anni di silenzio, Vittorio Emanuele III, *che riceve subito Mussolini in udienza, lo assicura della sua indefettibile amicizia. La prova? Quando l'ormai ex-Duce lascia il Palazzo e mette piede in strada, un capitano dei carabinieri lo arresta.*
«Duce» gli dice, «su ordine di Sua Maestà devo accompagnarla per proteggerla dalla folla». Mussolini si guarda in giro: nessuno, salvo un plotone di carabinieri armati, pronti a fargli intendere ragione.
Trasferito in caserma in un'ambulanza militare, il Duce è prigioniero. Da lì sarà portato all'isola di Ponza, poi alla Maddalena, in Sardegna e infine sul Gran Sasso, negli Abruzzi. Liberato dai soldati di Hitler, fonderà

la Repubblica di Salò, suo secondo e ultimo tentativo politico che lo condurrà alla morte.
Con lo sbarco degli Americani in Sicilia, la mafia rinasceva a nuova vita, l'arroganza intatta.

«Rieccoci!» disse dunque mia madre, quando l'uomo che teneva in braccio il maialino scalpitante lanciò come una sfida:
«Lei non sa chi sono io!».
Da quel momento, la scena subì un'accelerazione, come nei film muti. I passeggeri della corriera non ebbero il tempo di respirare e già il bigliettaio reagiva dall'alto delle sue funzioni. Mentre con una mano schiacciava un bottone che obbligava il conducente a fermare l'autobus, con l'altra azionava il dispositivo pneumatico per aprire le portiere.
Un potente «pschiitt» lacerò l'aria: un richiamo al silenzio di proporzioni fuori misura. Con un gesto studiato, il bigliettaio si riassestò il berretto. Poi, rivolto ai passeggeri, annunciò con voce forte e chiara:
«Signore e signori, silenzio! Ora questo signore ci dice chi è».
La battuta, che in altri tempi e luoghi avrebbe scatenato l'ilarità generale, ci agghiacciò il sangue.

Disse ancora la Cinese, sempre tra i denti:
«Cosa dicevo? ci risiamo».
Senza che io capissi il perché, uscendo dall'immobilità che le procurava tanta frescura, mi si avvicinò, mi afferrò una mano e sussurrò con chiarezza all'orecchio:
«Tienimi la mano. Non è escluso che saremo obbligati a correre».
«Credi che sta finendo a *schifio*, che sta per succedere qualcosa?» domandai, più divertito che sorpreso.
La risposta fu chiara:
«Non lo credo, ne sono certa. E soprattutto, ti prego, non fare come al solito, fatti i fatti tuoi!».
Ciò che seguì le diede ragione. Con un gesto autoritario l'uomo abbandonò il maialino nelle braccia del passeggero che gli stava più vicino, si avvicinò al bigliettaio, fece scivolare la mano destra in una tasca dei pantaloni e estrasse un coltello a serramanico.
Tutto accadde allora fulmineamente.
«Vuoi sapere chi sono io?» fece, con voce gelida.
In un silenzio assordante la lama del coltello, stretta, affilata come un rasoio, brillò vicino al volto del malcapitato e lo colpì in un lampo.
Senza che nessuno avesse avuto il tempo di aprir

bocca o fare un gesto per evitare l'irreparabile – ipotesi assurda, altamente improbabile, ma mai impossibile in Sicilia – un filo di sangue colò lungo la guancia del bigliettaio. Uno sfregio d'onore alla siciliana che ricordava *Scarface*. Il segno indelebile della vergogna. La firma della vendetta per un affronto fatto a un mafioso.
Gli stridii del porcellino smossero i passeggeri dal loro stupefacente torpore. Compiuta la vendetta, l'uomo fece sparire freddamente il coltello nella tasca dei pantaloni, si volse verso lo sconosciuto che, pietrificato, teneva sempre in braccio il porcellino, prese l'animale come fosse un pacco di biancheria sporca e, senza una parola, scese dalla corriera.
Nella confusione che seguì, un passeggero ordinò a voce alta:
«Presto, cosa aspettiamo? Portiamolo all'ospedale, perde molto sangue... è un'emorragia. Sei punti di sutura, almeno».
Troppo felici di distrarre la loro attenzione verso altre urgenze, tutti «scordarono» l'uomo e il suo maialino. Un potente «pschiitt!» risuonò nuovamente. Le portiere appena chiuse, la corriera ripartì diretta al centro abitato più vicino, verso un improbabile ospedale.

Lanciando un ultimo sguardo attraverso il lunotto posteriore del veicolo, vidi il mafioso, sereno, allontanarsi lentamente all'orizzonte finché scomparve del tutto, sommerso da un oceano di aranceti.
«Girati! Smettila di occuparti di ciò che non ti riguarda» ordinò la Cinese, sottovoce.
Sputando grosse nubi di un fumo così nero e denso che non riusciva a disperdersi nell'aria, la corriera lentamente riprese il suo cammino. Le sbarre di alcuni passaggi a livello si alzarono, si abbassarono, si chiusero o si aprirono: Bagheria. La corriera, giunta al termine, si fermò.
Schiacciata sotto un solleone d'inferno, la piazza dove adesso ci trovavamo era deserta. Neppure l'ombra di un ospedale. Eravamo davanti alla caserma dei carabinieri. L'inusuale ricorso all'autorità stabilita stava proprio lì, di fronte a noi.
Lasciando l'autobus e cercando di guadagnare tempo per riflettere su ciò che doveva dire, l'autista finse di ammirare per un istante l'austerità dell'edificio, poi si decise a entrare. Si guardò in uno specchietto da tasca, corresse il cordoncino che fungeva da cravatta, si tolse con il fazzoletto la polvere dalle vecchie scarpe, si soffiò il naso, si sistemò il berretto della Compagnia Municipale dei Trasporti sul cranio calvo, e infine entrò in

caserma con studiata indifferenza malgrado il cuore gli balzasse in petto.
«Psst!».
L'autista si girò. Vedendo che il carabiniere di guardia gli faceva segno di fermarsi, con una strana pantomima portò l'indice alle labbra come per indicare che si imponeva una conversazione confidenziale.
«Col maresciallo?» chiese il militare, uso a questo genere di gesticolazioni.
«Maresciallo o colonnello, poco importa purché sia in fretta. Abbiamo i minuti contati».
Mentre il maresciallo stava per riceverlo, arrivò il bigliettaio, sanguinante.
«Svelti, fate presto, sento che sto per morire!» esclamò, drammatizzando al massimo la situazione.
Davanti al maresciallo, raccontò di un pazzo furioso che, tenendo in braccio un porcellino, aveva fatto irruzione nella corriera serrando in mano un *licca sapuni*, un vero coltello a serramanico. Non disse nulla della lite, però, né di baruffe, urla, ingiurie, su quello... silenzio. Spiegò che un fulmine gli si era abbattuto addosso. Un brusco colpo di lama, il sangue che scorreva: tutto lì.
Pur essendo un settentrionale, come la maggio-

ranza dei carabinieri di stanza nell'Isola, il maresciallo conosceva i siciliani molto bene. Fingendo di ignorare che il suo interlocutore sanguinava abbondantemente, nella speranza che, esasperato, accettasse di denunciare l'aggressore fornendo più dettagli sull'accaduto, gridò:
«D'accordo! Ma procediamo con ordine: cognome, nome, data e luogo di nascita...».
Come era possibile? Ecco che al dolore fisico si aggiungeva l'affronto di dover declinare le proprie generalità. Questo era troppo!
«Ma maresciallo! Non vede come sono ridotto...» urlò lo sfortunato, tenendosi la guancia.
E svenne per davvero.
Finalmente impietosito dalla sua sorte, il maresciallo consentì che fosse trasportato all'ospedale. Avrebbe visto con gli altri com'erano andate le cose. Così ordinò all'autista e ai passeggeri di restare per l'interrogatorio.
«Dovete testimoniare tutti sull'accaduto» disse, sperando di scoprire la verità. E mentre i carabinieri cominciavano a interrogare i primi testimoni riuniti per gruppi di quattro, il maresciallo, la mano sulla visiera per proteggersi dal sole, si rivolse al conducente.
«Lei ha visto l'individuo in questione?».

La risposta, scontata, scaturì rapidamente, una liberazione:
«No!».
«Nessun altro lo ha visto?».
Di fronte all'esitazione dell'autista uno dei passeggeri – un vecchietto sdentato, magro al punto che ci si chiedeva come facesse a stare in piedi – si arrogò il diritto di rispondere.
«Neanch'io, signor maresciallo. Lei sa, eravamo appiccicati l'uno all'altro... non c'era abbastanza spazio... un profilo, forse. E poi, naturalmente, il porcellino...».
«Il porcellino?» si stupì il maresciallo. «Che cosa, il porcellino?».
Il vecchio precisò:
«Rosa».
«Che età poteva avere?».
«Il porcellino?».
Il volto del maresciallo si scurì, e l'improvviso passaggio dal lei al tu tradì il suo cattivo umore.
«Non essere stupido, rispondi alla mia domanda. Parla!».
Il vecchio sdentato parve riprendersi.
«Lei sta parlando dell'uomo? Nessuna età, maresciallo, vada a sapere...».
«Vecchio o giovane?» insisté il carabiniere.

«Piuttosto giovane».
L'autista riprendendosi volle dar prova di iniziativa.
«No... Diciamo piuttosto vecchio...» fece esitando.
Capendo che il siciliano lo sfotteva, il maresciallo si innervosì e gridò:
«Allora decidetevi, giovane o vecchio?».
Sul volto dello sdentato si disegnò una smorfia. Vedendola, mi dissi che il sorriso della morte doveva assomigliargli.
«Tra due età» fece alla fine.
Ma subito si corresse:
«Tra la quarantina portata male e la cinquantina ben portata. Lei mi capisce... dipende».
Rincarò l'autista:
«È vero, ha ragione lui. Dipende anche dall'ora del giorno. Vede, capitano...».
«Maresciallo!» tuonò con forza il carabiniere, irritato da tanta malafede.
L'ipertermia delirante che colpisce i siciliani quando si trovano davanti alla giustizia si stava mettendo in moto.
Estranei a tutto ciò, mia madre ed io aspettavamo il nostro turno. Lo spettacolo grottesco di quelle testimonianze non mi divertiva più, così il mio sguardo si mise a vagare fuori.

Pudicamente protetta da una verde muraglia di fichi d'india dai frutti arancio e rosso sangue, la Villa dei Mostri, costruita nel XVIII secolo dal principe di Palagonia, meraviglia di una sorta di surrealismo alla siciliana, si stagliava qualche metro più in là su un cielo d'un azzurro purissimo.
Esaltata da Guy de Maupassant e disprezzata da Goethe – troppo tedesco per apprezzare l'inno segreto alla follia e la divina bruttezza – questa villa è da sola la migliore espressione di tutta l'ambiguità dell'anima siciliana – un popolo di suicidi che amano appassionatamente la vita.
Dall'alto di un muro in semicerchio intonacato di rosa, sculture ciclopiche miracolosamente scampate ai vandali cantavano di fronte a me il grottesco e lo spaventoso, riuniti in una voce comune. Un lungo monologo interiore che, invece di tradursi in parole incoerenti, si esteriorizzava in pietra. Se è vero che, come qualcuno crede, i fantasmi ricercano la società dei vivi, allora si può anche credere che i dementi, coscienti della loro fragilità, facciano i loro sogni con l'aiuto di materiali più solidi e facciano appello alla pietra pensando che questa li potrà salvare.

Il tempo era passato così in fretta che mia madre si cominciava a preoccupare. Staccandosi dal grup-

po dei testimoni, si avvicinò al maresciallo e disse, col tono autoritario di qualche anno prima:
«Senta maresciallo, mio figlio ha la febbre. L'altro figlio è solo a casa. Le chiedo di lasciarmi andare. Qui non le siamo di nessuna utilità».
Sorpreso da tanta sicurezza, il maresciallo la squadrò un istante e ribatté, fedele al suo ruolo:
«Suo marito che fa, signora?».
La Cinese socchiuse gli occhi lasciando trapelare uno sguardo gelido:
«Sono vedova di guerra, maresciallo» rispose seccamente, alzando la testa.
Ricordandosi forse che un carabiniere è anzitutto un soldato, il maresciallo ci congedò immediatamente:
«Capisco, signora. Lei può partire. In effetti qui, come vede, ce n'è ancora per un po' di tempo».
Coppola nera in testa, lo sguardo sfuggente, i contadini di Bagheria ci accolsero al loro modo: generosi e meschini, coraggiosi e vigliacchi, calorosi e complici, sempre sul chi vive.
In una stradina accanto al Corso Butera, nel centro della città, c'era una botteguccia infestata di mosche, soffocante di calore. Con un gesto timido mia madre spostò la rete da pescatori che faceva da tenda, e chiese a una donna senza età, il cui

viso traversato da profonde rughe la diceva lunga sulle vicissitudini della sua vita:
«Ha delle uova? Del formaggio? Dei legumi?».
Non avendo ricevuto per tutta risposta che un lungo e sospettoso silenzio, la Cinese aprì la borsetta sbandierando distrattamente un bel biglietto verde-blu di lire 50. Un biglietto dell'*Allied Military Currency*. Dell'ottima carta moneta emessa dall'esercito americano di liberazione.
«Sei uova e cinque chili di lenticchie va bene?» annunciò subito la venditrice.
E la Cinese a insistere:
«Niente formaggio? Patate? Niente pane?».
«Pane, signora? Le giuro sul sangue di Santa Rita, che mi accechi se mento, non ne ho neppure un pezzo!» fece quella, scandalizzata.
Con l'aiuto del caldo e di Santa Rita la transazione comprese, oltre alle sei uova, sei chili di lenticchie, una fetta di formaggio puzzolente e una dozzina di patate. Dopo tutto, le cose erano andate abbastanza bene, così la Cinese decise che potevamo rientrare a Palermo.
«Questa volta prendiamo il treno!» fece con tono vittorioso.
Disperato per le sorti del mondo, il sole stava già tramontando quando arrivammo alla stazione

dove un *accelerato*, quei trenini che si fermavano dappertutto, sussultava già, pronto a partire.
I vagoni erano stracolmi e sedemmo per terra, in fondo al corridoio. Iniziò il viaggio di ritorno. Rotaie, rotaie. Corpi fatti di sudore. Un bambino con la scarlattina cadde, si rialzò, ricadde, aveva la febbre. Basta!
Disteso sul pavimento del vagone, ero felice: almeno ci si muoveva. Il treno correva verso Palermo dove Silvia, forse, mi aspettava.

16

La luna era nera. Un velo. Nubi scure la drappeggiavano come fosse a lutto. La morsa dello scirocco che veniva dall'Africa, così vicina, aveva allentato la presa. Dopo una tempesta quasi tropicale, la temperatura si era abbassata di qualche grado. Nel giardino reale, un po' in anticipo sulla stagione, i fiori dell'equinozio d'autunno spandevano la loro respirazione profumata. Palermo voleva emergere dal suo coma estivo. Finalmente si provava sollievo.

Cleo uscì dalla doccia. Il cuore le batteva molto forte, aveva un appuntamento con Patton.
«Passerò a cercarla domani sera alle otto» il Generale le aveva promesso il giorno prima, incrociandola sulle scalinate del Palazzo.
Senza troppo tradire l'emozione, Cleo si era limitata a rispondere:
«Perfetto! Ho qualcosa per lei... vedrà...!».
E reagendo con qualche ritardo, non senza un cer-

to imbarazzo, all'invito del Generale, aveva suggerito:

«Se non ha nulla in contrario... se fosse possibile, preferirei che ci incontrassimo dai miei amici, nel Cortile della Fontana. Stanno proprio al piano sopra di lei, il che mi semplifica le cose. Mio padre, sa, è la Sicilia personificata. Più siciliano di lui, si muore. Meglio evitare...».

«*I agree with you, sweetie*» Patton aveva concesso.

E si era affrettato ad aggiungere:

«In ogni caso la invito a cena. OK?».

Arrossendo improvvisamente, Cleo aveva risposto:

«OK!».

Ma poiché ancora non sapeva con esattezza cosa significassero quelle due sillabe, era passata all'italiano per precisare:

«Volevo dire, va bene, d'accordo...».

Subito dopo, prima ancora che sua madre accettasse di «coprirla» agli occhi di quel padre-padrone dalla mentalità troppo legata a pregiudizi retrogradi per concederle un minimo di libertà, si era recata a chiedere consiglio e sostegno alla Cinese. Se talvolta le rigidità del padre avevano il potere di esasperarla era perché – le spiegava lui stesso – lei non capiva quanto dolore lui provasse nel vedere una figlia zitella cullarsi ancora d'illusioni.

«Un marito non è che un marito!» aveva sentenziato sua madre, un giorno, correndo al soccorso di quel padre-tiranno. E quando Cleo aveva ribattuto: «Ma allora per te un marito non è che un contratto, un'assicurazione contro i rischi della vita!», cinicamente quella aveva confermato: «Proprio così! Il principe azzurro esiste soltanto nelle fiabe. Nella vita ci sono solamente impostori, cacciatori di verginità, profittatori del desiderio. Ci sono degli uomini che passano, lasciando unicamente del vento dietro di sé... il nulla nero e desolato delle cose per sempre finite!».

Dimentica di questi principi elementari connessi con una certa 'sicilianità', Cleo andò all'appuntamento con il cuore pieno di aspettative. Manifestamente, il suo approccio alla vita era assolutamente diverso da quello dei suoi. D'altra parte, in quest'isola dove il fatto di ridere era abbastanza malvisto, lei apprezzava soprattutto quelle donne che preferivano la gaiezza alle lacrime. E ciò, malgrado il fatto che dentro di sé nascondeva una ferita.

«Vede» aveva detto una sera alla Cinese con voce roca per colpa delle troppe sigarette malgrado i suoi trent'anni, «io non ho segreti: è questa la mia debolezza. Io sono così. A volte, anche tra amici, seduta nel mio angolino, mi dico che non ho niente da dire. La mia vita è di una dolorosa banalità. Ho l'impressione di esistere soltanto da qualche giorno, da quando ho conosciuto Patton. Lui sì che sa vivere. Vivere ferocemente. Davanti a lui mi sento come una bambina. Una bambina nata in una foglia di tabacco, pronta ad essere annusata o fumata a seconda del suo desiderio. Proprio come vuole lui».

«Appunto, sei ancora una ragazzina! Non scordarlo mai, ti prego» la Cinese aveva ribattuto, allarmata.

Troppo sovreccitata per aspettare, Cleo si incamminò verso il luogo dell'appuntamento con un buon quarto d'ora d'anticipo. D'un passo svelto camminava verso il Cortile della Fontana, tenendo in mano una grande busta color arancione, presa nell'ufficio di suo padre, e che portava la dicitura: «Sovrintendenza ai Monumenti per la Sicilia Occidentale».

I pensieri che l'agitavano, sotto la sua fronte liscia, trasparivano nel leggero serrarsi delle mani, il vibrare delle ciglia, un certo fremito delle narici. Chiunque l'avesse incrociata in quel momen-

to avrebbe intravisto in lei tutta l'apprensione che non riusciva completamente a dominare.
«Sto per fare una fesseria» si diceva. «Forse è vero che sono ancora una lattante. Accettare un invito a cena, da sola, che pazzia! E se Patton si mostrasse troppo intraprendente, fino a che punto sarei pronta a spingermi?».
Era arrivata all'altezza della fontana quando una voce grave la fece trasalire, interrompendo i suoi pensieri:
«Cleopatra!».
Torso da gladiatore, pantaloni e camicia kaki così ben stirati da sembrare nuovi, il Generale l'aspettava passeggiando sotto le nostre finestre. Scoprendo sul volto di lei un'espressione di vaga tristezza, lanciò:
«Svelta. Mille dollari per i suoi pensieri».
Cleo arrossì, nascose il volto dietro la grande busta arancione che aveva in mano, e accennò a un leggero alzare di spalle. Patton non insistette. Le si faceva sempre più vicino e per un momento pensò che il Generale stesse per baciarla, ma non accadde nulla.
«Ho preferito aspettare qui e profittare di quest'aria fresca piuttosto che scomodare i suoi amici» spiegò.

Poi, indicando la busta dietro la quale lei si era appena nascosta, chiese:
«Esce dall'ufficio?».
Cleo scoppiò in una di quelle sue gorgheggianti risate che lo mettevano in allegria. I suoi seni duri che s'intravedevano attraverso la blusa, erano così provocanti che per un attimo Patton distolse lo sguardo.
«Ufficio? Ma che ufficio? Se soltanto ne avessi uno... No, io non lavoro. Sono una figlia di famiglia, come si suol dire» seguitò, sempre ridendo. E sempre sullo stesso tono, aggiunse:
«Lo sa cosa c'è in questa busta?».
Il Generale finse di riflettere e poi:
«Non ne ho la minima idea. Le dirò come al poker, passo...».
La voce di Cleo si fece carezzevole, esclamò:
«Lei!».
«Io?» fece Patton, realmente sorpreso.
«Sì, lei!».
«E come? Mi spieghi».
Gli occhi di Cleo erano di un verde trasparente e intenso. Sollevato da un leggerissimo soffio di vento, un ricciolo dei suoi capelli nerissimi le si agitò sulla fronte come la piuma di un uccello spaventato. Patton abbassò leggermente lo sguardo,

la bellezza di Cleo era una sfida. Ritrovando la sua voce rauca, intanto, lei sussurrava:
«Ricorda il pranzo, la promessa che le feci... il tema astrale... Ricorda?».
Il Generale fece un cenno del capo per dire che sì, ricordava.
«Ecco. Lei è qua dentro... perlomeno il suo ritratto, una certa radiografia di lei...» disse agitando la busta.
Il ridere di Cleo aveva attirato la mia attenzione e corsi a sporgermi alla finestra. Vedendomi, gridò:
«Dì alla mamma che passerò più tardi». Ma dopo un attimo di silenzio aggiunse:
«O più di sicuro passerò domani. Dille soprattutto che non si preoccupi! ... Non te lo dimenticare, diglielo».
«Sì, d'accordo, lo farò», risposi.
All'interno del nostro appartamento, la Cinese aveva udito ogni cosa ma si guardò bene dall'affacciarsi. La complicità esplicita non era nelle sue corde.
In questi brevi istanti, Patton, valutate le capacità d'iniziativa di Cleo, le lanciò uno sguardo che però lei evitò. In realtà si chiedeva come mai, di solito così deplorabilmente debole, insicura, era

riuscita fino a quel momento a dominarsi tanto bene.
Adesso stava zitta e fu il Generale a prendere l'iniziativa:
«Andiamo?».
«E dove?» si preoccupò Cleo, un leggero tremito nella voce.
Bruscamente pareva così smarrita che Patton ne rise:
«Ma nell'antro dell'orco, naturalmente!».
Le prese la mano e adesso mormorò:
«Sono ansioso di scoprire questo tema astrale. Per una volta che una donna bella come lei si occupa di me...».
Si interruppe. Due ufficiali che passavano di là finsero di non vederlo.
Di colpo, Cleo recuperò il suo coraggio. Con un gesto da conquistatrice prese il braccio di Patton. Quindi, incoraggiandolo con un sorriso disse al Generale:
«Sono a sua disposizione».
Il turbamento cambiò di campo.

Un immenso candelabro di legno scolpito e dorato con foglia d'oro rischiarava la stanza di tutte le sue luci facendo risaltare il vestitino estivo che Cleo

indossava con tanta disinvoltura. Era qualcosa di molto semplice e modesto, in cotone leggero dal colore verde smeraldo come i suoi occhi. Una confezione a buon mercato e tuttavia, sotto questa luce lirica, fatta per esaltare le sontuose toilette di gala, appariva altrettanto splendido che un vestito da sera.
Situato all'altra estremità della sala da pranzo dove il Generale ci aveva ricevuti a pranzo, il salone pompeiano degli appartamenti reali, dove si trovava adesso Cleo, aveva un vantaggio: i balconi davano tutti sui giardini che dominano Palermo. Da quel belvedere, Cleo vedeva la massa verde degli aranceti limitati da una linea d'orizzonte di un azzurro così chiaro e irreale che evocava il mare. Le vele della notte avanzavano da oriente e Palermo si trasformava lentamente in un dolce abisso palpitante di luci dove si nascondevano antichi giardini taciturni, portici di palazzi abbandonati, fontane nelle cui acque pareva brillassero diamanti, il ricordo di feste, desideri, amori, in una parola: quell'incanto della sera che a volte fa sognare di grandezze, di passioni, di gloria. Davanti a tanta bellezza, Cleo ebbe un capogiro.
Patton la invitò a sedersi a una tavola che aveva fatto sistemare accanto alla finestra, imbandita già per solo due persone.

«Un piccolo drink, signorina?» fece allora.

Echi di una musica jazz fluttuarono nell'aria. Il clarinetto di Benny Goodman completava il fascino dell'atmosfera. Sconvolta da tanta raffinatezza, da così tante eleganti attenzioni, mentre un'ambigua effervescenza di strani sentimenti e di desideri sembrava prenderla in ostaggio, Cleo colse il bicchiere che le veniva offerto.

«Cin-cin!» fece, alzandolo.

«Alla sua bellezza!» rispose Patton sorridente.

Il tono della serata era già dato. Commossa, Cleo passava da un'emozione all'altra.

17

La cena finiva. Sotto le insistenze di Patton, impaziente di scoprire il suo tema astrale, Cleo aprì la busta che aveva posato su una sedia accanto alla sua e ne tolse alcuni foglietti battuti a macchina. «Prima legga questo» disse, passando a Patton la prima pagina.
Curioso, il Generale prese il foglietto e lesse:

DATI ASTRONOMICI RIGUARDANTI
GEORGE PATTON
(nato l'11/11/1885 a Lake Vinyard - Los Angeles - USA)

POSIZIONI PLANETARIE NELLE CASE			POSIZIONI DELLE CASE
Sole 19° 22' Scorpione	I I	(Ascendente)	13° 53' Scorpione
Luna 3° 12' Capricorno	II II		13° 15' Sagittario
Mercurio 04° 22' Sagittario	II II		15° 51 Capricorno
Venere 04° 41' Capricorno	II IV	(Fondo del cielo)	20° 13' Acquario
Marte 01° 32' Vergine	X V		22° 41' Pesci
Giove 29°17' Vergine	XIVI		20° 33' Ariete
Saturno 07° 58' Cancro	VIII VII	(Discendente)	13° 53' Toro
Urano 06° 03' Bilancia	XI VIII		13° 15' Gemelli
Nettuno 24° 17' Toro	VII IX		15° 51' Cancro
Plutone 02° 21' Gemelli	VII X	(Mezzocielo)	20° 13' Leone
Nodo lunare 23° 46' Vergine	XI XI		22° 41' Vergine
Luna nera 29° 10' Capricorno	III XII		20° 33' Bilancia

CONGIUNZIONI	OPPOSIZIONI	TRIGONI
Sole-Ascendente 5°	Sole-Nettuno 175°	Venere-Marte 123°
Luna-Venere 9°	Luna-Saturno 175°	Giove-Nettuno 125°
Giove-Urano 7°	Mercurio-Plutone 178°	Giove-Plutone 117°
Nettuno-Plutone 9°	Venere-Saturno 177°	Urano-Plutone 124°

QUADRATURE	SESTILI
Sole Mezzocielo 89°	Luna-Ascendente 59°
Mercurio-Marte 93°	Mercurio-Urano 58°
Venere-Giove 95°	
Venere-Urano 89°	
Marte-Plutone 89°	
Saturno-Urano 88°	
Nettuno Mezzocielo 86°	

Li avvolse un silenzio popolato di muti pensieri, un silenzio che urlava, assordante.

Per darsi un contegno, Cleo distrasse lo sguardo osservando il panorama. Nel cielo, le nubi si annodavano e si separavano violente. Il vento faceva e sfaceva le loro lotte di chimere. E finalmente la luna piena. Non mancava che questo.

Patton restò qualche istante pensieroso. Poi, senza nascondere il suo stupore, chiese:

«Come ha fatto a realizzare questo fottuto calcolo astronomico?».

Cleo poteva essere orgogliosa di sé. Era riuscita nel suo intento. Assumendo un'aria falsamente distaccata, disse:

«I calcoli, Generale? Ma... semplicemente, con il regolo per i logaritmi».

Patton la guardò con ammirazione ma, anche se turbata, lei si sforzò di seguitare sullo stesso tono. «Piuttosto dia un'occhiata al ritratto astrologico, Generale. Mi farebbe piacere che mi dicesse con sincerità cosa ne pensa» disse, tendendogli le altre pagine attraverso il tavolo.
Raccogliendo i fogli, Patton le sfiorò le dita.
«Ha una mano bellissima».
Turbata da questo timido approccio, Cleo gli rivolse un sorriso che si voleva complice, e sussurrò:
«La prego, legga!».
Patton, docile, riprese la lettura:

Il ritratto astrologico che segue è stato stabilito partendo dalle posizioni del Sole, della Luna, di Mercurio e di Venere, come indicato nella tavola di cui sopra. Considerando la posizione del Sole e dell'Ascendente, questi in primo luogo sono gli elementi base della Sua personalità e al tempo stesso la tela di fondo del Suo essere:
Segno di nascita: SCORPIONE.
Segno dell'Ascendente: SCORPIONE.
La forza spettacolare che emana da Lei indica un carattere imperioso, talvolta aggressivo che si esprime nella lotta – sia in quella per la vita che nel combattimento amoroso. Lei è un essere integro assolutamente protetto

dal suo individualismo intransigente, e assecondato dalla potenza del suo proprio magnetismo.
Lei si preoccupa molto poco dell'opinione altrui.
Uomo di guerra, uomo di tutte le lotte, lei considera spesso gli altri come avversari da attirare, sedurre, vincere o distruggere piuttosto che come aiuto o appoggio. Ciò non significa che lo 'Scorpione-Scorpione' che lei è, non abbia amici. Al contrario. Scorpione al quadrato, lei si dirige verso tutto ciò che è netto e leale con entusiasmo ed esercita sugli altri un fascino effettivo. Ciò le viene da una forza occulta che emana dalla sua potenza sessuale creatrice e rigeneratrice insieme.
A conseguenza di un conflitto interno al suo ambiente, o di circostanze che le sfuggono, può accadere che lei sia frenato nel suo slancio vitale. Inibito nell'istinto del conquistatore, e incapace di esprimersi secondo la sua indole, la sua combattività può allora esercitarsi contro lei stesso, sfibrandolo in un clima di tormenti, dubbi, angosce. Lei sarà allora tentato di uscire da questo vicolo cieco con reazioni contraddittorie fatte di audacia e timidezza, di obbedienza alla gerarchia e di rivolta contro di essa.
ATTENZIONE: le sue debolezze nascono essenzialmente dalla virulenza dovuta al suo temperamento. Il suo spirito critico, talvolta acido, può crearle solide inimicizie. Per sfuggire a questa trappola deve essere cosciente che la sua forza risiede: a) nella sua intensa vitalità natura-

le; b) nel suo coraggio fisico come nel suo entusiasmo comunicativo; c) nell'arte di sapere evolvere all'interno dei problemi complessi appoggiandosi sui loro contrari. UN CONSIGLIO: metta il suo bisogno di rivolta al servizio di cause giuste, sorvegli il sistema nervoso che lei mette a dura prova per eccesso di stress e per soddisfare con troppa frequenza i suoi appetiti sessuali.

Senza distogliere lo sguardo fisso su di lui, Cleo spiava le reazioni di Patton che leggeva. I suoi tratti regolari restavano immobili. Era disperatamente impassibile. La fronte spaziosa, il naso regolare, il mento potente e la bocca dalle labbra carnose, concordavano nel creare l'immagine di uomo di grande volontà che il Generale amava trasmettere. Un solo istante, un leggero, leggerissimo abbozzo di sorriso gli increspò le labbra: forse leggendo il paragrafo sulla sua potenza sessuale.
Alzando gli occhi dal foglio Patton scrutò Cleo guardandola con tanta intensità che lei si sentì pervadere da una strana emozione.
«L'ho urtata, ferita? Offesa? ...» chiese, inquieta.
Patton sostenne lo sguardo per qualche istante prima di rispondere:
«Stupito? Ferito? No, per nulla. Un po' turbato, forse...».

Incapace di sostenere quello sguardo, Cleo abbassò gli occhi. Prendendo il bicchiere di *Corvo bianco* ancora pieno, ne bevve una lunga sorsata per darsi un contegno.
«La prego, termini la lettura prima di parlarmene. Ho fatto tanta fatica perché questo studio fosse il più esatto, il più completo possibile...» sospirò in fine, un leggero tremore alle labbra.
Il volto del Generale si illuminò. Vederla così, senza difese, doveva acuire il suo desiderio. Lei arrossì. Patton non sembrò accorgersene e riprese la lettura.

Prendiamo adesso in considerazione, insieme alla posizione dell'Ascendente, quella della Luna la cui influenza è così determinante sui nostri istinti più profondi, sui nostri sogni, le nostre aspirazioni, le nostre intuizioni e le manifestazioni del subcosciente.
Le sue tendenze inconsce, legate alla posizione lunare del tema astrale, sottolineano una tendenza verso la ricerca della verità – insieme personale e assoluta –, al di fuori del dialogo, delle consuetudini e dei costumi del suo tempo. Secondo questa formula, la sua sensibilità segretamente vulnerabile, tormentata da un desiderio di perfezione assoluta, ma anche da un desiderio di esistere, si maschera volentieri dietro atteggiamenti aggressivi, ostili, critici o di orgoglioso disprezzo. In questi aspetti per-

turbatori – che si manifestano per periodi variabili sia per durata che per intensità – lei può agire sotto l'influenza di un sentimento di amarezza, di collera o per un'ossessione rivendicatrice che rischia di complicare un comportamento normalmente lucido e dettato da una acuta coscienza dei rapporti di forza. La sua immaginazione senza fantasia, ma realista, servirà la sua volontà di potenza permettendole di estendere la sua combattività anche a disegni più grandi, persino politici. Attento però agli errori, agli eccessi di linguaggio, ai comportamenti istrionici. In tutti i casi, si ricordi che il suo proprio nemico è lei. E dopo di lei, la morte!

Patton terminò la lettura in preda a sentimenti contraddittori. Dietro ogni parola, a ogni giro di frase, sentiva la voce di Cleo che martellava affermazioni e sussurrava consigli con una sicurezza e un sangue freddo che, ai suoi occhi, sfioravano l'arroganza.
Come osava spingersi a tanto? Aveva un bel dirsi che in fondo quello non era che un gioco, che il «ritratto astrologico» non era che un pretesto per potersi rivedere, avvicinarsi... Non bastava. D'improvviso, si sentiva così tanto paralizzato da quel che aveva letto, che addirittura ciò sconvolgeva i piani già architettati per sedurla – il che lo contrariava alquanto.

Ancora una volta, un lungo silenzio si impose tra i due. Un silenzio fatto più di tensioni che di complicità amorosa.
'Mi sono sbagliato' stava pensando, quando la voce di Cleo lo fulminò:
«Non doveva...» disse con un tono impersonale.
Preso in contropiede, rispose:
«Non dovevo cosa?».
Il viso di Cleo, trasformato, mostrava un'espressione di serenità che il Generale non le conosceva. Gli occhi, normalmente di un verde intenso, erano adesso delle esplosioni di giada schizzate di una luce misteriosa che sbalordiva.
Aveva detto «Non doveva...» e quella frase tronca, peggio di un rimprovero, risuonava come un colpo di frusta.
Patton era stupefatto. Ma lei come se non volesse darsi per vinta, replicò:
«Volevo dire che non doveva chiedermi di studiare il suo tema astrale se poi non è in grado di assumerne il contenuto».
«Non ho detto nulla del genere!».
«Certo, non ha detto nulla. Ma lo ha pensato così fortemente che ne sono rimasta stordita. E poi basta guardarla in faccia...».
«*Wait! Wait! Wait a moment!*» gridò allora il

Generale, riprendendosi: «È un discorso da strega che mi sta facendo...».
Lo sguardo di Cleo bruscamente cambiò, aveva ritrovato la sua luce dolce, i suoi occhi non esprimevano più che l'innocenza.
«Io?» disse, ferita.
Mentre le lacrime le solcavano il viso, una forte emozione le strinse la gola.
Patton si alzò da tavola, andò verso di lei, la strinse fra le sue braccia.
«*Sorry! Sorry! Please forgive me. I'm so sorry!*» esclamò, asciugandole le guance con tenerezza.
Cleo, commossa, confusa nei sentimenti e nei desideri, si staccò delicatamente dal Generale.
«Dispiace anche a me» disse. «Ho soltanto voluto fare le cose il meglio possibile. E ancora, non ha letto l'oroscopo e le previsioni che ho studiato proprio per lei...».
Patton le prese la mano per meglio esprimere la sua tenerezza.
«Lo leggerò... le prometto che lo leggerò. Se è sincero come ciò che ho letto, ho ogni interesse a prepararmi al confronto...».
Una strana espressione gli traversò lo sguardo. Forse intuiva già ciò che avrebbe letto. Cleo lo osservò allarmata, gli strinse forte la mano, poi nuovamente

scoppiò in lacrime. Soltanto allora Patton realmente capì: come un apprendista stregone, Cleo si era lasciata trascinare dalle ricerche, dalla sua intuizione, dalle sue folgorazioni istintive, da se stessa.

«Mi dispiace di essermi spinta tanto» disse alla fine. «Ma la colpa non è mia. I suoi sarcasmi, il suo scetticismo nei miei confronti quando le dissi che mi interessavo di astrologia, erano tali che ho voluto provarle fino a che punto si sbagliasse».

Patton esitò un momento e poi chiese:

«Alla fine del pranzo, il suo malore improvviso, fu per questo?».

Cleo osservò il Generale per un lungo istante. Per quanto istintivamente detestasse le confidenze, ché ben se ne conoscono, in Sicilia, gli effetti deleteri, spinta dalla franchezza dello sguardo del suo interlocutore, rispose semplicemente:

«No. Fu un'altra cosa...».

«I ragazzi?».

«Sì».

«Lo sapevo!» esclamò Patton.

«Lei sapeva? Ma che cosa mai sapeva?».

«Sapevo che il suo cosiddetto malessere era legato a loro. Quanto ai due ragazzi... alla loro

età, anche se gracile, non ero meno turbolento di loro».
Il sorriso di Cleo tradì la sua tenerezza. Immaginare quest'uomo quando era soltanto un ragazzetto gracile e turbolento, la commuoveva.
«Che intenzioni ha, al loro riguardo?» chiese, preoccupata.
La risposta di Patton fu altrettanto immediata che chiara:
«Nessuna, proprio nessuna intenzione!» disse. «Alla loro madre non mancherebbe più che questo. Qui, tutti hanno una sola idea in testa: cacciarli via!».
Fece una pausa e precisò:
«Detto ciò, voglio che sappiano che sono al corrente. Per il resto, me ne fotto!».
Cleo esplose in una risata. Poi, spinta dall'emozione e dal sollievo si avvicinò a Patton e teneramente lo baciò su una guancia.

La porta alta e stretta che portava al salone era chiusa. Servito il dessert, Patton le aveva dato un giro di chiave per proteggere la sua *privacy*. Qualcuno bussò leggermente, poi più insistentemente fino a che il Generale, contrariato, andò ad aprire. Senza superare la soglia, un'ordinanza gli tese

una lettera sigillata e con un impeccabile saluto si eclissò.
«Mi scusi» disse Patton, rivolto a Cleo, aprendo il plico.
Il messaggio era urgente: l'armistizio firmato in segreto, a Cassibile, cinque giorni prima con il maresciallo Badoglio era stato reso pubblico dalle forze alleate. Per ordine di Eisenhower, il generale Clark era sbarcato nel sud della penisola, a Salerno.
Patton parve pensieroso. D'un colpo troppe cose si accavallavano nella sua testa. Ecco che mentre sprecava il suo tempo a Palermo, la guerra continuava. E continuava senza di lui! Malgrado le vittorie folgoranti in Tunisia e in Sicilia, Palermo, per quella storia dello schiaffo, rischiava di diventare la tomba della sua carriera. In effetti, una lunga traversata del deserto lo aspettava già.
Date le circostanze, l'animo non c'era più. Così Patton prese cura di congedarsi da Cleo.
«Devo andar via, Cleopatra... Se Dio lo vuole e se lei è disposta a vedermi, le farò segno domani o dopodomani. È splendida lo sa? Per un momento, grazie a lei, ho quasi scordato che siamo in guerra...».

Cleo gli rivolse un ultimo sorriso di complicità. Mentre lui si apprestava già ad accompagnarla, gli sussurrò affettuosamente:
«Non dica nulla... lo so... sono magica... A domani».
Patton parve commosso. Rispose:
«A domani, *sweetheart*. A domani...».

18

Faceva brutto tempo, quel mattino di settembre. Per la terza giornata consecutiva il sole era in esilio, fatto rarissimo a Palermo. Dopo il calore soffocante del mese di agosto, il brutale mutamento di temperatura aveva sorpreso tutti.
Mentre mio fratello ed io dormivamo ancora abbandonandoci alle voluttà di una lunga mattinata d'ozio, nostra madre aveva aperto la finestra della cucina. Cominciando a pelare qualche patata per il pranzo – erano quelle che avevamo portato da Bagheria e che non sarebbero durate a lungo – pensava: 'Pioverà tutto il giorno... In fondo preferisco questo tempo alla canicola...'.
La Cinese era di ottimo umore. Le geremiadi non erano fatte per lei. Accendendo la cucina economica a carbone, servendosi come se nulla fosse d'un esplosivo (un pezzo di balestite simile ad uno spaghetto color miele e che mio fratello aveva estratto da un proiettile di cannone abbandonato dai tedeschi nei giardini di Palazzo Reale), pensava

a cose piuttosto piacevoli: non aveva speso molti soldi durante l'ultima quindicina di agosto; mio fratello, senza che nessuno lo spronasse, aveva riaperto i libri di matematica, di greco e di latino; io non avevo tossito la notte, cosa rara con questo improvviso abbassamento di temperatura, e il Grande Amministratore... beh, quello non aveva più dato segno di vita.

Ciò che temeva soprattutto era che, il giorno in cui Patton avrebbe lasciato Palermo, quell'altro si sarebbe rifatto vivo con le solite minacce d'espulsione. Fortuna volle che, le disgrazie degli uni arridendo talvolta agli altri, col prolungarsi del soggiorno palermitano del Generale lei aveva ritrovato una relativa serenità.

Dovevano essere già le dieci e un quarto. Svegliatosi contemporaneamente a me, mio fratello esitava a uscire dal letto. Compiuto lo sforzo immane che consisteva nel mettere i piedi a terra, il suo bisogno immediato era quello di «prendere qualcosa di caldo». Profittando della situazione e secondo un rito immutabile che si ripeteva ogni mattina, mi alzai anch'io e corsi nella stanza da bagno occupandola per primo. Lì, dopo essermi lavato alla meno peggio con l'acqua fredda, mi frizionavo le guance con un asciugamani

di spugna usato fino all'osso e andavo poi in cucina per scoprire ciò che nostra madre ci aveva inventato da mangiare.
C'era una novità. Da una settimana, ogni mattina, un Pavarotti della famiglia dei canarini sfuggito Dio sa a che gabbia, veniva a cinguettare sulle nostre finestre. Nel suo linguaggio melodioso, reclamava le briciole del pane nero che nostra madre gli metteva sul davanzale, insieme a una tazzina colma d'acqua.
«Ancora un giorno triste, piove!» dissi a mia madre, come si dice buongiorno.
«Smettila di lamentarti, la prima colazione è pronta» brontolò mio fratello, in risposta.
Mentre si stiracchiava, incurante delle mie preoccupazioni climatiche, qualcuno suonò il campanello della porta d'ingresso.
Dapprima fu una scampanellata normale, poi un'altra, più lunga, insistente. Una lettera raccomandata? Un messaggio del Generale? Un inviato del Grande Amministratore? In ogni caso si trattava di qualcuno che aveva fretta di vederci.
«La porta! Andate ad aprire, io non posso...» gridò nostra madre mostrandoci le mani coperte di quella farina di ceci che stava facendo cuocere a fuoco lento con un po' di prezzemolo per farci le

panelle – quelle delizie palermitane di cui mi capita ancora di sognare.
«Chi potrà mai essere?» si chiese Pino che non amava affrettarsi appena alzato.
«Bah, vado io» dissi conciliante.
Era ormai quasi mezzogiorno e il mio cervello si rifiutava ostinatamente di funzionare. Reazioni lente. Idee che tardano a mettersi in moto. Difficoltà ad afferrare il presente. In breve, si sarebbe detto che ero già vecchio prima del tempo.
Aperta la porta, mi trovai davanti un ragazzo magro, dinoccolato, una larva con la testa da uccello, un sottoalimentato, un moccolo di candela da chiesa, consunto ma ancora vivace, che portava a tracolla una borsa da postino dalla quale usciva il collo di una bottiglia.
Prima ancora che potessi dire una parola, mi prese tra le braccia baciandomi fraternamente. Una volta. Due volte. Tre volte. Le poche certezze che mi permettevano ancora di stare in piedi, sparirono d'un colpo. Il mondo esterno si rovesciava improvvisamente su di me con la forza di una tempesta e mi si attaccava al cranio con ganci mordaci.
Una corrente d'amore mi stava trascinando.
«Come stai? Come sono felice di vederti! E la

mamma, come sta la mamma? È in casa, spero, la mamma. E tuo fratello, sempre così brillante, tuo fratello? E tu, gli studi, tutto bene? E la salute, la salute, anche quella tutto bene? Non è troppo dura la vita in questo Palazzo Reale, spero di no?». Interrogava a tutto spiano, da perdere il fiato, le parole a raffica, senza darsi una sola pausa neppure per respirare. Una logorrea. Una corrente. Un fiume. Che dico? Una cataratta. Impossibile fermarlo, interrompere quel torrente di parole che mi trascinavano via. D'altra parte, senza aspettare che glielo proponessi, sfiorandomi appena, entrò in casa.

Mi ero detto che malgrado il cattivo tempo che si era abbattuto su Palermo avrei passato una buona giornata, una giornata allegra in compagnia di Silvia – chissà? Ed ecco che con la subitaneità del destino, tutto prendeva una piega strana e per nulla usuale.

«Chi c'è?» domandò mia madre.

Senza aspettare che rispondessi, quello strampalato si annunciò da solo.

«Sono io!» fece col tono di un conquistatore.

E sculettando si infilò in cucina, tolse dalla borsa la bottiglia, e la tese alla Cinese che, in piedi davanti a lui, adesso lo guardava in silenzio, le lab-

bra che fremevano in un abbozzo di risata. Poi, rivolgendosi direttamente a lei, esclamò:
«Ecco, per lei, Signora! Liquore Strega. Liquore all'essenza di mandarino. Del sole fuso. Un nettare proibito ai bambini!».
La Cinese lo guardava alla volta riconoscente e interdetta. Nostro padre amava tanto quel liquore che lei, in sua memoria, andava pazza per tutto ciò potesse assomigliargli. Così, esclamò con calore:
«Grazie! Grazie mille! Mio marito lo amava tanto... non doveva... sa...».
Vedendola commossa, quello allora salmodiò:
«La prego... è nulla... nulla. Lo so, il ricordo è un traditore che sale all'assalto della nostra anima quando meno ce lo aspettiamo...».
Tra chiacchiere e gentilezze a seconda dell'interesse del momento, il tempo scivolava via a tratti, a colpi bruschi. Alcune volte in fretta, altre tra silenzi interminabili. Mio fratello, paziente, seguiva la scena parola per parola. Poi, come si avvicinava l'ora di pranzo, cessando di comportarsi da semplice spettatore e rivolgendosi a nostra madre, propose:
«E se, per quanto vietato ai bambini, tu ci facessi assaggiare una goccia di quel nettare?».

Cogliendo la palla al balzo, il giovanotto insistette:
«Sì, sì, giusto, buona idea! Beviamo alla mia partenza».
«Alla tua partenza?» dissi sorpreso.
«Sì, alla mia partenza. Sono venuto a salutarvi così presto perché parto domani...».
«E per quanto tempo?» fece mio fratello.
Qualche secondo e poi la rivelazione prese un colore drammatico:
«Per sempre! Lascio Palermo, la Sicilia, la famiglia, gli amici... Qui, sfortunatamente, come sapete, non c'è più nulla da mangiare. Nulla da fare, nulla, e poi...».
«Che si può fare? Siamo un popolo di emigranti. E dove va?» chiese mia madre, confusa dalla piega che stava prendendo la conversazione.
La risposta partì come una freccia:
«In Tunisia» disse l'altro, e tacque, sicuro dell'effetto.
«In Tunisia?» esclamò nostra madre, senza nascondere lo stupore.
«Vado da uno zio che lì ha fatto fortuna con i francesi. E siccome cerca aiuto...».
«Ma la guerra... Come farà per arrivarci?».
Il sottoalimentato prese un'aria astuta e come se rivelasse un segreto, spiegò:

«Ho un amico che ha una barca a motore. L'Africa, lo sapete, non è lontana... A condizione di sapere navigare, naturalmente...».
La pioggia batteva contro i vetri e drammatizzava ancora di più la situazione. I volti si scurirono, ognuno di noi era assorto nella stessa, profonda riflessione. A quel punto, sia per rompere il ghiaccio sia perché la situazione lo richiedeva, la Cinese aprì l'armadio dei tesori, ne tirò fuori quattro bicchierini in cristallo di Baccarat, versò in ognuno di essi un dito del famoso liquore e fece con malcelata tristezza:
«Beh! A lei, alla Tunisia! Al viaggio!».
«Cin-cin!» fece lui.
E le lacrime presero a scendere, contagiose.
Ci fu un gran silenzio. Il fatto che dovesse emigrare come un bandito per trovare il diritto di vivere, di lavorare, il semplice diritto di esistere, ci turbava profondamente. Come potevamo lamentarci della nostra sorte di fronte a quella realtà? Ecco che ciò ridimensionava molte cose.
Eravamo in preda a questo tipo di pensieri quando l'ospite sospirò:
«Ma!».
Un modo molto siciliano per esprimere la perplessità. Difficile saperne di più. Il giovanotto pro-

nunciò soltanto quella sillaba, appoggiando fortemente sulla *M*.

Un leggero brivido corse tra noi. Di fronte a quell'essere strano – si sarebbe detto una foglia morta che una tela di ragno aveva appena intrappolato – colsi lo sguardo acuto di mio fratello che lo osservava. Senza sapere perché, sentii confusamente che qualcosa non funzionava. Quel dolore, quella tristezza non ci appartenevano.

All'improvviso, mi parve che una palla infuocata si torcesse dentro di me. Un morso mi attanagliò il plesso solare. Cercando aria aprii la finestra. Pioveva sempre. Faceva fresco. Il ritmo dei passi dei soldati di guardia scandiva l'aria. Frammenti di musica jazz salivano dal pianterreno. Il generale Patton doveva tentare di distrarsi.

Una volta ancora, mentre lui, inchiodato a Palermo, si occupava degli 'affari correnti', gli altri continuavano la guerra. Forte delle unità smembrate già appartenute alla sua gloriosa VII Armata, la V Armata di Mark Clark aveva conquistato Salerno impegnandosi nella battaglia d'Italia. E Bradley – in viaggio per l'Inghilterra dove Eisenhower lo aveva inviato al posto di Patton per organizzare uno Stato Maggiore degli eserciti in vista dell'imminente sbarco in

Normandia – Bradley era venuto a Palermo a salutarlo.
L'orchestra di Glenn Miller poteva fare meraviglie, Patton non riusciva certo ad essere *In the Mood*. La sua leggendaria gioia di vivere se ne era andata via.
La Cinese guardò l'ora, si faceva tardi. Rivolta al nostro ospite confessò:
«Vorrei tanto invitarla a pranzo ma ho soltanto patate da offrirle e qualche panella...».
Il ragazzo guardò a sua volta l'orologio e sussultò: «Mio Dio! Mio Dio! Pazzo sono. Ma come s'è fatto tardi! Devo proprio lasciarvi. Ho tante cose da sistemare... Voi sapete, la partenza».
«Già, la partenza...» fece mia madre, soprappensiero.
Seguitavo a non capire cosa mi stesse succedendo. Il liquore Strega faceva il suo effetto. Mio fratello agitò la mano davanti al naso come per scacciare un insetto. La Cinese aveva gli occhi pieni di lacrime. Un doppio nodo ci serrava la gola. Ancora un lungo silenzio. Poi nostra madre lasciò la stanza, fece una breve incursione nella sua camera da letto e ne tornò con un piccolo corno di corallo rosso appeso a una montatura d'oro lavorato, giallo e bianco.

Quindi, rivolta al ragazzo gli disse:
«Tenga, è per lei. Si dice che porti fortuna. Guardi che sono superstiziosa. Non lo perda!».
L'emozione era al colmo. I fazzoletti svolazzavano nell'aria. Con voce strozzata l'ospite ci ringraziò:
«Grazie! Grazie! Che meraviglia, che meraviglia! Il cornetto di corallo... Stia certa che non lo perderò, non lo perderò... mai».
Tra abbracci e baci ci dirigemmo insieme verso l'uscita. La Cinese aprì la porta. Piangevamo tutti. Senza girarsi per meglio nascondere le lacrime, quel moccolo di candela fece un gesto con la mano e si strozzò:
«Addio!».
«Addio!» nostra madre rispose.
«Addio!» fece mio fratello.
«Addio!» gridai anch'io, andandomene.
Aveva smesso di piovere. Il sole, ritornato con forza, rallegrava la casa con i suoi raggi infuocati. Rivolgendosi a Pino, la Cinese domandò:
«Che ragazzo simpatico. È un amico tuo?».
«No, mai visto prima d'oggi».
«Ah!» fece lei, girandosi verso di me. «Un tuo compagno di scuola allora?».
«Un mio compagno?» dissi stupefatto. «Mai visto. Perché, non è un amico tuo? Non è il figlio

di una delle tue cugine o delle cugine di papà?».
«Ma che stai a dire? Le mie cugine? Le cugine di tuo padre? Neanche per sogno! Quello là io non lo conosco affatto!».
Con un solo fazzoletto, ci asciugammo infine tutti e tre le lacrime. Lacrime per uno sconosciuto – ché nessuno di noi riuscì mai a risolvere l'enigma della sua identità.
E se questa storia doveva impensierirci per qualche tempo, certo non fummo i soli a vagare alla cieca fra misteri con cui a volte ci mette in contatto il destino...

19

Patton sedeva immobile dietro la scrivania intarsiata d'avorio e di legni preziosi. Forse, dentro la sua bella testa di condottiero dall'anima esitante, si rodeva pensando alle battaglie italiane che ogni giorno gli passavano sotto il naso a vantaggio di altri ufficiali – come Clark o Bradley – così privandolo dell'azione e sottraendolo alla gloria.
Il suo sguardo limpido vagava nel vuoto. Come spesso a quell'ora, prima che la giornata iniziasse con il suo seguito caotico di piccoli e grandi problemi, piccole gioie e grandi affanni, scriveva a sua moglie Beatrice. Questa volta, però, non aveva l'animo. Per motivi che lui stesso le spiegava, la lettera era stata interrotta dopo le prime righe:
«*Cara Beatrice, mi ero svegliato questa mattina allegro come un fringuello e mi accingevo a deliziarti con le storie dei fantasmi che imperversano su questo Palazzo Reale, quando, alle 8,30 esatte, ho ricevuto una lettera con la quale mi si informava che c'erano tante cose che avrei dovuto fare e non avevo fatto, e*

che ne avevo fatte altre che non avrei dovuto fare: in due parole che ero un poco di buono. Così, poiché la mia gioia di vivere è svanita, oggi non ti racconterò più di quei fantasmi...».

Dopo la storia degli schiaffi, altri rimproveri appannavano nuovamente l'immagine del Generale. Questa volta si parlava della maniera non troppo ortodossa con la quale pare avesse trattato alcuni prigionieri italiani. C'era da credere che le sue capacità di comando, la sua forza d'ispirazione, il suo coraggio, avessero scatenato molte gelosie. Se le calunnie avevano colpito nel segno significava che le smentite ufficiali del Cardinale di Palermo non erano ancora arrivate a Washington dove probabilmente c'era chi già si preoccupava che, a guerra finita, egli potesse trasformarsi in un temibile candidato alla presidenza.

Nelle storie di fantasmi che popolavano il Palazzo Reale, e delle quali Patton aveva avuto l'intenzione di scrivere alla moglie, mio fratello e io c'entravamo per qualcosa.

Tutto era cominciato il giorno in cui il Generale se ne era andato a Biserta per assistere con il suo omologo inglese, il generale Alexander, al passaggio della flotta italiana diretta a Malta, dopo la resa.

Probabilmente una sfilata di navi-fantasma anche questa, a giudicare da ciò che Patton ne scrisse quello stesso giorno. E cioè che «la RAF e la marina britannica, a più riprese, avevano annunciato di averle affondate».

Era mezzanotte. L'ora preferita, pare, dagli spettri quando vogliono dare segno di vita. Nei giardini di quella Villa Bonanno, che si estende voluttuosa ai piedi del Palazzo Reale, un gruppetto di curiosi contemplava il cielo. Era giorno di festa. Il cantastorie aveva appena terminato il suo recital di favole meravigliose, e in questo inizio di settembre ciascuno tentava di indovinare il tempo che avrebbe fatto il giorno dopo.

All'improvviso, una donna vestita di nero, indicando un uomo che le aveva appena dato una spinta e adesso correva a zig-zag davanti a lei, si mise a gridare:

«Ma guardate questo signore! È un pazzo! Corre e spinge come se avesse la morte alle calcagna!».

E poiché l'uomo correva sempre guardando il cielo, un altro tipo che camminava accanto a lei, si era pure messo a gridare:

«Guardatelo! Si direbbe che insegue le nuvole...».

Il fuggiasco si fermò di colpo, tese un dito verso certe apparizioni che vedeva agitarsi sul tetto del

Palazzo Reale, ma l'altro, imbecille, invece che guardare ciò che gli veniva indicato, come tutti gli imbecilli guardava la punta del dito.
«Coglione! Non il mio dito... guarda là, piuttosto!» reagì il presunto folle, mostrando i tetti del Palazzo.
Un gruppetto di persone si raccolse attorno ai due, l'una dopo l'altra, come pecore, il naso all'aria. Fu a quel punto che tutto precipitò. Una donna incinta si mise a gridare:
«Oh Dio mio, Dio mio, Dio mio. Il diavolo, il demonio, Belzebù!».
Un signore anziano, i capelli lucidi di brillantina, girando su se stesso come una trottola, esortava tutti quelli che lo ascoltavano:
«Non restiamo qui come tanti idioti. Svelti, chiamiamo un prete!».
Facendo eco alle grida, dalla folla che ingrossava salì una voce in dialetto siciliano:
«*U' parrinu? E unni u trovi a st'ura?* Un prete? Ma dove lo trovi, a quest'ora?».
«*A matrici!*» fece un altro, «alla Cattedrale».
«*Ma quali matrici, quali parrinu!* È un esorcista che ci vuole».
Alla parola esorcista, una giovane donna, anche lei venuta a vedere ciò che succedeva, si fece il

segno della croce, prese per mano un bambino dal cranio rapato e le guance costellate di macchie rosse, e se ne andò di corsa senza dire una parola.
Quasi perso tra la folla di sfaccendati che gli stavano intorno, l'uomo che per primo si era accorto di quanto avveniva lassù, sui tetti del Palazzo, cercava adesso di recuperare i suoi sacrosanti diritti di progenitura.
«Ascoltate!» si sgolava, pontificando. «Sono stato io il primo a vederlo, e allora, se permettete, lasciate che vi dica cosa fare».
Senza dargli il tempo di prodigare i suoi saggi consigli, qualcuno nella folla gridò:
«I carabinieri! Chiamate i carabinieri! Ecco che c'è da fare...».
A quell'epoca viveva a Palermo un personaggio piccolino e dal volto infuocato che, andando per la città, affrontava i passanti sostenendo di interessarsi ai loro problemi e di volerne discutere con Dio, visto che con Lui aveva una linea telefonica diretta. Se nessuno seppe mai il suo vero nome, tutti lo chiamavano *Muddichiedda* – piccola mollica di pane.
Quella notte, sorto da chissà dove, *Muddichiedda* si trovava tra la folla. La cosa era troppo importante perché non dovesse discuterne con Dio. Un

piede posato a terra e l'altro appoggiato al tronco di un albero come un trampoliere, fece finta di alzare un telefono, compose un numero immaginario su un quadrante altrettanto immaginario e si rivolse al Creatore:
«Signore, siete voi?» disse dapprima, come per assicurarsi di non essersi sbagliato di numero.
L'Eterno era al telefono. Così rassicurato *Muddichiedda* cominciò la conversazione:
«Sono io, *Muddichiedda*. Non so che ora sia su da voi, qui è notte. Mezzanotte mi dicono. E dovreste vedere il casino! Proprio un casino, Signore! Manco fossimo all'inferno. D'altra parte cercano un esorcista, parlano di demoni...».
Muddichiedda fece il gesto di posare la mano sul ricevitore come a proteggere la riservatezza delle sue parole e con voce altisonante ripeté quello che il Signore gli diceva:
«... Come dite? Gli uomini sono stupidi? No, dei veri coglioni! Come, come? Parlate più forte, per piacere. Gli uomini... tutti cornuti matricolati, becchi e porci! E le donne, dite? Tutte puttane? Tutte troie? Ed è questo che gli devo ripetere? Proprio così? E va bene».
Allora girandosi verso la folla che adesso lo circondava, ripeté:

«Il Signore dice che siete tutti cornuti! Cornuti e fessi!».
Qualcuno stava per ribattere ma *Muddichiedda* lo fermò:
«Aspettate, aspettate! Il Signore dice che siete una banda di cornuti e che le vostre donne sono delle belle puttane».
«Puttana ci sarà tua madre!» gridò una voce femminile dalla folla.
E *Muddichiedda*, rassicurante:
«Ha detto *belle* puttane. Venendo da Lui è importante, no?».
Senza preoccuparsi di ciò che il buon Dio potesse pensare di loro, un gruppetto di persone si diresse verso l'ingresso del Palazzo Reale. Il fenomeno persisteva ed era piuttosto inquietante. Da buoni cittadini non si poteva restare con le mani in mano. Bisognava informare i carabinieri.
Essendo la porta monumentale del Palazzo sprangata, uno del gruppetto passò la testa attraverso la porticina di servizio rimasta semiaperta. Aveva appena spinto la punta del naso all'interno che una voce energica lo bloccò:
«Chi va là?».
Un carabiniere balzò a piè pari davanti al disgraziato puntandogli un'arma al petto:

«Mani in alto. Che fai qui?».

L'uomo si girò cercando appoggio presso quelli che lo avevano spinto a quel passo, ma dietro di lui non c'era più nessuno. Se ne erano andati tutti via. A mo' di spiegazione gridò a sua volta:

«I fantasmi!».

Il carabiniere gli rise in faccia.

«A quest'ora? Ma hai visto che ora è?».

Messo di fronte all'evidenza il disgraziato non poté che rispondere:

«Appunto, l'ora dei fantasmi...».

«Che fantasmi!» gridò allora il carabiniere, confuso ed esasperato.

Percependo un leggero cedimento, l'altro ne prese vantaggio:

«Sono là, sulla sua testa, venga a vedere! Guardi in alto, sui tetti del Palazzo. Venga a vedere, le dico!».

Dopo tanti anni di guerra e di angosce, i palermitani non rifiutavano nessuna occasione di distrarsi. Certo i fantasmi facevano paura, ma dal momento che c'erano i carabinieri...

Ammassati sulla siepe e sui gradini che separano Villa Bonanno dal Palazzo Reale, la folla di sfaccendati seguiva attenta gli avvenimenti.

Solo *Muddichiedda* esitò e partì.

«Dio non ama i carabinieri» spiegò a quelli che gli stavano più vicino. «Mi sconsiglia di andare…». Curioso e scettico, il militare di fazione chiamò i compagni del turno di guardia e si piazzò al centro della piazza. Da lì, vedeva meglio ciò che succedeva sui bastioni a ridosso della cupola dell'osservatorio astronomico che sovrasta il Palazzo. Ciò che vide gli parve un incubo o un'allucinazione. Sotto la luce diafana della luna piena, una fila di fantasmi nei loro lividi sudari agitavano al vento i propri orpelli di malaugurio. Ballando davanti alla cupola dell'osservatorio, minacciavano di scendere verso gli uomini che stavano lì a guardarli e già un venticello malizioso soffiava sui rami, accompagnando le grida e i lamenti che venivano dall'Aldilà.

Un ex ufficiale della Grande guerra, adesso in pensione, ritrovando gli ardori di un tempo e con l'idea di spronare le truppe, si mise a gridare: «Coraggio soldati! Cosa aspettate? Sparate, su!». Per un riflesso pavloviano, mentre gli sfaccendati si allontanavano dal 'centro delle operazioni' spostandosi verso i giardini di Villa Bonanno, i carabinieri imbracciarono le armi, le puntarono verso gli intrusi dell'Oltretomba, mirarono a quelle che sembravano essere le loro teste e fecero fuoco.

«Mancato!» gridò un ragazzetto, vedendo che la danza macabra seguitava con uguale e satanica energia.
Un secondo carabiniere caricò il fucile, lo imbracciò, sistemò l'alzo, mirò, sparò.
«Mancato!» gridò nuovamente il ragazzetto, facendo eco ai colpi di fuoco che cominciavano ad allarmare il vicinato.
Uscendo dal Palazzo Reale, un GI si unì ai carabinieri. Subito non capì ciò che stava succedendo, ma alla fine, scorgendo le sagome bianche schizzate di nero che si agitavano stagliandosi contro il cielo, ritornò al suo posto di guardia, ricomparve, imbracciò un fucile mitragliatore e anche lui fece fuoco.
Il rumore assordante della sventagliata parve perforare i timpani. Una nube di polvere occultò per qualche istante lo spettacolo. Dalla folla salì un'esclamazione di stupore:
«Ooooh!».
Lucifero aveva smesso di danzare. La pace divina riprendeva i suoi diritti.
«OK?» esclamò l'Americano.
Deciso tuttavia a non sottovalutare la faccenda, ritornò al posto di guardia per dare l'allarme ai suoi commilitoni.

20

Era bastata una scarica di mitra perché i fantasmi sparissero. Finito lo spettacolo, la piccola folla ammassata davanti al Palazzo Reale lasciò i luoghi disperdendosi lentamente.
Deluso che tutto si fosse concluso tanto rapidamente, *Muddichiedda* commentava da solo l'accaduto, con tanta amarezza nella voce:
«Piccioni! Sono volati via come piccioni. Una scarica e... hop! C'è da credere che anche i morti hanno paura dello zio Sam!».
Ma se la pace era ridiscesa nella piazza, non era così nelle sommità del Palazzo dove gli inviati del Maligno avevano improvvisato la loro sarabanda.
Ignorando i carabinieri, troppo ingenui a loro avviso, i poliziotti dell'esercito americano, quei terribili e temuti MP, avevano deciso di risolvere il mistero.
Nel ricevere l'incarico di dirigere le operazioni e di riferirne agli ufficiali dello Stato maggiore, il

tenente March, quel sosia di James Stewart, aveva protestato tra i denti:
«*Shit!* Dopo la bomba fumogena, eccoci con i messaggeri dell'Aldilà. Non ditemi che tutto ricomincia daccapo! *Don't tell me that!*».
Dopo avere meticolosamente ispezionato gli appartamenti reali, i soldati perlustravano adesso la parte alta della Torre Pisana, là dove si trova la cupola dell'osservatorio astronomico, teatro degli avvenimenti.
«Siamo nei guai!» feci ansimando a mio fratello, udendo rumori sospetti che salivano verso di noi. Come sempre in questo genere di situazioni, Pino mi rispose con calma, forte della serenità che era una sua seconda natura:
«Niente panico, per piacere! Non siamo stati dei bravi fantasmi? Ricordati allora che un fantasma che si rispetti, spaventa gli altri ma non si spaventa mai! Sangue freddo, che cazzo!».
Se i colpi di moschetto del carabiniere si erano limitati ad aggiungere qualche altro buco alle lenzuola bianche chiazzate di nero – dando così anche meno presa al vento – la sventagliata dell'americano aveva fatto dei danni molto più seri. Non soltanto aveva spezzato le canne di bambù che ci avevano permesso di manipolare i «suda-

ri» pur restando nascosti dietro dei muretti di protezione, ma avevano anche ridotto le lenzuola a brandelli facendo sì che adesso, impigliatesi nelle punte dei parafulmini, ci creavano una serie di problemi. Impossibile toglierle di là.

«Svelto... Tira il lenzuolo! Con tutte le forze... Non restare là come un salame. Sembri un baccalà!» gridò Pino.

Per una volta, e a ragione, era preoccupato. Semiparalizzato dalla paura, non riuscivo a districare le cose.

«Non ce la faccio!» dissi, ed era la verità.

«Vuoi finire in mano agli americani? Pensa alla mamma!» mi lanciò, mai a corto di argomenti.

Aggiungendosi alle sue proteste, un fracasso d'inferno proveniente dagli appartamenti sottostanti mi spinse a raddoppiare gli sforzi. Letteralmente sospeso al lenzuolo che mio fratello tirava dal canto suo, presi a contare ad alta voce:

«Uno... due...».

Al tre, il lenzuolo cedette. Recuperate le canne, che buttammo nel vuoto, raccogliemmo ciò che restava dei nostri fantasmi. Era tempo ormai che sparissimo anche noi. I rumori si facevano sempre più vicini.

Ritrovando il tono del comando con il quale era

riuscito a darmi coraggio quando avevamo portato la bomba fumogena all'interno del Palazzo, *Pino potens* mi ordinò:
«Vieni qua... Questo è un passaggio segreto di prim'ordine... non lo troveranno mai!».
Spostata una lastra d'aspetto tombale che Pino fece scorrere lungo due guide d'ottone, uno scuro budello si aprì davanti a noi.
«Seguimi» disse allora. «Salvo errore dovremmo arrivare nei sottotetti. Vedrai, alla fine c'è una scala a chiocciola che porta a dei ripostigli abbandonati e infestati dai topi. Là, decideremo il da farsi».
Il cuore in gola, scivolai in quel cunicolo come se mi infilassi in una tomba. Ventre a terra, strisciammo lungo una ventina di metri in fondo ai quali, come Pino aveva predetto, c'era una scala a chiocciola di un centinaio di gradini, chiusa da una griglia di ferro.
Una luce grigia, opaca come quella della luna, scendeva dall'alto permettendoci di orientarci un po' meglio. Un effetto d'eco portò verso di noi il fracasso dei MP che correvano sui tetti della torre. La cosa ci rassicurò. Il pericolo si allontanava. Se l'inferno regnava ancora là in alto, per noi la serenità dei sentieri della libertà era ormai a portata di mano.

Un acuto cigolio ferì l'aria: mio fratello era riuscito ad aprire la griglia che chiudeva la scala. Gli era bastato un colpo d'occhio: davanti a noi si apriva una di quelle botole delle quali il Palazzo Reale detiene il segreto e che discendevano fino in fondo alle sue viscere. Arrotolò le lenzuola fino a farne uno stretto fagotto al quale aggiunse, per il peso, una pietra, e il tutto fu precipitato in quella gola. Dapprima il silenzio, poi un tonfo sordo ci avvisò che il pacco era giunto a destinazione.

Sbarazzatici delle prove del misfatto, finalmente ci sentivamo liberi. A quel punto, ritornare a casa era un gioco. Dai sottopassaggi segreti ai corridoi nascosti, il Palazzo non aveva misteri per noi. Mille volte lo avevamo esplorato da cima a fondo.

Si era fatto molto tardi. Stanchi per le ore dello «spettacolo» e la corsa che ne era seguita, faticavamo ad avanzare. Sgusciammo come veri fantasmi nel Cortile della Fontana, da lì, spossati, aprimmo la porta di servizio di casa nostra, e finalmente giungemmo fino alla nostra camera da letto.

«Che notte!» fece Pino a bassa voce, contento di sé.

In quel preciso istante – caso che fosse o coincidenza – la Cinese si mise a tossire molto forte, come per farci capire che era ancora sveglia.

21

Da due giorni e due notti, ormai, mio fratello e io vivevamo chiusi tra quattro mura. Prigionieri di noi stessi. Veri reclusi. Non che ci si accusasse in modo preciso di qualche malefatta, ma all'interno del Palazzo Reale correvano tante voci. Anche se, come pareva, la storia dei fantasmi aveva molto divertito il Generale, il fatto che rimanesse ancora avvolta nel mistero malgrado lo zelo di cui sapeva dar prova la polizia militare, i temibili MP, dava vita a sempre nuovi sospetti. E se quei fantasmi avessero avuto non soltanto precise identità ma anche cattive intenzioni? Fra le tante, questa era una delle domande alle quali nessuno osava rispondere per il timore che la risposta lo potesse coinvolgere.
«Io non capisco cosa succede da queste parti» disse mio fratello, da re dei gesuiti, «ma trovo che nell'aria c'è molta elettricità».
La reazione di nostra madre non si era fatta attendere:

«Hai ragione figlio mio! C'è troppa elettricità nell'aria. In ogni caso, penso che sarebbe meglio se per un po' voi due vi faceste dimenticare. Tutti gli sguardi vi sono puntati addosso. Chissà poi perché!» concluse, per nulla ingannata dalla nostra aria innocente.
Se, all'evidenza, conosceva i responsabili di quella nuova avventura del Palazzo, preferiva fingere di non sapere. Da vera Cinese, questo le permetteva di conservarsi un margine di manovra non soltanto nei nostri riguardi, ma anche verso gli altri.
Quando Silvia venne a bussare alla porta di casa per me fu un vero sollievo. La mano del destino. Il caso liberatorio. La scintilla di gioia.
Guardandola negli occhi, vidi brillare una strana luce. Se avessi avuto qualche anno di più, vi avrei anche scorto il breve lampo del desiderio.
«Mi annoio...» mi disse.
Erano parole che potevano significare tante cose. E tuttavia, per l'istinto ereditato da mia madre, capii dallo sguardo che la noia di cui si lamentava Silvia non nasceva dal non avere nulla da fare. Non era, insomma, la noia di chi, per citare Jean-Jacques Rousseau, non sapendo come impiegare il proprio tempo sciupa deliberata-

mente e senza scrupoli il tempo altrui. No. Si trattava piuttosto di quel vuoto che si prova quando l'essere desiderato non ci è vicino. La noia, l'ombra portata dalla saggezza, la verità allo stato puro. In un certo senso, il più sublime dei sentimenti umani.
'Mi manchi', 'Mi annoio senza di te': era questo il messaggio, e così si inscriveva in me. La guerra, lo si sa anche troppo bene, è una scuola di vita. È un elemento della metamorfosi che, nello spazio di un bombardamento, nel tempo di una ferita, o di fronte alla sofferenza altrui e al contatto con la morte, trasforma all'improvviso un bambino in un adulto.
Come un viaggiatore dall'umore mutevole, un vento leggero che veniva dalle vicine coste africane ci riportava un ritorno di calura. Senza aspettare che Silvia scivolasse nei convenevoli d'uso – il che avrebbe rovinato la dolce tensione, nata dal desiderio – le presi la mano.
«Vieni» sussurrai. «Usciamo. Voglio prendere un po' d'aria».
Poi, rivolto alla Cinese che in assenza di donna Rosa – la signora anziana che la aiutava nelle faccende di casa – stava stirando nella stanza vicina, gridai per farmi sentire:

«Mamma, sono con Silvia, usciamo a prendere una boccata d'aria, torno tra un'ora. Va bene?».
Il nome di Silvia bastò a rassicurarla.
«Va bene», mi rispose, serena.
Poi, conoscendomi, aggiunse come sempre:
«Non rientrare troppo tardi».
E rivolta a Silvia tenne a precisare ancora:
«Silvia, conto su di te. Andate pure a fare una passeggiata ma stai attenta a quel mascalzone... riportamelo tra un'ora».
«Sì signora, conti su di me» disse lei, stringendomi forte la mano per manifestarmi la sua gioia e la sua complicità.
Come dei bambini che celano sentimenti e emozioni da adulti, Silvia ed io ci allontanammo con salti di gioia verso il giardino delle magnolie, quella terrazza dai profumi rari che dalle alture del Palazzo Reale sovrasta la vecchia Palermo. Strada facendo, incrociammo Lascari, l'uomo degli uccellini ciechi. Stava davanti a casa sua, e ci fucilò con lo sguardo. Dalle finestre spalancate del suo appartamento scoprimmo un panorama inaspettato di camicie scure o a quadratini (si sporcavano meno – o meglio – si vedeva di meno ch'erano sporche), calzini bucati, mutande, sottovesti, slip femminili, numerosi pannolini intimi...

Tutto era sospeso su cordami da biancheria che attraversavano la cucina, disteso, offerto alla vista dei passanti con totale impudicizia. Impossibile sottrarsi allo spettacolo. Bastava uno sguardo per sapere quando Lascari si cambiava le mutande e sua moglie il reggiseno, gli slip, le calze, i pannolini.
Quando arrivammo al cancello d'ingresso che ricordava una rastrelliera per le lance con le punte dirette verso il cielo, Silvia lanciò con delusione: «Porco mondo, chiuso!».
Senza perdermi d'animo la guidai, lungo la griglia, verso quelli che chiamavamo allora gli appartamenti di Garibaldi. Là, a due o tre passi da un secondo ingresso, anche questo dovutamente sprangato, mi avvicinai a una di quelle lance che fungevano da sbarre, la presi alla base, la feci girare su se stessa, la sollevai di un paio di centimetri e la spostai dal suo bell'allineamento. Da quando la Cinese ci aveva confiscato le chiavi del cancello per punirci delle tante malefatte, per noi due fratelli il nostro 'ingresso privato' era lì.
«Vieni, entriamo» dissi, fiero di me.
«Sei un mago, un mago!» gridò lei, felice, dandomi un bacio.
Entrati in quel rifugio fiorito – primo paradiso incantato della mia infanzia, fantasma indimen-

ticabile che avrebbe per sempre infiammato i miei ricordi – rimisi la lancia al suo posto e, sempre tenendo Silvia per mano, la condussi verso il fondo di un vialetto che sfociava nel bacino delle ninfee.
Alla nostra sinistra, testimoni di un lungo bacio, due gatti randagi si inseguivano miagolando, girando attorno a un'aiola di rose. D'un balzo, superando una bordura di viole del pensiero i cui petali vellutati erano macchiettati di blu, rosso, giallo e viola, uno dei gatti fuggì e fu in quel momento che entrammo nella serra delle piante carnivore.
Nel calore da stufa che pesava in quel luogo, ci ubriacammo l'uno dell'altra come farfalle assetate. Sotto la luce soffice e complice che sublimava ogni cosa attorno a noi, d'improvviso la pelle di Silvia fu il suo vestito più bello, la nudità il suo più bel pudore.
Vestito d'ombra, libero da ogni intralcio, il suo corpo non era più che un prato di carezze. Il tempo si era fermato. In questo tenero rifugio ogni movimento andava a rilento. Poi, mentre si accelerava il ritmo dell'invisibile, le parole, i gesti, non erano più che una dolce offerta alla vita.
Seppi allora, malgrado la giovane età, che per me

nulla sarebbe mai stato come prima. Seppi che la barca della mia vita sarebbe sempre stata lì, ammarata, in attesa di quell'istante, pronta, se occorreva, a reinventare la notte. Seppi anche che la mia vita si sarebbe svolta in questo modo, a fior di pelle, a fior di sogno, sottratta per sempre al passare del tempo.

22

Era trascorso un mese intero e il Generale non riusciva ancora ad accettare la sua emarginazione. Amante delle lunghe notti di riposo, s'era risolto a prendere dei sonniferi. Una volta assopitosi, però, il suo sonno era agitato da incubi, gonfio di brividi e allucinazioni, dolci o ironiche, a seconda delle ore.

A volte sognava di Eisenhower e di quelle maledette accuse che gli erano valse l'essere messo in quarantena, altre volte di Cleo, che gli appariva come un angelo provocatore.

Spesso, nel sogno, i due personaggi si sorridevano, sembravano conoscersi. E il fatto che si intendessero così bene lo metteva in imbarazzo. La cosa provocava in lui una certa vergogna, un certo astio, tanto più che non riusciva a interrompere la loro conversazione. Lui parlava, ma quelli non lo ascoltavano. Allora gli si avvicinava gridandogli in faccia:

«*Hey, you, bastards!* Un po' di dignità, per favore!».

E loro gli rispondevano:
«*Bastard yourself, George!*».
Così si allontanava, ferito da tanta schiacciante familiarità, e i due riprendevano la loro complice, ambigua conversazione.
Altre immagini lo lasciavano senza fiato. Era al fianco di Cleo, le parlava con parole semplici, quotidiane quando, bruscamente, lei esplodeva in imprecazioni selvagge. Senza che capisse come, lei finiva poi per cadere, urlando, dalla finestra del salone degli appartamenti reali, là dove una sera avevano cenato insieme. Cadendo si fracassava il cranio sul lastricato del cortile e dalla sua testa spappolata sprizzava allora una risata inestinguibile. Una risata contagiosa che Cleo si godeva a squarciagola gonfiandosi il petto senza reggiseno e lasciando che i capezzoli risaltassero da sotto una bella camicia chiara di cotone.
Fortunatamente, ogni tanto Patton riusciva a sottrarsi a quelle angosce inventandosi nuove distrazioni. Mentre Mark Clark combatteva lungo la Penisola – Salerno era già caduta – lui, l'eroe della campagna di Sicilia, un'impresa militare che sarebbe passata alla storia, occupava il suo tempo a stendere il resoconto delle sue operazioni nell'Isola, come un qualsiasi impiegato di concetto.

«Un lavoro noioso» scriveva a Beatrice, con un accenno di umiliazione sulla punta della stilografica.
Certo, Ike Eisenhower non lesinava gli elogi parlando di lui. Anzi li sprecava alludendo alla 'sua energia, alla sua determinazione, a quella sua permanente, leggendaria, aggressività che riusciva a infondere entusiasmo ai suoi uomini'. Eppure, almeno per il momento, nulla si muoveva se non quei maledetti fantasmi, là in alto, sui tetti del Palazzo Reale. Allora, sempre fiducioso nella sua buona stella, il Generale diceva di fare come l'ammiraglio Nelson che portando il cannocchiale al suo occhio cieco dichiarava poi, forte e chiaro, ai suoi ufficiali:
«Signori, va tutto bene. Ho scrutato attentamente l'orizzonte e non vedo ragione di dover battere in ritirata!».
Così, per lui, in Sicilia, i giorni si susseguivano identici. Tristemente, se non altro per schiarirsi le idee, aveva anche accettato l'invito di un banchiere siciliano e della sua famiglia a un picnic a Monreale, quel paesino sulle colline sopra Palermo dove sorge una delle basiliche bizantine più belle del mondo, fiancheggiata da un chiostro benedettino che Stendhal avrebbe amato con passione.

«Le due ragazze sono molto carine» scrisse il Generale a sua moglie Beatrice, il giorno dopo, parlando delle figlie del banchiere, «ma la madre pesa sui centocinquanta chili! Al posto loro, non mi mostrerei mai in sua compagnia poiché è chiaro che sono già sulla buona strada per diventare come lei...».
All'uscita dal paese, là dove la strada si avvinghia alla montagna in direzione di Montelepre, Patton, in compagnia dei suoi amici, proprietari nella regione di un'immensa proprietà, faceva colazione su di un prato in declivio tra aranceti, ceppi di vite e aromi vari. Improvvisamente, anche se un po' lontana, una *silhouette* familiare attirò il suo sguardo. Scorgendola soltanto di schiena, sull'asse di un gruppo di persone che si divertivano rumorosamente giocando al pallone, col pretesto di farli zittire, urlò:
«*Hey you, sons of bitches!*».
Udendo la sua voce Cleo trasalì. Ebbe l'impressione di sentire dei passi alle sue spalle. Ma no, non c'era nessuno. Del resto, chi avrebbe avuto la folle idea di seguirla tra gli aranceti se non quelle streghe delle sue cugine, le figlie di questo zio, ricco banchiere, pretenzioso e unico proprietario di tutte quelle terre.

Un mezzadro mafioso che aveva la responsabilità degli aranceti russava pochi metri più in là, cullato da un fresco venticello primaverile. Immobile, disteso nell'erba alta come un annegato, era quasi invisibile ai margini di un terreno incolto. Chiaramente, se ci fosse stata una pur minima tensione nell'aria, l'uomo sarebbe stato assai più attento di lei, non fidandosi di nulla e di nessuno. Ma non era così. La presenza del generale americano, che aveva già osservato da lontano, gli bastava ampiamente per sentirsi al sicuro.
Cleo era arrivata a Monreale la sera prima, tra le undici e mezzanotte. Non aveva voluto andare dalle cugine, quelle figlie del banchiere che non amava affatto, preferendo alcuni amici, una vecchia coppia di insegnanti che la consideravano come una loro figlia. Lontana dall'universo chiuso di Palazzo Reale, sperava di trovare qualche giorno di serenità.
Ora si rilassava passeggiando presso una specie di ponticello di legno piuttosto basso, allungato, che si stendeva quasi a malincuore tra due vecchi pilastri di legno per lasciare passare l'acqua verso un vasto canale di scolo che innaffiava alla meglio quelle piante eternamente assetate. Ma l'acqua, pigra, stagnava immobile riflettendo stupidamente il cielo estivo.

Rivedendo di profilo la sagoma che in precedenza aveva scorto di spalle, Patton ebbe un istante di perplessità.
«*Hello, pretty girl!*» gridò, ma subito capì di aver fatto un errore.
Gli sguardi dei padroni di casa si oscurarono tradendo la loro intenzione di tener lontano chiunque tentasse di intromettersi nella loro scappatella così deliziosamente agreste. E soprattutto intendevano tenere lontana da loro Cleo, quella remota cugina troppo volubile, troppo 'donna', anche troppo intelligente per i loro gusti.
Uno stormo di codoni, un genere di anatra selvatica abbastanza raro in Sicilia, passava a pelo d'acqua, per tratti, lanciando grida. Si distinguevano i loro petti rossobruno e il disegno a punta delle ali. Volavano a collo teso, le zampe rigide, inerti nel prolungamento del corpo, come degli inutili e larghi bastoni.
Un sentimento di felicità e insieme di angoscia si impadronì di Patton che l'improvvisa emozione gli impediva di analizzare. 'Tutto è sempre stato detto, ma se cambia il modo di dirlo tutto cambia', pensò, realizzando a che punto la semplice apparizione di Cleo lo turbasse e quanto difficile gli sarebbe stato capire ciò che provava.

Vedendo che, malgrado il suo richiamo, Cleo restava lontana, non insistette e ritornò alle delizie del picnic che lo aspettava.
Per attirare l'attenzione del Generale, una delle due ragazze gli spiegò davanti una grande coperta di lana sottile, ricamata con una vaga corona araldica, e vi si distese lascivamente, lasciando che la gonna le salisse poche dita sopra il ginocchio. Poi, sorprendendo l'occhiata di biasimo del padre, con un gesto che pareva distratto portò l'orlo del vestito all'altezza richiesta dalla decenza siciliana. In un altro periodo della sua vita, Patton si sarebbe vergognato persino all'idea di prestarsi a quello scimmiottamento del *Déjeuner sur l'herbe,* mentre altrove si giocavano i destini del suo Paese. Ma quella volta si sentì felice. Forse, cosciente già del potere che esercitava su Cleo, si sentiva ringiovanito anche dal desiderio che leggeva adesso nello sguardo leggermente perverso della cugina. Ciò lo rimandava a tanti anni indietro. Fosse il fascino dell'uniforme, l'attrazione che esercita il potere o, magari, la sua personale capacità di seduzione? Il fatto è che gli pareva di vivere in un altro mondo. Un mondo di leggerezza.
Alzò lo sguardo lontano, verso il nord, dove una nube candida naufragata in un cielo limpido che

la cingeva d'infinito si colorava di arancione, poi di rosa indiano. Una sensazione di pace, lentamente, si impadronì di lui. Chiuse gli occhi. Furono pochi secondi, dei secondi di una pace ritrovata.

Palermo, Eisenhower, Clark... tutto gli parve d'un tratto così lontano, astratto. Aveva vent'anni. La realtà e le meschinerie della vita potevano ancora attendere.

23

Nella grande sala da pranzo, dove le luci del lampadario di Murano le rendevano più candido il *décolleté* e più scintillante il verde degli occhi, la cognata del banchiere siciliano dispensava opinioni sulla Sicilia con accurata spigliatezza.
Con la regolarità di un metronomo e mostrando denti di un candore esemplare, la gentildonna si rivolgeva a turno, ora al Generale – venuto a rifocillarsi dopo un picnic senz'altro troppo agreste per i suoi gusti – ora all'illustre cognato, ora alla moglie che aveva avuto la grande idea di invitarla a cena.
E dato che la signora non sopportava la concorrenza sleale della gioventù focosa, al ritorno dalla campagna le due figlie del banchiere erano state pregate di cenare tra di loro, come si soleva fare con i figli cresciuti nelle rigide leggi del comportamento borghese.
Alla sua destra Patton aveva la potenza del capitale, alla sinistra la bellezza femminile. Se ambe-

due non avevano occhi e attenzioni che per lui, il che adulava il suo orgoglio, la pompa e la distinzione della serata dovevano eccitare il suo smoderato gusto per i fasti mondani.

La cognata del banchiere, nata in una delle famiglie più aristocratiche dell'Isola, era il cervello della serata. Sotto un casco di capelli di un biondo tizianesco che le conferivano un volto di smalto, le sue labbra carnose, sensuali, sgranavano considerazioni gentili e stupite al tempo stesso sull'eleganza e la prestanza degli ufficiali americani.

«E pensare che Mussolini vi descriveva come dei neo barbari, dei primitivi privi d'intelligenza, degli uomini del Cro-Magnon!» esclamava adesso, lasciando scorrere sul Generale uno sguardo carico di ammirazione e di inconfessabili promesse.

Amica intima dei Savoia come della famiglia reale d'Inghilterra, la gentildonna soleva dare in pasto agli ospiti le sue opinioni folgoranti e spesso pungenti, lasciando che le circonvoluzioni cerebrali del marito o del cognato banchiere, così stimolate, ne traessero un certo vantaggio.

Involontariamente, Patton poggiò una gamba sulla coscia di questa lady siciliana, ma lei non si scansò: al contrario, mantenne fermamente il contat-

to per mostrare che era ben al di sopra di quelle contingenze ma anche perché le faceva piacere prolungare l'ambiguità della situazione. Per un attimo l'Americano si disse che la bella aristocratica doveva valerlo per forza e audacia. Era fatta a immagine del suo busto che prolungava perfettamente la verticale della sedia. Tutto era chiaro nella sua vita. Il mondo era stato tracciato a squadra, e lei era meravigliosamente perpendicolare a quel mondo, con tutta l'arroganza di un punto esclamativo o del puntino che si mette sulle *i*.
Fin dalla sua nascita, i *carnets* mondani avevano redatto la cronaca della sua vita. A vent'anni, mentre il padre di Patton si batteva per fare ammettere a West Point quel figlio così gracilino, lei non aveva dovuto fare altro che esistere. Sostenuta dalle simpatie della numerosa parentela internazionale che le stava intorno, a quarant'anni era diventata una delle donne più corteggiate d'Europa. Poi, il nome, la bellezza, il matrimonio, la ricchezza, le scuderie da corsa e i *tabloid* londinesi avevano fatto il resto.
Contemplando la sua vicina, il Generale si sentiva un po' come un parente povero. Uno di quelli che non hanno mai ricevuto nulla da nessuno tranne che da se stessi.

Così, pensando che adesso era il suo turno di parlare, rilanciò la conversazione a modo suo: «Prima di conoscere meglio la Sicilia, credevo anch'io che voi non foste che dei barbari, degli esseri utili soltanto a servire, coltivare i campi, o spazzare le strade: in qualche modo, dei sotto uomini. L'ho scritto anche nel mio rapporto sulla presa di Palermo: il giorno che abbiamo fatto prigionieri due generali italiani, questi ci dichiararono forte e chiaro che erano felici di essere nelle nostre mani perché consideravano i siciliani come delle bestie e non degli esseri umani!».
C'era stato un silenzio. Un sorriso teso si era disegnato sulle labbra della bella siciliana. Nulla era cambiato dall'epoca di Garibaldi. Malgrado tanti anni di sofferenze sopportate con coraggio, sempre lo stesso disprezzo.
«E adesso?» fece lei, attenta a non tradire il tumulto che la invadeva e poggiando delicatamente una mano dalle lunghe dita affusolate sulla mano di Patton.
Il cielo curvava il suo volto sulla terra che vomitava calore. Uno zefiro dai sentori di gelsomino si impossessava dei luoghi. Il mare faceva udire il ritmo lontano delle sue carezze dal tatto salato. Di fronte a tante attenzioni, l'Americano fu

assalito da una sensazione di ebbrezza che confinava con il capogiro. Il non-detto, il falso abbandono, i veri tormenti dell'anima, tutto ciò che fa della Sicilia un paese di apparenze dove il possibile si moltiplica grazie alla coscienza che il futuro è già contenuto nel presente – da cui la necessità di gioirne – gli sfuggivano del tutto. Come gli sfuggiva che le aristocratiche siciliane, protette da uno scudo di apparente inaccessibilità, di fatto erano loro stesse che sceglievano gli oggetti dei loro desideri. Patton esitò un momento e poi rispose:
«*And now, you said?*... Adesso non mi fido di nessuno e di nulla. E delle donne meno di tutti».
Dopo uno scambio furtivo di sguardi con la moglie del banchiere, l'aristocratica sospirò:
«Ha ragione, Generale, mille volte ragione!».
Mentre Patton le parlava, la signora cambiava continuamente di posizione per trovarne una più elegante che valorizzasse la sua bella prestanza e la curva delicata dei suoi seni. Il banchiere si chinò allora verso sua moglie e le sussurrò:
«Se soltanto questo americano potesse farle girare la testa, farle dimenticare un momento quel maledetto barone che ci rompe l'anima! Farebbe anche mettere la testa a posto a quella cretina di Cleo con i suoi fantasmi edipici (le notizie corro-

no sempre svelte a Palermo), ma soprattutto – chissà! – potremmo aiutare la nostra amica a recuperare quell'appartamento al Palazzo Reale, sbarazzandola una volta per tutte di quella vedova ingombrante con i suoi due mostriciattoli di figli!».
Ignorando i veri scopi del picnic al quale era stato invitato con tanta prontezza, come della cena che ne era seguita, Patton non aveva che un desiderio: lasciarsi sedurre. Per una volta, l'istrione che dormicchiava in lui prese il sopravvento sul generale. Giocando con le emozioni della nobildonna, annunciò che sarebbe partito fra tre giorni, no fra due o... forse anche domani. La guerra, il comando, la recente fuga del re da Roma, i tedeschi che si impossessavano dell'Italia. E poi i russi. Oh, i russi! I bolscevichi. Brutta razza! A quando il loro turno?
Il Generale si pavoneggiava gustando il proprio discorso. Da lui, l'aristocratica siciliana accettava ogni cosa. Via via che passava il tempo, la magia dell'uniforme, il fascino dello straniero le dettero l'illusione di avere incontrato il proprio padrone. Suo cognato il banchiere poteva considerarsi felice: ecco che lei rimetteva a posto quel baroncino che tanto lo irritava. Di fatto, già lo detestava, come odiava quelle sue manie di cerebrale impo-

tente che durante il giorno le parlava in un italiano forbito e la notte le richiedeva frustate e turpiloqui. Quanto al suo principe consorte, meglio non pensarci. Tutto ciò che sapeva fare era incipriarsi il volto come un Pierrot lunare, parlando continuamente di caccia e di cani. Isolatosi nelle sue terre ancestrali, quel latifondo dove persino la polvere pareva blasonata, aveva imparato a disprezzare il prossimo. E il suo prossimo ricambiava di buon grado, spogliandolo a poco a poco dei suoi averi. *Mafia docet!* Né la guerra e le sue vicissitudini erano riuscite a strapparlo a quei luoghi, al contrario.

«Il mio castello» diceva, «è la mia armatura, una mia seconda pelle. Finché starò qui, vivrò come ho sempre vissuto: sguazzando deliziosamente nel tempo». A questo punto, di solito faceva una pausa, come per riprendere fiato, poi aggiungeva in perfetto francese: «... *et j'emmerde le monde!*».

Incoraggiato dall'interesse che la nobildonna sembrava portargli, Patton faceva il moscardino. Agitando un cucchiaino d'argento per dare più enfasi alle parole, spiegava il suo modo di capire le donne – con varianti, secondo i continenti – basandosi sull'esponente algebrico che esse hanno in comune: l'intuizione, fonte del loro mistero.

«*Mon chéri*» intervenne la signora, con calore e in francese. «Non vedo perché rovinarsi il piacere di accettarci come siamo. A cosa serve ridurci a un'equazione? Perché non accontentarsi semplicemente di goderci?».
«L'attrazione dell'incognito! La vertigine della scoperta!» fece Patton con una maestosa sufficienza che riuscì a metterla fuori di sé, al colmo dell'ammirazione e dello scontento.
L'aristocratica siciliana ebbe un sorriso generoso. Due domestiche convulse e vestite di nero servirono il dessert: *gelo di mellone*, della gelatina di anguria al gelsomino, una specialità palermitana di cui la moglie del banchiere aveva il segreto. Meravigliato da tanta ricerca culinaria e da tanta abbondanza - per nulla paragonabile a ciò di cui disponeva per sopravvivere la famiglia dei 'tre spaghetti' alloggiati a Palazzo Reale - Patton espresse il suo stupore:
«Questa giornata mi ha insegnato tante cose sulla Sicilia. A vedervi vivere si dimentica quasi che il paese è in guerra...».
«Combinazioni del mondo e circostanze della vita, caro Generale! Certo, i soldi non sono la felicità, ma sistemano molte cose. Grazie alle nostre terre non ci è mai mancato nulla, né il pane, né

la carne, né il burro. Soltanto lo zucchero, il caffè o la cioccolata ci mancano un po'. No, veramente non abbiamo nulla di cui lamentarci» credette di dover rispondere la moglie del banchiere, che consolandosi facilmente di non avere capito niente di tutto ciò che riguardava la decenza, terminò a piccole cucchiaiate la sua porzione di *gelo di mellone*, quel delizioso dessert al gelsomino.
Complimentata la moglie, e prendendo a testimoni gli invitati conquistati dall'estrema delicatezza di quella cucina dai profumi d'Oriente, il banchiere lasciò la tavola per un breve momento, passò in camera sua, si versò qualche goccia di essenza di bergamotto sul fazzoletto e ritornò in gran fretta in sala da pranzo. Consultando il suo bell'orologio da tasca adornato di una lunga catena d'oro a tortiglione, si rivolse quindi all'Americano:
«Se permette, Generale, sarei molto lieto se lei passasse la notte in questa casa. Accetti l'invito e le faccio preparare la stanza che di solito riserviamo al Cardinale, quando viene in visita qui da noi. Sa, anche per un alto ufficiale come lei, la Sicilia a quest'ora non è del tutto sicura...».
«La stanza del Cardinale? Ma io non sono che un povero peccatore!» fece Patton con ironia.

E subito, ricordando i rimproveri ricevuti da Washington per la presunta brutalità con la quale, si diceva, avrebbe trattato i prigionieri di guerra, e intravedendo la possibilità che l'alto prelato testimoniasse nuovamente in suo favore per meglio zittire i detrattori, aggiunse:
«Ma lei, lo conosce davvero bene questo cardinale?».
«Se lo conosco bene? Quasi fa parte della nostra famiglia» rispose il banchiere con fierezza.
E rivolgendosi alla moglie, sua vecchia complice, aggiunse:
«Non è vero, mia cara?».
L'Americano tossì per l'imbarazzo. Cercava le parole per rifiutare l'invito che tuttavia era tentato di accettare. Ma come assentarsi da Palermo, anche per una sola notte?
La bella aristocratica gli stava davanti, dritta e fiera, mal celando la voglia di confessargli il suo desiderio che rimanesse lì a dormire. Ma per Patton era l'ora di partire. Così si alzò, ringraziò calorosamente i padroni di casa e dirigendosi verso la sua jeep, avvicinatosi a colei che lo aveva intrattenuto tanto piacevolmente durante la cena, le sussurrò, sottovoce come un arrivederci:
«*You are so beautiful! You know?*».

Quando si ritrovò sola in camera da letto, la nobildonna si spogliò, si diresse verso la stanza da bagno, aprì i rubinetti, si infilò sotto la doccia e frizionandosi il corpo con frenesia, si mise a canticchiare su toni diversi:
«*You are so beautiful*... *You know?* Lei è molto bella... lo sa?...».
Una volta chiusi i rubinetti, mormorò a se stessa sottovoce:
«Sono sicura che è un malvagio!».
Spenta la luce, si mise a letto.
«Insomma» fece ancora, con una voce piena di desiderio, «un *macho*! Uno di quelli veri, puro e duro».
Con una mano lenta si accarezzò i seni, chiuse gli occhi, e se alla fine trovò il sonno non fu senza difficoltà.

24

Patton si alzò all'alba e bevve a lunghi sorsi un succo di arance sanguigne. Avvolto nella vestaglia nuova nuova che sua moglie Beatrice gli aveva inviato, traversò le tre anticamere dell'appartamento reale dove viveva, si diresse verso i balconi che davano sui giardini e si fermò stupito a contemplare il paesaggio che sotto i raggi rosa tenero dell'aurora esultava di bellezza.

Geoff Keyes, uno dei migliori ufficiali del suo Stato Maggiore – l'amico con il quale divideva il privilegio di occupare tutta quell'ala degli appartamenti reali – era appena partito. Nominato da Eisenhower alla testa del II Corpo d'Armata, aveva anche lui lasciato Palermo per andare a combattere nel nord dell'Italia. Con questa separazione, ultima angheria orchestrata da Washington, la sua gloriosa VII Armata finiva a pezzi.

«La fiducia in se stessi» aveva scritto il vecchio Patton al figlio George che ripeteva il suo primo anno a West Point, «è il mezzo più sicuro per ottenere ciò che desideri. Se in fondo al cuore tu sai che diventerai qualcuno, lo diventerai davvero. Non permetterti altri pensieri, ciò potrebbe esserti fatale!».

Nell'attesa, il tempo volava via.

Il Generale si stava facendo la predica da solo quando qualcosa attirò il suo sguardo proprio sotto il balcone. Tra le griglie del giardino e la rampa che saliva verso le scalinate del Palazzo, la sagoma del Grande Amministratore scivolava via con passo insieme rapido e timoroso. Una specie di *passe-muraille,* però senza la poesia di Marcel Aymé. Appena sgusciato via dalla casa della sua bella amante, la segretaria amica del banchiere che mirava sempre al nostro appartamento, l'uomo portava ancora addosso le stigmate evidenti di una lunga notte d'amore. I capelli sconvolti, le occhiaie profonde, le labbra tumefatte, l'abito sgualcito, testimoniavano come i piaceri della carne la avessero avuta vinta sulle sue ore di sonno. Nessun dubbio che la notte era stata torrida.

«È come una malìa» aveva ammesso a uno dei suoi amici – il geometra siciliano, confidente della coppia, che alla partenza di Patton lo avrebbe aiutato a vendere a certi antiquari-ladri palermitani qualche pezzo raro del patrimonio mobiliare del Palazzo. E dicendolo, non mentiva. Gli pareva che la donna lo avesse stretto alla gola in un abbraccio senza fine. Una forza ineluttabile lo trascinava verso di lei, anche se poi, da buon cattolico, l'esasperava di recriminazioni e minacce di rottura seguite da frettolose riconciliazioni sul guanciale.

Dal suo osservatorio, Patton contemplava, con un'indignazione alquanto ipocrita, la sagoma del Grande Amministratore che si affrettava con un passo un po' più svelto. Passeggiando su e giù davanti alla finestra, respirando gli odori profumati del mattino, le mani nelle tasche della sua bella veste da camera, lanciava a quel Casanova di periferia degli sguardi scandalizzati che quello però non poteva vedere.

Intanto, il Palazzo Reale si svegliava lentamente. Le campane della chiesa vicina suonavano a stormo. Dei soldati isolati se ne andavano fra i viali. Per loro, il domani era certo. La loro missione sarebbe stata di fare dei buchi nella terra o nel ventre di altri uomini. Nessun'altra ambizione sembrava tormentarli più.

Un cane sconosciuto saliva placido la rampa da dove era sparita la sagoma del Grande Amministratore. Il fedele Rainwater, sognando di New

York, la sua città, sembrava preso in oscure occupazioni. Il Generale si appoggiò al bordo del balcone, stanco.
All'improvviso nel suo campo visivo entrò la Cinese. Come ogni mattina a quell'ora, aveva appena rovistato nei bidoni dei rifiuti degli ufficiali. Per lei, nulla era cambiato se non che aveva modificato i percorsi in vista di migliori possibilità di approvvigionamento.
Patton la osservò a lungo, affascinato per ciò che gli appariva come un triste spettacolo dell'umanità. Ecco una donna, né vecchia né giovane, lo sguardo perso in una nebbia che soltanto Dio conosceva, andare da sola, come una bambina perduta, trascinando un sacco di tela con i resti dei pasti altrui. Senz'altro sensibilizzato dalla partenza di Keyes, oggi quella miseria era la sua. Quella donna gli era cara e per un momento lo commosse. Si sentiva responsabile di quell'abbandono e di non aver saputo portarle aiuto fino allora.
Ritornando nel salone, dove i lampadari di cristallo veneziano e boemo un tempo versavano la loro luce di latte sulle scollature diamantate delle altezze reali, e dove i profumi, stelle filanti del desiderio trasportate dalla musica, si annidavano attorno ai cavalieri e alle loro dame, Patton chiamò il suo

attendente, George Meeks. Comparve March, con passo svelto.
«March!» disse il Generale. «Da oggi in poi, e per tutto il tempo che resteremo qui, voglio che facciate portare del cibo agli 'spaghetti'. Ogni specie di cibo: pane, scatolette di corned-beef, scatolette di tonno e di salmone, panetti di burro, cioccolata... Voglio che non gli manchi niente...».
Il tenente ascoltò gli ordini in silenzio. Era raro che a un'ora così mattutina il Generale si preoccupasse di questo genere di problemi. Ciò nonostante, comprendendo istintivamente che l'origine di una tale foga doveva avere altre profonde radici, si accontentò di ottemperare al comando con un semplice ed energico «*OK Sir!*», e ruotò sui calcagni. Non aveva ancora chiuso la porta dietro di sé, che Patton lo chiamò nuovamente.
«March!» gridò, «fate del vostro meglio ma con discrezione. Non vorrei che si sapesse che la cosa viene da me».
Il tenente socchiuse gli occhi e replicò, un po' stupito:
«Chi altri potrebbe permettersi di offrire quella manna celeste?».
La risposta del generale fu secca:
«Per esempio lei».

«Io?».
«Sì, lei, tenente March».
«Ogni giorno?» chiese l'altro, prudente.
«E perché no, c'è qualche inconveniente?».
Di colpo, il Generale prese l'espressione delle cattive giornate. March non insistette. D'istinto portò la destra all'altezza di una visiera inesistente e si ritirò con la stessa fretta con la quale era venuto.
L'illusione ottica, ancora più che quella della mente, fa credere che la vita si srotoli come un tappeto. Davanti al panorama di Palermo, Patton si lasciava prendere da idee nere. Quanti personaggi illustri, coccolati, adulati, corteggiati, ammirati, temuti o detestabili lo avevano preceduto su quel balcone? Quanti, come lui, si erano appoggiati a questa stessa balaustrata dominando il paesaggio con tutta l'arroganza possessiva che conferisce il potere? Eppure, si diceva, l'uomo è come un soffio i cui giorni scorrono come un'ombra che passa. Se a ogni aurora egli trova in sé la forza di vivere, di combattere, forse è perché si pensa immortale.
George Patton non capiva perché a Washington ci fosse tanta ostinazione a lasciarlo marcire a Palermo senza neppure darsi la pena di spiegar-

gliene il perché effettivo. Nessun altro militare americano di alto rango aveva il suo prestigio, né aveva conosciuto tanti successi, e tanto meno aveva una reputazione di vincitore paragonabile alla sua. Stavano tentando di impedirgli di divenire un grande eroe?

Le campane di una chiesa vicina lo scossero da quelle meditazioni e ritornò nei suoi appartamenti. Chiusosi nel suo ufficio, si sedette al tavolo di lavoro e aprì uno di quei «Quaderni segreti» che anni dopo Martin Blumenson avrebbe pubblicato. Con una calligrafia fluida e autoritaria, vi confessò con amarezza: «*Keyes... è partito oggi per l'Italia con il Comando del* II *Corpo d'Armata. Al vederlo andar via mi sono sentito male poiché chiunque si trovi agli ordini di Clark è in continuo pericolo. Gli ho detto di non parlare mai della* VII *Armata e di fare in modo di essere sempre vincitore. Mi farebbe tanto piacere se a Clark accadesse qualcosa...*».

Mentre Patton scriveva, giù in città, le strade di Palermo riprendevano la loro solita vitalità. La giornata cominciava appena...

25

Certi avvenimenti, come le oche, vanno a branchi. Obbedendo alla moda dei picnic campestri e nell'intento più nobile di offrire alla Cinese qualche giorno di tranquillità e di pace, mio fratello ed io accettammo, con l'accordo di lei, l'invito delle gemelle Sandra e Silvia di andare a Cerda per rimetterci un po' in salute. Cerda è un villaggio di montagna nella catena delle Madonie, a un centinaio di chilometri da Palermo, come dire, con le strade di allora, alla fine del mondo.
Per prepararci all'arrivo dell'inverno e in mancanza di quell'olio di fegato di merluzzo dalle proprietà notoriamente miracolose, l'idea di un altro genere di ricostituente, naturale e assai meno vomitevole quello, ci era parsa quanto mai attraente. La partenza per la villeggiatura l'avremmo fatta in compagnia della madre ma, colmo della felicità, le due gemelle ci avrebbero raggiunti un paio di giorni dopo: c'era un esame scolastico al quale non si potevano sottrarre.

Il giorno stabilito, alla stazione di Palermo, da dove due volte alla settimana partivano le vecchie corriere che assicuravano il collegamento tra la capitale dell'Isola e i principali paesini delle Madonie, la cerimonia degli addii fu più commovente del previsto. Mani che si parlano, sguardi che si incrociano, volti che si tendono, gole che si serrano: una partenza quanto mai difficile.
Lasciata la Cinese che con difficoltà controllava le sue emozioni e tratteneva le lacrime – per la prima volta saremmo rimasti separati per un periodo più lungo di due o tre ore – mio fratello ed io prendemmo posto in fondo alla corriera già traboccante di passeggeri, lasciando che la madre delle gemelle si sedesse tra noi due, come si doveva.
L'autobus eruttò, tossì due o tre colpi quasi ad alleggerire la pressione del motore, si lasciò sfuggire dalle viscere delle grosse nuvole di fumo nero e finalmente, traballando, si mosse.
Faceva caldo. Mancava l'aria. Una strana sensazione mi stringeva il cuore con l'ostinazione di un cappio invisibile. Ricordando le parole di mia madre durante il nostro ultimo viaggio a Bagheria, smisi del tutto di agitarmi. Immobile, aspettai la frescura.

Alla meno peggio facemmo una buona sessantina di chilometri. Poi la corriera cominciò ad arrampicarsi su una strada di montagna tutta curve a gomito. Il mezzo beccheggiava da dare la nausea a un veterano della Legione Straniera. Da una fessura nel pavimento uscivano ventate di gasolio che ci soffocavano con i loro sbuffi maleodoranti. Un vero martirio. A giudicare dalla quantità di fazzoletti che, d'improvviso, agitavano l'aria, dovevamo essere in molti a soffrire.

Pallido, ancora più immobile di me, mio fratello non apriva bocca. Seduta confortevolmente tra noi due, la blusa abbondantemente slacciata al punto che ben poco ormai era celato di quelle che un tempo erano state delle belle appendici mammarie, la madre delle gemelle si era assopita in un bagno di sudore.

Una luce di apocalisse rischiarava le colline circostanti. Una minaccia di temporale fluttuava nell'aria. Un doppio arcobaleno contrastava con quella terra arida, senza colore, che scorreva lungo il bordostrada. Per un attimo, un raggio di sole color amaranto filtrò tra due palme disperatamente gracili che, bonaccione, sorvegliavano un campo di ulivi.

Scendeva il crepuscolo quando la corriera ebbe uno

scossone, si fermò con un lungo e inquietante cigolìo di freni mentre uno strano rumore di ferraglia usciva dal motore.
«Fine del viaggio!» esultò mio fratello.
«Cerda!» urlò infatti il guidatore, come lanciasse un grido di vittoria.
La madre delle gemelle si riassettò i capelli con un abile gesto della mano, abbottonò la blusa e sospirò: «Finalmente siamo arrivati».
Sospinto da mio fratello scesi per primo per recuperare i bagagli.
Anche se Villa Amalia dove eravamo diretti non distava che pochi passi, un carretto siciliano, dipinto con maestria e trasformato in vettura da piazza, ci attendeva per condurci a destinazione.
Originaria di Cerda, la famiglia delle gemelle vi era molto rispettata. Le loro partenze e i loro arrivi riunivano sempre un comitato d'accoglienza ad hoc. I mezzadri, loro vicini, premurosi all'estremo, non sapevano che fare per testimoniare il rispetto che gli ispiravano quei cittadini amici e che perdipiù abitavano a Palermo nel Palazzo Reale. Un'attenzione e un rispetto, tuttavia, che, come succede dovunque in Sicilia, erano nell'incapacità psicologica di manifestare ai loro parenti meno ricchi.

Il capofamiglia, un tale Corrado, era il solo in paese a non avere ucciso il cane a seguito di una pretesa epidemia di rabbia che si era scatenata sulla regione. I suoi cani si limitava a tenerli legati con corde, in mancanza di catene, ma era per evitare che gli mangiassero le ultime galline, affamati come erano per il poco cibo.
Avvicinandoci a Villa Amalia – una grande e semplice masseria che dominava una collina al sud del paese – per accontentare mio fratello che me lo aveva chiesto espressamente, impiegai tutta la mia buona volontà ad esercitarmi nel sorriso più cordiale – passaporto indispensabile in quei borghi di montagna dove i palermitani erano generalmente assai mal visti.
Era il mio primo viaggio fuori Palermo, tolti i giri 'alimentari'con la Cinese. Ai miei occhi, la ricchezza di quei mezzadri si manifestò subito col fumo spesso che usciva dal camino, e la presenza di un bel cavallo dal manto rosso che dava zoccolate a tutt'andare mentre un ragazzo della mia età tentava di tirarlo per la cavezza.
Dissi buongiorno da lontano e feci qualche passo in silenzio. Segretamente ammiravo mio fratello che, più coraggioso di me, già tentava di scambiare qualche parola con una ragazzina del luogo, gio-

vane e carina, che bighellonava pochi metri più in là.
Ero distrutto dal caldo. Vedendomi avvicinare, il ragazzo con il cavallo rosso mi osservò di sottecchi.
«Venire da Palermo, mamma mia che viaggio! Lungo, lungo... e poi con questo caldo...» dissi stupidamente e d'un fiato.
Feci ancora qualche passo e arrischiai di nuovo: «E tu, come ti chiami?».
Il volto del ragazzo restò impassibile. Diffidava di quei preamboli e di quel sorriso che avevano l'aria, ai suoi occhi, di volere elemosinare qualcosa che, probabilmente, lui non era affatto disposto ad offrire. Così, osservò con diffidenza il mio modo di vestire, quei pantaloni alla zuava – semilunghi, gonfi, stretti ai polpacci – la mia bella camicia di cittadino, i capelli tagliati troppo bene e un non so che di 'brillantinato' che mio fratello ed io avevamo nel nostro portamento.
Davanti alla masseria, Corrado, il padre, abbozzò un vago sorriso sotto i folti baffi. Un cane lupo mi mostrò i denti e il vecchio tossicchiò.
«Quieto, Fido!» fece al cane. «È un bravo ragazzo. Statti buono...».
Ancora un lungo silenzio. Mi sentivo stupido, la bocca tirata in un sorriso senza risposta. Per un

secondo pensai a certi clown: come doveva essere difficile ridere a comando.
Sulla terrazza di casa, due grandi sedie a sdraio di giunco mi davano voglia di lasciarmici cadere se soltanto qualcuno me lo avesse proposto. Ero tutto un sudore ma non era per il caldo, piuttosto per la tensione e la timidezza.
Un odore di carne – stufato, forse – veniva a sbuffi dalla cucina. Il vecchio parlava soltanto al cane. Alla fine, il ragazzo si degnò di rivolgermi la parola:
«Mi chiamo Giorgio» fece. «E tu?».
Avevo appena pronunciato il mio nome che mi girò le spalle come per dirmi «Ecco, ci siamo detti tutto. Adesso lasciami in pace!».
Non sapendo che fare, gli parlai allora del cavallo. Com'è che si chiamava quel bel cavallo? Gli parlai delle galline bianche che mi ricordavano quelle che un giardiniere di Palazzo Reale un giorno ci aveva regalato e che noi, incapaci di ucciderle, avevamo battezzato Tio e Pio, permettendogli di circolare liberamente nella cucina di casa finché un bel mattino, Rosa, la nostra vecchia cameriera, irritata da tanta stupidaggine, aveva finito col tirargli il collo.
I miei discorsi non dovevano interessarlo gran-

ché visto che il silenzio si fece ancora più denso e ostinato.
Mentre guardavo Fido che mordeva furiosamente la sua corda già assai usata, Corrado si diresse verso l'orto lasciandomi alla mercé di suo figlio. Mai l'assenza di mia madre mi era parsa tanto pesante. Malgrado la presenza di mio fratello, mi sentivo terribilmente solo, orfano per la seconda volta. Le montagne pelate, aride, il mutismo dei contadini, l'aggressività degli animali, persino la violenza di quella natura tanto aspra: tutto, attorno a me, trasudava ostilità. Cozzavo contro la durezza antica di quelle campagne fatte di solitudine, desolate, bruciate da un sole forse generoso ma crudele; campagne dove uomini e donne lavorano senza requie, anche quando soffrono, anche la domenica.
Ritrovando uno sprazzo di coraggio, ripresi con umiltà e con un tono un tantino ipocrita un'ultima manovra d'approccio.
«Senti Giorgio» feci sorridendo, «sono appena arrivato e avrei anche un po' fame. Dammi un consiglio, che posso fare?».
Il cavallo rosso fiammante seguitava a scalpitare contro l'ulivo. Di ritorno dall'orto Giorgio portava con sé un paniere di fragole di bosco.

«Tieni!» mi disse, offrendomene una manciata. Poi dirigendosi a mio fratello che si era unito a noi, ne prese un altro pugno e aggiunse: «E queste sono per te».
Afferrando d'istinto la situazione nella quale mi ero ficcato, mio fratello mi diede la sua porzione di fragole più con disprezzo che con pietà. Accettata la prima elemosina della mia vita, me ne misi in bocca una certa quantità e feci per partire.
Giorgio si eresse allora in tutta la sua altezza e disse a mio fratello:
«Coglione che sei, tu non ne vuoi?».
La sua voce rauca e sonora mi spaventò. Impassibile, mio fratello gli lanciò uno sguardo che non gli avevo mai visto prima, e ribatté freddamente:
«Coglione ci sarai tu. E se a me non piacciono?».
Incoraggiato dall'odore di stufato e sperando che mi si invitasse a condividerlo, mi ero seduto accanto a un albero e ammiravo mio fratello che, toltosi di tasca una bella fionda forcuta, di sua fabbricazione, si stava esercitando al tiro al bersaglio con risultati stupefacenti. Sotto lo sguardo attonito dell'adolescente dal cavallo rosso, un fiasco abbandonato esplose al suo primo colpo.
«Mi fai provare?» gli chiese questi, timidamente.

Mio fratello gli passò l'arnese, ma il primo tentativo del ragazzo fu tutt'altro che da maestro. La fionda mal tenuta si attorcigliò e il colpo finì dritto nelle finestre di una vecchia rimessa rompendo un vetro.

«Aspetta» fece mio fratello, minimizzando l'incidente.

Ricaricata la fionda con una piccola pietra piatta, guidò i gesti del ragazzo con mani esperte, gli insegnò a ben tendere i tiranti di caucciù e, aiutandolo a mirare un bidone metallico poggiato su un muretto di intonaco rosa, gli permise finalmente di fare centro.

Sorpreso dal rumore metallico del bidone che rotolava a terra, Fido abbaiò spaventato. Quasi ad eco, il vecchio Corrado urlò a sua volta:

«Giorgio fai presto, vieni a tavola! Si mangia».

Obbedendo a quel richiamo urgente, il figlio del mezzadro entrò in casa. Chiaramente, ahimè! non eravamo invitati a cena. Per me, nessun dubbio era più permesso: lo stufato mi stava passando sotto il naso.

26

Un uovo al tegamino, due minuscoli pezzi di formaggio rancido, un'arancia sanguigna e una fetta di 'pane di casa' – questa la nostra cena. I sogni dello stufato erano andati in fumo. Certo, la madre delle gemelle aveva la reputazione di essere abbastanza economa, ma questa era taccagneria. Eppure, lo sfruttamento dei campi coltivati e l'allevamento di pecore che possedeva a Cerda le rendevano abbastanza perché non mancasse di nulla. Da credere che l'avarizia non è propria dei contadini. In questo campo, certi pretenziosi cittadini possono sempre fare di meglio.
Terminato il pasto, mio fratello ed io aiutammo a sbarazzare la tavola e andammo a letto a pancia vuota. Per fortuna il sonno non mi mancava mai e la notte fu dolce, malgrado l'angoscia che mi attanagliava per l'assenza della Cinese.
Erano circa le sei del mattino: i primi raggi di un sole ancora tenero penetravano per la finestra

semiaperta e mi stavano svegliando dolcemente quando delle urla potenti ci fecero sussultare: «Puttana! Puttana! Bestia e puttana!».

Nella masseria vicina, un uomo si sgolava senza che nessuno reagisse o tentasse di zittirlo. La voce roca, che tradiva una grande sofferenza, si rompeva per tratti in una sorta di rantolo.

«Puttana! Bestia e puttana!».

Le grida dello sconosciuto stracciarono nuovamente il silenzio del primo mattino, questa volta con più forza e più rabbia in fondo alla gola.

Senza svegliare mio fratello che dormiva ancora nel letto accanto al mio, mi sporsi dalla finestra. Su un lato del cortile, in fondo a un orto, c'era una casetta rustica che la sera prima, arrivando, non avevo notato. Era in quella parte della proprietà dove di fatto vivevano i mezzadri. Proprio lì davanti, un uomo di età incerta, forse sulla trentina, la testa irsuta che emergeva da una camiciola a quadratini largamente sbottonata, si agitava scompostamente calpestando le piante di pomodoro e salmodiando un'incomprensibile filastrocca.

Tolte quelle grida, tutto sembrava sereno, felice, perfetto, esattamente come in certi quadri un po' leziosi della scuola di Barbizon. Improvvisamente, lo strano personaggio fece un balzo all'ombra di un cespuglio, afferrò un coniglio bianco rinchiuso in una gabbia di vimini, e toltolo da lì lo liberò. Benché fossi abbastanza lontano, mi parve di vedere che il collo taurino di quell'uomo si gonfiava smisuratamente mentre un riso gutturale, impressionante, gli usciva dalla gola.

Una grossa risata omerica. Un attimo di calma. Poi l'uomo si volse verso un ipotetico interlocutore e gridando a rompere i timpani ululò in siciliano:

«Puttana! Puttana! *Tu 'un si' fimmina,* bestia e puttana, sì!».

Dall'interno della casa, una voce di donna, forse la mezzadra stessa, lo richiamò dentro.

«Giovannino, entra! Vieni a casa, *a mamà*!».

Mi girai verso mio fratello che, questa volta, svegliatosi, mi stava al fianco e gli chiesi:

«Che succede? Le senti le grida?».

Dalla cucina venne la voce della padrona di casa che, rivolta a una domestica, si lamentava:

«*Cosi ri fuoddi! Cosi ri manicomio!* Ma che ci aspettano per rinchiuderlo in manicomio? Che commetta l'irreparabile?».

Mio fratello rispose alla mia domanda:

«Che succede? È che questo Giovannino è un mongoloide e i suoi genitori lo tengono nascosto».

«... e per questo ieri sera non ci hanno invitati a cena!» dissi, ancora dispiaciuto di aver mancato lo stufatino caldo.
Appoggiato al muro, nella medesima attitudine del giorno precedente, Giorgio teneva il suo cavallo all'estremità di una lunga vecchia corda, osservando il fratello Giovannino che, calmatosi, ammassava adesso dei sassolini su un piatto di metallo smaltato, con espressione stanca, esasperata.
La madre apparve sulla soglia.
«Entra in casa ti ho detto!» gridò all'handicappato.
Giovannino si bloccò; poi raccolse da terra un altro sassolino e lo aggiunse agli altri.
«Basta! Basta!».
La mezzadra avanzò di un passo, afferrò il piatto con brutalità e lo lanciò con forza verso l'orto dove un gatto semiaddormentato fece uno scarto indolente.
Nel silenzio che seguì, udimmo le possenti cornate che nell'ovile un animale dava contro la mangiatoia e il traballare di un erpice che passava in un campo vicino.
Giovannino singhiozzava.
«Non piangere. Te ne darò un altro» mormorò il fratello con tristezza.

Impugnata la fionda, Pino recuperò una crosta di pane nella stanza vicina e mirò al cavallo che, colpito, fece uno scarto.
«*Cu fù stu figghiu ri puttana?*» gridò Giorgio, guardando nella nostra direzione.
Poi, trattenendo il cavallo, aggiunse:
«Se siete voi, palermitani, venite con me. Vi faccio fare una passeggiata che sarà tutta salute...».
Lasciato il nostro posto d'osservazione, andammo di corsa in cucina per la prima colazione. Mio fratello bevve un caffellatte poco zuccherato ed io un succo d'arancia. Poi, insieme, ci congedammo dalla padrona di casa chiedendole l'autorizzazione di lasciarci fare un giro in campagna con Giorgio, come lui stesso ci aveva proposto.
La donna ebbe un momento di esitazione.
«D'accordo» fece dapprima, ma poi col tono delle confidenze sussurrò: «state attenti a quel ragazzo, però. Può essere cattivo».
E ancora, dopo una pausa:
«In ogni caso non rientrate tardi. Vi aspetto a mezzogiorno, per il pranzo».
Passando davanti al giardino intravidi il coniglio bianco. Stava mangiando grandi foglie di insalata e Giovannino, nascosto dietro i vetri di una finestra, adesso lo contemplava con una soddisfazio-

ne del tutto materna. Sembrava fiero di avergli ridato la libertà.
Dirigendosi verso di noi col suo cavallo a fianco, Giorgio aveva un'aria sorniona.
«*Amunì*, montateci sopra!» fece con un tono imperioso, indicandoci il fiero quadrupede che ci aspettava all'altezza di un muretto di mattoni rosa.
Vedendo che Pino lo montava senza esitazioni, lo imitai. Salito sul muretto, mi arrampicai rapidamente anch'io sul dorso del cavallo. Questa volta, incollato a mio fratello, mi aggrappai a lui.
Guidato da Giorgio che ci camminava accanto, il destriero si infilò tra gli ulivi, discese un pendio pericolosamente ripido e seguì il corso di un canale d'irrigazione privo d'acqua fino all'estremità di un terreno incolto, cintato da fichi d'India che indicavano i confini della proprietà.
Un silenzio sepolcrale e una totale immobilità regnavano su quel paesaggio straziato da una siccità troppo prolungata, e tristemente popolato di alberi morti, ortiche giganti e roveti dalla frutta nera da spaventare gli uccelli.
A qualche metro appena da un precipizio sassoso, Giorgio fermò il cavallo e con aria stanca ordinò: «Scendete! Voglio mostrarvi qualcosa. Non sarete delusi, ve lo prometto».

Scendendo da cavallo scorsi una voliera abbandonata, una grande gabbia di ferro alta cinque o sei metri che si ergeva nel bel mezzo di nulla, e che il tempo e l'incuria avevano dato in pasto alla ruggine.
La osservai stupefatto.
«Non hai paura?» chiesi a mio fratello, sottovoce.
«Paura?» fece Pino, ridendo. «E perché dovrei avere paura?».
D'istinto, sapevo che nascondeva una vera preoccupazione. Infatti, come per darmi coraggio la sua risata si fece più forte.
Dopo aver scrutato Giorgio con un lungo sguardo inquisitorio, chinandosi verso di me fece a voce bassa:
«Non preoccuparti, ma sta attento a lui. Mi sembra un tipo strano, non ti pare?».
Mentre lo studiavo anch'io silenziosamente, Giorgio legò la briglia del cavallo al tronco di un albero morto che si trovava a portata di mano e si allontanò.
Avvicinandomi alla voliera rabbrividii.
Prigioniero di un ammasso di ruggine, ciò che un tempo era stato un mandorlo dai contorni rugosi si afferrava adesso con i suoi rami secchi alle sbarre, come gridando aiuto. Un recipiente pie-

no d'acqua e qualche pezzetto di carne marcia imputridivano a terra, in fondo alla gabbia.
Sentii la mano di Pino stringermi la spalla. Mi si era avvicinato e guardava anche lui quel luogo sinistro con una certa apprensione. Giorgio ci raggiunse e fece con un tono secco:
«Seguitemi!».
Con un movimento rapido sollevò la pesante sbarra di ferro che come un chiavistello chiudeva l'ingresso della voliera, tirò con forza verso l'esterno il cancello e gridò:
«Entrate! Presto! Sbrigatevi!».
Eravamo appena entrati nella voliera che lui fece un balzo all'indietro, uscì dalla gabbia con la rapidità di un felino che si sottrae a una trappola, chiuse il cancello dietro di sé, abbassò la sbarra e scoppiò in una sinistra risata.
Anche se, inconsciamente, ci aspettavamo qualcosa del genere, per un momento lo stupore ci paralizzò.
Bruscamente, dei rumori confusi come un disordinato battere d'ali ci fecero trasalire. Dando grandi colpi di bastone sulla rete metallica che cingeva la voliera, Giorgio gridava:
«Dai, dai, saltategli addosso!».
I rumori si avvicinavano. Venivano dall'interno?

Dall'esterno? Erano degli uccelli? In tal caso dovevano essere piuttosto grossi per produrre tutto quel frastuono.
Un ultimo colpo contro le sbarre ci diede la risposta: disturbati nella loro quiete, forse spaventati, due enormi rapaci dal minaccioso becco aguzzo ci fissavano con i loro occhietti acuti, pronti, da un momento all'altro, a lanciarsi in picchiata su di noi. Con un movimento ritmato e aggressivo, il loro collo si allungava e si contraeva – un rituale guerriero impressionante.
Mio fratello valutò il pericolo.
«Dei falchi» disse. «Qualunque cosa succeda, proteggiti gli occhi».
Subito, si tolse di tasca la fionda, la armò con una pietra che si trovava ai suoi piedi, tirò sulle lamelle di caucciù, mirò alla testa del più imponente dei due predatori e fece centro.
Il rapace stramazzò a terra folgorato. Un urlo esplose all'esterno della gabbia.
«No!» gridava adesso Giorgio atterrito. «Non toccate i miei falchi, sono sacri!».
Mio fratello diede un sospiro di sollievo. Chiaramente doveva abbattere anche l'altro rapace per eliminare del tutto il pericolo. Nuovamente caricò la fionda, ma quando stava per lanciare il colpo,

la voliera si aprì. Senza neppure guardarci in faccia né pensare a proteggersi da una possibile reazione da parte nostra, Giorgio supplicava: «Basta! Basta!».
Precipitatosi all'interno della gabbia prese l'uccello morto tra le mani, scoppiò in lacrime baciandolo teneramente e si diresse minaccioso verso di noi. Con uno scarto rapidissimo mio fratello mi spinse fuori dalla gabbia. Poi, con la forza della disperazione, uscito anche lui, riuscì a chiudere il cancello dietro di sé abbassando la sbarra che serviva da chiavistello. Giorgio si ritrovò prigioniero. In lontananza, un orologio batteva le ore ma nella mia febbricitante angoscia fui incapace di contare i colpi. A qualche passo da noi, sempre legato al tronco di quell'albero morto, il cavallo rosso attendeva, paziente. Cavalcandolo alla meno peggio, scendemmo la collina, traversammo una larga vallata, risalimmo il sentiero che costeggiava il canale senz'acqua, sempre inseguiti dalle grida selvagge di Giorgio che ci copriva di insulti. Era stato un incubo? La sola vista dei tetti della masseria dove alloggiavamo, oltre un ampio terreno pietroso e ostile, bastò a farci sentire in pace. Al solo odore della sua stalla, il cavallo accelerò l'andatura. Pur essendo fieri di aver lasciato il

suo padrone dietro di noi, prigioniero nella sua stessa voliera, già un'altra angoscia ci serrava il cuore: fra poco sarebbe venuta l'ora delle spiegazioni.

27

Da quando eravamo partiti, Cleo di tanto in tanto andava a tenere compagnia alla Cinese, rimasta sola. Quel giorno il caso volle che Patton si trovasse sul suo cammino, triste, mugugnoso, sconfortato per l'orribile attesa che lo inchiodava a Palermo.
Stava ai piedi della fontana, di fronte all'ingresso dei suoi appartamenti, masticando pistacchi e discutendo con il tenente March – che per sua fortuna non lo aveva ancora lasciato – quando Cleo gli lanciò, passando:
«Lei non dà spesso notizie di sé, Generale...».
E senza dargli il tempo di rispondere aggiunse, con un po' più d'ironia in fondo alla voce:
«È anche vero che le mondanità palermitane le prendono molto spazio. Non è così, Generale?».
Patton non aveva nessuna intenzione di polemizzare. Imbronciato, fece un passo verso di lei con il piglio di colui al quale appartiene il mondo, le prese una mano e gliela baciò in silenzio. Il gesto fu grandioso. La scena perfetta.

In quel momento, un militare occhialuto e col fiato corto, si affrettò verso di lui e, sussurrando qualche parola confusa, del tutto incomprensibile, gli tese una busta che il Generale non perse tempo ad aprire.
Era una missiva urgente proveniente da Washington, e diceva:

RISERVATO: dal comandante in capo, D. Eisenhower al generale Patton (Cifra, decodificato il messaggio, portatelo direttamente al generale Patton, da rimettere nelle sue proprie mani).
La quantità di articoli riguardo ai noti incidenti [...] continua nei giornali apparsi oggi a Washington, ma a mio avviso la tempesta sta per calmarsi. I giornalisti presenti qui hanno spedito in genere resoconti precisi anche riguardo [...] alla mia azione nei suoi confronti [...] e sulle misure che lei stesso ha preso. Devo nuovamente insistere tuttavia sulla necessità per lei di agire con conoscenza di causa e di fare seriamente in modo di non lasciarsi mai più trasportare dal suo temperamento. [...] Se mai concederà interviste si tenga ai fatti spiegando con franchezza ciò che è successo. Penso, inoltre, che, se l'occasione si presenta, sarebbe utile se lei invitasse quei giornalisti a visitare qualche unità posta ai suoi ordini, affinché si rendano conto personalmente del morale dei suoi soldati. Giudico anche che, per il momento, lei dovrebbe astenersi dal fare dichiarazioni ufficiali.

Dimenticando Cleo, che nel frattempo si era affrettata ad andare da mia madre, Patton lesse e rilesse con attenzione quel messaggio riservato. Le cose, si disse, stavano girando in suo favore. Occorreva una risposta, ma decise che la avrebbe redatta il giorno dopo.
Con un rapido saluto lasciò il tenente March a chiacchierare con uno degli MP di fazione davanti la sua residenza, si diresse alla rimessa dove si trovava la sua jeep e, contrariamente alle abitudini, rifiutando che il suo autista lo accompagnasse, prese il volante e partì solo.
Lasciato il Palazzo Reale, scese Corso Vittorio Emanuele fino al porto, costeggiò il mare e se ne andò dritto in direzione dell'Aspra e di Porticello. Sorpassate ad andatura sostenuta una Topolino e una Balilla che a mala pena funzionavano ancora, prese infine una stradina fiancheggiata da gelsomini, aranceti, cactus, fichi d'India, limoni, mirti, melograni, carrubi e da quelle agavi giganti, il cui fiore effimero sboccia una volta ogni cento anni, dura una sola notte e muore.
A capo di quel che era ancora un sentiero sassoso, proprio davanti a lui, appollaiato sulla roccia scarlatta sfaccettata a diamante che domina la baia di Palermo, il tempio greco di Solunto si stagliava con-

tro il fondo azzurro del mare in quell'aureola di serenità che respira da sempre. Nubi vagabonde giocavano con il sole, creando su quel magico anfiteatro delle ombre color pastello. Patton alzò la mano verso il cielo come un saluto alla sua vita avventurosa. Un raggio di luce particolarmente intenso lo investì. Un raggio che egli interpretò come un messaggio del signore d'Oriente – un segno del destino. Tutto questo, per lui, adesso non era più un sogno. La sua vita era ad una nuova svolta. La prova? Aveva incontrato Cleo la mattina stessa. Cleo, quell'essere così giovane, quella donna di una tale bellezza che certamente doveva portargli fortuna. Sopraffatto dallo spettacolo che l'attorniava, il Generale cadde in una sorta d'estasi. Voltosi verso il mare, cominciò a pregare.
Sedutosi alla fine su uno degli scalini del tempio, si tolse di tasca una caramella al miele e la fece in frammenti, offrendola agli uccellini che, assai civilmente, pigolavano già le sue lodi e si rimpinzavano della loro retorica melodiosa come dei vecchi amici.
Patton sospirò d'emozione, a fatica trattenne le lacrime. Ancora una volta pregò Dio di farlo uscire da quell'orribile vicolo cieco in cui l'affare degli schiaffi e i suoi presunti maltrattamenti di

prigionieri di guerra lo avevano confinato. Che l'Eterno lo aiutasse a disfarsi di quella cabala che lo aveva tanto ferito, e lui gli sarebbe stato eternamente riconoscente.
Per adesso, sentendosi leggero, misteriosamente liberato da tutte le sue angosce, il Generale ridiscese la stradina sassosa, l'aria sognante, salì sulla jeep e riprese la strada per Palermo. Un istinto selvaggio lo spingeva ad andare a tutta velocità, come trascinato da una ritrovata fame di gioia immediata e di vittoria.
Pensò a Cleo. Quella donna lo ossessionava. E dire che aveva osato trattarlo da mondano!
«Fa pure come ti pare» mormorò, tra sé. «Ma non farti illusioni, cara mia, e ricordati: non esistono topolini svelti, ci sono solo trappole che non funzionano! La tua è quasi pronta. Aspetta e vedrai!».

28

«La storia dei falchi», come già la chiamavano alla masseria di Cerda, dove mio fratello ed io eravamo confinati, ci aveva messi in una posizione molto scomoda.
Dal momento che i mezzadri – padre, madre e persino Giovannino – erano partiti tutti a liberare dalla voliera il loro caro Giorgetto, la nostra vita in quello che avrebbe dovuto essere un meraviglioso luogo di villeggiatura aveva subito un radicale cambiamento. C'era qualcosa di strano in tutto questo, un modo di ragionare che andava oltre le norme tipicamente siciliane.
Poco importava chi avesse cominciato per primo. Che quel giorno fossimo stati in due contro uno e che perdipiù, grazie all'abilità di mio fratello, un bel falcone, una delle glorie di Giorgio, ci avesse lasciato le penne, ci aveva fatto passare dal ruolo di aggrediti a quello, assai meno piacevole, di aggressori. Era bastato un colpo di fionda ed ecco che non eravamo più le vittime di quella spe-

cie di sadico in calzoncini corti ma gli orrendi colpevoli di tutte le sue miserie.
A nulla sarebbe servito ribellarsi all'assurdità delle cose. Fin dal nostro ritorno alla masseria, e per quanto cercassimo di ridimensionare la gravità dell'aggressione, si capiva subito quanto fossimo soli, disperatamente isolati dal resto del mondo. Eravamo prigionieri di un universo ostile dove il rancore cresceva con il trascorrere delle ore, tra il nondetto e quei silenzi assassini di cui la Sicilia possiede il segreto fin dalla notte dei tempi.
Nell'arco di una giornata eravamo nient'altro che degli stranieri da mettere in quarantena – stranieri colpevoli di non avere rispettato le sacrosante leggi dell'ospitalità siciliana che avrebbero voluto che ci sottomettessimo ai capricci di quel padroncino di casa.
E alle difficoltà si aggiungeva il fatto che, per ragioni inesplicate, Sandra e Silvia ritardavano la loro venuta. Nell'atmosfera deleteria che regnava in casa, anche la madre delle ragazze si dava da fare a complicare i problemi. Come se si trattasse di un affare di stato, giocava con il mistero tentando di farci credere che il ritardo delle figlie comportava un segreto. Alla domanda di mio fratello, «Che succede con le ragazze, signora, lei pen-

sa che verranno?», aveva risposto con un laconico ed enigmatico: «Chissà?!».

In quell'universo ostile, nel quale i mezzadri e la madre delle gemelle si mostravano solidali nella nostra comune condanna, non sapevamo a che santo votarci.

«Ah, avete voluto fare i furbi! E adesso, tanto peggio per voi».

Per un momento pensammo di ritornare a Palermo senza dirlo a nessuno. E senz'altro io avrei già preso la fuga, puramente e semplicemente, se mio fratello non vi si fosse formalmente opposto, giudicando che quella soluzione avrebbe pregiudicato i futuri rapporti con le nostre amiche.

«Dobbiamo assumerci le nostre responsabilità» aveva detto. «La Cinese non apprezzerebbe affatto tutto questo. Sta a noi tenerla al di fuori di questi giochi da contadini...».

Mi sommerse lo sconforto. Una volta ancora, malgrado la presenza di Pino, mi sentii terribilmente solo. Naufrago. Mi sembrò persino che l'eterno brontolio della natura, quella sorta di profondo e doloroso muggire della vita, si fosse fermato. Nella piccola stanza da letto dove ci eravamo rifugiati per sottrarci agli sguardi di biasimo, sentivo il battere impazzito del mio cuore. Mai la Cinese mi

era tanto mancata. Sarebbe bastata una sua parola perché ritrovassi il coraggio e la dignità che, facendomi sentire colpevole, mi erano state rubate. Ma, ahimè, la Cinese non c'era.
Una sorta di rabbia, un desiderio di rivolta contro la crudeltà della situazione si impadronivano lentamente di noi. Anche se la cosa ci avesse richiesto qualche sacrificio in più, adesso dovevamo renderci assolutamente indipendenti fino al concludersi del nostro soggiorno in quei maledetti luoghi. Malgrado l'angoscia, mio fratello ebbe un'idea folle. Un'idea che, normalmente, mi sarebbe sembrata d'una totale assurdità.
«E se andassimo a bivaccare nei campi un giorno intero per vedere se si accorgono della nostra assenza?» propose, fiero della trovata.
Così, presi da una immensa pietà per noi stessi, decidemmo di fuggire. Giusto per un giorno. Giusto il tempo di fare pesare la nostra assenza e fargli paura.
Via via che ci compenetravamo nell'idea, ci pervadeva una sensazione di ebrietà, un indicibile sollievo. Non era tanto per l'essere stati trattati come dei colpevoli messi al bando dal clan familiare, né per quell'indifferenza che ci aveva trasformati in appestati. Piuttosto, era la coscienza

che, senza padre e con una madre lontana, non avevamo più uno scudo per proteggerci. Eravamo alla mercé dell'arbitrarietà e del benvolere del primo venuto. Nudi e senza difese, imparavamo adesso ciò che orfani voleva dire.

Malgrado l'ora assai mattutina, un mezzo pollo arrosto, qualche fetta di salame napoletano disposta su un piattino di metallo, un resto di provoletta affumicata fatta in casa e poche fette di quel 'pane di casa' che da solo era già una delizia, troneggiavano sul tavolo dalla sala da pranzo.
Affannandosi come una matta intorno a quella stanza, la padrona di casa sembrava osservare con occhio mesto il mezzo pollo, chiedendosi forse come avrebbe potuto dividerlo tra tutti noi, quando, silenziosamente – e questa volta come dei veri ladri – prendemmo la fuga.
Cominciavano a sorgere i primi raggi di sole. Per noi cittadini, il silenzio di questa casa in piena campagna aveva qualcosa di angoscioso. Era un blocco così ermetico che pareva che un'attesa vi fosse nascosta, che qualcosa trattenesse il fiato al nostro passaggio.
Uscendo di camera, seguimmo il corridoio stretto e buio che si trovava davanti a noi. Per rischia-

rare il passaggio sarebbe stato necessario che la lampadina del soffitto fosse di maggior voltaggio e che restasse accesa tutto il giorno. Ma alle restrizioni imposte dalla guerra si aggiungeva l'aumento delle tariffe dell'elettricità e ciò preoccupava alquanto la padrona di casa.

Lo sguardo teso, guardando fisso davanti a noi, avanzavamo trattenendo il fiato. Non c'era un minuto da perdere, non era permessa nessuna esitazione. Guai a farci prendere. Un ultimo tratto di corridoio. Un'ultima porta a sinistra. Finalmente la campagna si aprì davanti a noi.

La notte, un temporale aveva spazzato via tutte le nubi. In un'atmosfera di un'incredibile purezza, i primi raggi del sole illuminavano un paesaggio immobile, deserto e silenzioso perché i grilli e le rane, come i sonagli delle pecore, appartenevano al silenzio.

A est, in controluce, si alzava una scura barriera di fichi d'India. A sud, correva una bassa siepe di arbusti selvaggi – timo, origano e rosmarino. A nord, si snodava il sentiero che portava all'orto. E infine a ovest, quasi nascosta, sorgeva la casa da cui eravamo appena fuggiti.

Tutto annegava in una immensa quiete inondata da una luce dolcissima. E sempre quella sensazione di incanto, sempre quel languore: uno spettacolo ispirato che, di fatto, provocò in noi uno scoraggiamento profondo. Che eravamo venuti a fare in questa galera felpata, dorata, profumata, isolata e che poteva a ogni istante rivelarsi mortale? Era quello che mio fratello ed io ci chiedevamo, anche se non lo formulavamo con tanta chiarezza.

Prima di allontanarci da casa, lanciammo un ultimo sguardo verso quell'angolo dove il cavallo rosso, passata la notte, aspettava ancora che qualcuno lo venisse a liberare. Nella vecchia stalla, un flebile raggio di luce, filtrando tra gli scuri semichiusi, accendeva la sua lunga criniera e inscriveva, attorno a lui, come bagliori d'incendio.

Fu con tanta precauzione e un'infinita angoscia che scivolammo davanti a quella porta che separava l'ingresso dell'orto dal vestibolo, là dove Giovannino, isolato dal resto della casa, russava con tanto rumore che c'era da chiedersi se non lo facesse di proposito. Poi, inquieti e quasi pentiti, partimmo di corsa attraverso i campi. Dovevamo allontanarci da lì – e al più presto.

«Dai, dai!» mi intimò mio fratello con un tono che voleva essere d'incoraggiamento. «Seguimi. E soprattutto non girarti mai».

Pieni d'orgoglio, ritrovavamo lo spirito dei gran-

di giorni. Andavamo a caccia d'avventura. Adesso, giunti su un fianco di montagna, tutto sembrava più sereno. Sopra di noi, il cielo di un blu scuro si era leggermente coperto d'una striscia grigio-rosa di nubi stratiformi, scese molto basse durante la notte e scortate adesso da altre nubi più rotonde, più leggere, più chiare.
La catena montagnosa delle Madonie ha questo di particolare, che non nasconde nessun picco scosceso, nessuna cresta dagli angoli affilati: ha soltanto paesaggi vallonati odoranti d'erbe selvagge. Per noi, bambini, quelle montagne erano ancora a dimensione umana.
Un vento leggero, dentro e intorno a me, mi trasmetteva un'ebbrezza. Nell'eccitazione del momento, sentii come un gemito che si faceva sempre più assordante, finché un boschetto fitto di arbusti selvaggi – ai limiti del quale dei fichi d'India gialli, rossi, verdi, arancione lasciavano esplodere al sole i loro colori vivaci – ci accolse nel mistero dei suoi angoli ombrosi.
Mio fratello si fermò di un tratto, come un cane da caccia di fronte alla selvaggina.
«Guarda!» disse incantato, mostrandomi un vero arsenale di guerra che giaceva sull'erba, abbandonato.

Feci un passo. Gli occhi pieni di uno sciocco stupore, forse feci ancora un altro passo. Fu un attimo. Tendevo la mano per afferrare quella di mio fratello, quando un lampo mi accecò. Una forte deflagrazione, un tuono assordante, improvviso, mi ruppe i timpani.
D'un colpo, sprofondai in una voragine oscura. Caddi, perdendomi, in una profonda notte.

29

Patton andava su e giù nella sua stanza, inquieto come un imputato in attesa del verdetto. Un amico, molto addentro nei circoli influenti di Washington, gli aveva promesso che lo avrebbe informato sulle possibilità di un suo prossimo ritorno sul teatro delle operazioni. Ma il messaggio tanto sperato tardava a venire.

Un ufficiale della guardia bussò alla porta e entrò. Il Generale si fermò, muto. Credendo di carpire il motivo di quel silenzio, l'ufficiale rimase immobile, assunse una cert'aria di complicità, e resosi conto con stupore che Patton neppure lo guardava annunciò ad alta voce:

«È arrivata la contessa, Generale».

Patton era assente. Aveva il volto teso dei brutti giorni. Davanti a quell'atteggiamento incomprensibile il militare insistette:

«*I'm sorry, sir.* C'è la contessa. Che devo dirle?».

Questa volta Patton spalancò gli occhi.

«La contessa? *Which fucking countess are you*

talking about? Di che cazzo di contessa mi sta parlando?».

L'ufficiale ebbe una breve esitazione. Non soltanto era nuovo in quell'incarico ma conosceva anche male il Generale, se non per reputazione, sicché osò appena mormorare:

«Non lo so, Generale. Una signora bionda, sulla quarantina... Dice che la conosce. Non ha detto il nome. *She just said:* 'Ditegli che la contessa è arrivata'. In effetti è lì, in attesa di essere ricevuta».

Patton gonfiò il petto. Mentre il viso gli si schiariva, domandò:

«Una donna bionda, sulla quarantina... E com'è, voglio dire... fisicamente?».

Un po' più a suo agio, il militare – un vero clone dell'attore italo-americano Jimmy Durante, naso grosso incluso – fece qualche gesto confuso. Poi, agitando le mani nell'aria, tracciò i contorni di una forma avvenente e rispose:

«*I think she is very pretty! Yes, a very pretty woman!*».

All'annuncio di una così *pretty woman*, il generale accennò a un sorriso.

«OK! falla passare nella Sala Cinese».

Nuovamente a disagio, l'ufficiale precisò:

«C'è già, Generale».

Preferendo passare per distratto, piuttosto che discutere sull'opportunità di fare entrare un ospite direttamente nei suoi appartamenti privati senza che ne avesse dato l'autorizzazione, Patton si accontentò di un breve:
«Bene, che ci resti!».
Intuendo le difficoltà della situazione, l'ufficiale si ritirò con dignità e sparì dietro la pesante porta laccata color avorio chiaro con una leggera bordura d'oro vecchio: l'ingresso ufficiale della residenza privata del Comandante in capo della prestigiosa VII Armata.
Trascorsi quindici minuti circa, il Generale, portando l'uniforme di parata come il torero indossa il suo bravo *traje de luces*, penetrò infine in quella Sala Cinese dove la contessa lo aspettava.
La donna alzò gli occhi. Aveva le gote infuocate. Patton le stava davanti silenzioso, dritto come quelle statue mussoliniane che celebravano il Duce in tutta la sua gloria. Con un sorriso affettato sulle labbra, le mormorò un benvenuto di circostanza, chiamò l'attendente, gli ordinò che portasse dello champagne e sospirò profondamente come se già si annoiasse.
E dire che lei aveva tanto sognato questo momento provocando addirittura l'incontro e osando

andare verso di lui piuttosto che aspettare un suo invito! Ecco, invece, che l'oggetto del suo desiderio faceva finta di niente, come se non capisse. Che personaggio antipatico! Perseo di un qualsiasi Benvenuto Cellini da periferia, gli mancava soltanto di tenere in pugno la testa di Medusa e il quadro sarebbe stato perfetto.
Odiandosi per il rossore che le infuocava il viso, disse, esitante, quasi per scusarsi:
«Ero venuta in visita da mia cugina, che abita il Palazzo, e mi sono detta...».
«E ha fatto bene...» fece lui, freddamente, tagliandole la parola.
Stupefatta da tanta assenza di cordialità, la contessa abbassò la guardia:
«Ma lei si ricorda di me, almeno? Ci siamo conosciuti da mio cognato. Sa, il banchiere dove...».
«... abbiamo cenato l'altra sera. Certamente che mi ricordo» continuò Patton, senza darle ancora una volta il tempo di finire la frase.
Ecco che quel volgare plebeo americano di fronte a una donna di classe, uscita dagli ambienti blasonati di Sicilia, infinitamente più ricchi di lui, si permetteva di trattarla in quel modo. Per far salire la tensione al massimo, Patton si alzò, fece qualche passo, e si spinse fino al balcone. Più lungo e

difficile il gioco, più deliziosa sarà la vittoria – si disse, sadicamente.
«*What a fucking town, Palermo!* Che fottuta città, Palermo! E dire che a quest'ora i miei amici sono altrove!» le mormorò infine tra i denti.
L'attendente portò lo champagne, riempì le due coppe di cristallo di Boemia con il blasone di casa Savoia che aveva già disposto su di un vassoio d'argento, e sparì, discreto come era venuto.
«*Cheers!*» fece il Generale, rivolto alla contessa.
«Cin-cin!» rispose lei, piuttosto freddamente.
Poi, lentamente, Patton si sbottonò la giacca e si sedette vicino a lei, coscia contro coscia. Sorridendo con voluta sfrontatezza, fece scorrere su di lei uno sguardo pesante che pareva denudarla.
La contessa reagì con un sorriso così imbarazzato e ironico che Patton, per un momento, provò l'impulso di afferrarla e baciarla anche se si trattenne. Sotto un vestitino di lanetta *écru*, molto leggero, i seni della donna si disegnavano come un'offerta. Una proposta impudica traversò la mente del Generale. Lei gliela lesse negli occhi, o fu intuizione? Certo è che, tagliando corto, gli disse con tono severo:
«Adesso è contento?».
Patton non riuscì a nascondere la sorpresa.

Aggrottò le sopracciglia, affettò un'aria stupita, e replicò con lo stesso tono:
«Contento? E di che cosa dovrei essere contento?».
La contessa si riprese con abilità.
«Oh, lei ha capito perfettamente bene, Generale! Contento di lei, voglio dire. Ma adesso mi rivesta, la prego! Mi sentirò più a mio agio».
Patton ebbe una breve risata.
Lo sguardo della contessa non lasciava dubbi sulla fermezza dei suoi propositi, anche se era difficile immaginare quanto confusi e contraddittori fossero i sentimenti che la agitavano. Pur sentendosi umiliata, maltrattata, schernita, in una parola profondamente offesa, l'atteggiamento maschilista del Generale la eccitava.
Aveva tanto sperato, tanto sognato questo istante e adesso, di fronte a quest'uomo capace di spogliarla con lo sguardo fingendosi indifferente, quest'uomo che osava parlarle con una cortesia così stucchevole da esserne spiacevole, si sentiva tanto sconcertata che si scoraggiò.
L'esaltazione dell'incontro, il sogno che se ne era fabbricato, si frantumavano miseramente. Forse non era stata paziente, forse aveva mal sopportato di essere trattata con tanta disinvoltura, ma come

credere che questo personaggio, che non aveva cessato di interessarla, eccitarla, turbarla, di risvegliare senza vergogna il suo desiderio, e ciò fin dal primo istante del loro incontro, fosse anche un così pessimo psicologo?

'No, è impossibile, non mi sono sbagliata. Quest'uomo cova qualcosa di losco, non è in condizioni normali. Le sue maniere non sono degne di lui' si diceva.

E che pensare di Cleo, certamente innamorata, quella stupida che, si diceva, teneva il ritratto del *conquistador* in camera da letto! Storie da romanzi a fumetti. Ma come strapparglielo? Quell'attrazione tra due esseri così diversi per età, temperamento, educazione, la maturità stessa della loro sensualità, le pareva penosa, persino scandalosa. Il potere che quell'ochetta da salotto doveva avere su di lui, era certamente tale da condurlo a comportarsi come l'ultimo dei villanzoni.

Mentre Patton seguitava a guardarla carezzandola con sguardo pesante, provocante e inequivocabile, lei si riprese. Con la voce un po' rauca e col tono secco e altero che usava con i domestici, sibilò:

«Sono stata felice di rivederla, George. Ma si fa tardi. Adesso devo rientrare!».

Senza attendere, questa volta si alzò diretta verso la porta. ‘Che peccato!’ si disse ancora, guardandolo con un occhio falsamente distratto. ‘Così sensuale e così intelligente. E quelle mani, quella bocca carnosa, la fronte testarda, gli stivali che porta tanto bene... Ma anche quanta insolenza! Certo, un uomo come lui, così perfettamente maleducato, non lo incontrerò mai più’. Indubbiamente, il Generale la faceva ancora sognare.
Quando uscì, pioveva. Sull’uscio, l’ufficiale di guardia le tese l’ombrello che lei aveva lasciato arrivando. Il Cortile della Fontana era deserto. La contessa lo traversò d’un fiato, giunse all’arcata che porta alla Cappella Palatina, si fermò, poi si rigirò d’un colpo.
Immobile tra due MP, Patton, piantato davanti all’ingresso della sua residenza, la seguiva con gli occhi. Durante una frazione di secondo lei esitò. Poi, ritornata sui suoi passi, s’avvicinò al Generale e, senza neanche dargli il tempo di reagire, gli dette un lungo bacio. Era la provocante testimonianza di una passione contrastata? Una maniera come un’altra d’impadronirsi di ogni iniziativa? Un’aristocratica vendetta? Questo Patton non lo seppe mai.
Sorpreso da tanta marziale rudezza che contrastava con la dolcezza dell’abbraccio, il Generale soc-

chiuse gli occhi e lasciò cadere, con tono disincantato:
«A presto, signora!».
La contessa scosse il capo, alzò un sopracciglio, sorrise e, con un sospiro immenso, gli rispose freddamente:
«Addio Generale. E buona fortuna».
Ignorando gli sguardi imbarazzati delle guardie, Patton si diresse verso la sua residenza. Prima che la porta gli si chiudesse alle spalle, anche lui sospirò:
'OK! *fucking countess*, buona fortuna anche a lei, e addio...'.

30

«Puttana! Puttana! Bestia e puttana! Misericordia. *U' Signuri t'avi ajutari!*».

Quelle grida sovrumane mi raggiungevano con difficoltà: erano così lontane. Eppure, ogni parola faceva esplodere nella mia testa dei lampi folgoranti, delle luci intense che ogni volta squarciavano un po' di più la coltre di tenebre che mi soffocava.

Pur sentendomi stranamente liberato da ogni peso, il mio corpo pesava tonnellate. Impossibile smuoverlo: giaceva al mio fianco, inutilmente inerte.

«Puttana! Puttana! Bestia e puttana! Misericordia. *U' Signuri t'avi ajutari!*».

Le orecchie mi ronzavano, fischiavano, cercavano di comunicarmi qualche vago segnale che veniva dall'esterno, ma una spessa bolla di collosa oscurità mi teneva prigioniero.

Sentii un improvviso, debole, tremito che lentamente andava crescendo. Era come se il tempo, fuori di me, cercasse di riportarmi a sé, di impossessarsi del mio essere per ridargli i suoi ritmi, di agganciarmi nuovamente al cordone vitale fatto di ore, di minuti, di secondi essenziali senza i quali non sarei più esistito.

Attore e spettatore del mio proprio mimodramma, mi vedevo agire come in un incubo. Ogni immagine mi si imponeva seguendo una dinamica propria. Una dinamica che doveva seguire la logica dei sogni.

Con un ultimo sforzo aprii gli occhi. Il buio. Un confuso brusìo si avvicinava, a ogni istante più preciso, più presente.

E sempre quel gridare: «Puttana! Puttana! Bestia e puttana!».

Poi quella strana maniera di implorare il Signore perché mi accordasse il suo aiuto misericordioso. «Misericordia! *U' Signuri t'avi ajutari!*».

Un freddo terribile mi attanagliò con i suoi denti di ghiaccio. Qualcuno dovette schiaffeggiarmi perché sentii con chiarezza gli schiaffi sulle guance. E ancora il buio. Un buio, questa volta, che da nero si impregnava lentamente di rosa, come se il mio sangue, finalmente affluendo alle palpebre, volesse tingerle d'aurora.

Scivolando sotto il mio corpo, il braccio potente di un gigante mi strappò dal buco dove ero sprofondato. Sputai della terra. Un soffio d'aria mi riempì i polmoni. All'improvviso, mentre l'immagine confusa di mio fratello si imponeva ai miei occhi, una serie di domande laceranti mi dettero il tremore: 'Sono morto?'. E subito ancora: 'Dov'è mio fratello? Cos'è successo?'.

La vita ritornava in me reclamando i suoi diritti, imponendo le sue leggi. Forse il bambino che ero stava tendendo la mano all'uomo futuro che già mi portavo dentro indicandogli il cammino dell'esistenza. Avevo un gusto amaro in bocca. Un liquido caldo e vischioso mi usciva dalle orecchie, dalle labbra, dal naso, dalla fronte, sgocciolandomi fino alle mani. Al mio fianco, qualcuno gemeva con lamenti cavernosi. Estraneo a me stesso, ero incapace di capire, come se più nulla restasse di quel che ero stato.

«Puttana... Misericordia... *U' Signuri*...».

Questa volta le grida erano nette. Ero in uno stato di dormiveglia. Con una precisione meravigliosa mi parve di percepire ai miei piedi mio padre e mia madre che mi guardavano sorridendo. Planavo. La luce del sole, ferendomi, mi costrinse a chiudere gli occhi. La voce rauca, sovrumana, urlò ancora più forte, martellando ogni parola:

«Vivo è! Misericordia!».
Terrore, angoscia, dolore, orrore, disperazione, solitudine – e con essa un'emozione insieme violenta e liberatoria – mi invasero in un torrente di lacrime.
Faceva freddo. L'aria era nebbiosa. Per quanto la mia coscienza rimanesse offuscata, sorda, i lamenti confusi, ovattati, della persona che mi portava in braccio come fossi un bambino mi dicevano che ero vivo. Aprii gli occhi un'altra volta e vidi Giovannino che mi carezzava i capelli. Al mio contatto, le mani gli si coprivano di sangue. Il suo viso quasi toccava il mio.
Mi misi a gridare:
«Pino! Dov'è Pino? Dov'è mio fratello?».
Giovannino non si spaventò. Il suo collo taurino si irrigidì, raccolse tutte le sue forze e, tenendomi sempre in braccio, si avvicinò a un ammasso di sassi e di terra sotto il quale mio fratello giaceva, inanimato.
Vedendolo, scoppiai in singhiozzi. Erano finite per sempre le cose tranquille, le giornate serene, l'infanzia. Una volta ancora sentii il soffio freddo della morte alitarmi sul collo.
Giovannino si chinò, mi fece posare i piedi a terra aiutandomi a tentare qualche passo. Un legge-

ro tremito gli percorse il corpo, scosse la testa, spalancò gli occhi, si avvicinò a mio fratello, ne prese la mano inerte tra le sue e lo guardò lungamente in faccia con un'espressione di stupore, come se lo vedesse per la prima volta. Sul suo viso infantile dagli occhietti asiatici si disegnò un sorriso. «Vivo è! Sì, vivo è... *U' Signuri! ... A Misericordia!*».
Per qualche secondo, lo guardai anch'io con gli occhi spalancati. Attorno a noi c'era calma e silenzio. Tutto invitava alla serenità. Solo qualche olivo saraceno, dai rami tristi e tormentati, sembrava esprimere sofferenza.

Una serie di immagini mi sfilò davanti agli occhi al rallentatore: obici, fucili, cartucce, esplosivi in quantità, granate a pigna, bombe a mano *Balilla*, rosse e nere, seminate per terra come fiori mortali lasciati all'abbandono; mio fratello che manipolava un oggetto variopinto, qualcosa come quei yo-yo tutti luci e suoni che un tempo si fabbricavano a Venezia per la gioia dei bambini. Rividi il lampo folgorante che mi aveva accecato, ricordai il tuono che ne era seguito, sentii nuovamente il colpo violento, in pieno petto, che mi aveva sospinto nel nulla.

Malgrado una persistente sensazione di ubiquità – ero lì ma ero anche altrove – la vista di mio fratello disteso come uno straccio sporco ricoperto di sangue e di polvere mi ridiede una insospettata energia. Le mie forze si moltiplicarono. Dimentico delle mie ferite, mi rivolsi al mio salvatore. Bisognava che Pino venisse soccorso al più presto. Bisognava strapparlo al coma del quale era prigioniero. Bisognava che ritornasse in sé.

«Giovannino aiutami!» feci in un grido.

Giovannino alzò gli occhi, tentò un sorriso e il suo volto pallidissimo si rischiarò di una tenera luce. C'era da credere che dentro di sé portasse l'amara solitudine di una creatura fragile, umiliata, indifesa e incapace di comunicare come avrebbe voluto. Adesso però, davanti a me c'era soltanto un essere dolce, tenero e sperduto che chiedeva al mondo un po' di comprensione, di bontà.

Gli avevo appena chiesto di aiutarmi e già, afferrando mio fratello a piene braccia con quella forza incredibile che caratterizza questo tipo di persone, lo strappò da terra in un istante. Non lontano da lì, alla fine di un breve sentiero scosceso circondato da rovi, passava la strada dipartimentale che, traversata Cerda, si stendeva bene o male, allacciando i monti, verso l'interno dell'Isola.

«Là... là... andiamo là», dissi al mio soccorritore le cui straordinarie capacità di reazione non mi stupivano più.
Portando sulle braccia quel carico dolorante, Giovannino avanzava con precauzione lungo il sentiero sterrato e io lo seguivo zoppicando, la testa, il naso e le orecchie sempre più sanguinanti.
Attraverso il pantalone stracciato vidi che le gambe di mio fratello erano orribilmente dilaniate. Brandelli di carne, atroci caverne erano state scavate in quel corpo elastico da giovane jockey e del quale, tuttavia, non era mai stato molto orgoglioso – qualche centimetro lo separava dalla sua taglia ideale, il suo sogno.
Senza un lamento, Giovannino si diresse verso la striscia d'asfalto dove qualche raro veicolo militare americano passava a tutta velocità, i fari accesi anche in pieno giorno. Soltanto qualche occhiata circospetta intorno a sé lasciava trasparire, di tanto in tanto, l'inquietudine che lo abitava.

Alla notizia della nostra scomparsa, tutti alla masseria si erano mobilitati, partendo alla nostra ricerca. Soltanto Giovannino – che questa volta i suoi avevano semplicemente dimenticato a

casa – guidato da un misterioso istinto, era venuto dritto dove eravamo, come se sapesse già dove trovarci.
Rassicurante, affettuosamente presente anche quando più mi agitavo, uscendo dal coma, cercando che mi si riportasse in vita, era riuscito a farmi scordare il suo handicap.
Adesso eravamo alla fine del sentiero. Giovannino distese delicatamente mio fratello sul ciglio della strada che il sole rischiarava ancora di una calda luce, ebbe un dolcissimo sorriso, accennò a un bacio, e si allontanò lentamente, timidamente, senza dire una parola.

Dovevano essere le quattro o le cinque del pomeriggio e nella campagna attorno, popolata essenzialmente di ulivi saraceni, alcuni uccelli affamati facevano un rumore infernale, segno forse che il crepuscolo stava per calare.
Seduto accanto a mio fratello, disteso ai miei piedi e sempre inanimato, mi sentivo impotente, inutile. Tutto ciò che riuscivo a fare era piangere. Per quanto lo stringessi tra le braccia, gli parlassi, lo implorassi esortandolo a uscire da quel suo isolamento mortale; per quanto facessi appello alla sua forza, al coraggio, all'amore che provava

per me, quei tentativi non servivano a niente. Restava immoto, sepolto nella sua solitudine più nera.
Era vivo, certo. Ma per quanto tempo ancora? Le lacrime non servivano a nulla. Così finirono per inaridirsi.

All'uscita di una curva, all'altro capo della strada, una grossa jeep americana sembrò sorgere dal nulla. Al vederla, Giovannino, che s'era già abbastanza allontanato da noi, imboccò un sentiero cinto di erbe alte e cespugli disseccati e subito sparì, inghiottito dal paesaggio.
Mi dominai. Lasciai passare qualche secondo. Poi mi portai al centro della strada per obbligare il veicolo a fermarsi.
Andando sempre ad alta velocità, l'uomo che si trovava al volante dovette valutare le possibilità che gli si presentavano: evitarmi, lasciando che il veicolo mordesse pericolosamente sul bordostrada; fingere di non avermi visto e continuare la corsa nella speranza che, spaventato, mi spostassi; o puramente e semplicemente fermarsi. È ciò che fece, anche se in una maniera che mi parve un po' brutale.
Un colpo di freni, una grande nube di polvere e

la jeep si immobilizzò a qualche metro appena da me che già stavo per saltare.
Una voce rauca mi apostrofò:
«*Hey, kid! What's happened to you?*».
Due soldati americani, uno nero come l'ebano, l'altro così biondo da sembrare albino, mi guardavano divertiti.
Il soldato di colore, seduto accanto al conducente, scorgendo mio fratello che giaceva sempre sul ciglio della strada, scese dalla jeep, gli si avvicinò, gli appoggiò due dita all'altezza della carotide e gridò qualcosa che non capii. Con lo stesso slancio lo sollevò da terra borbottando una filastrocca il cui significato inevitabilmente mi sfuggì.
Di certo, non c'era tempo da perdere. Il militare biondo spalancò la porta posteriore del veicolo, con una celerità impressionante aiutò l'altro a deporre il corpo disarticolato di mio fratello su una barella da campo, fissò il tutto con grosse cinghie di cuoio, mi fece salire sull'auto e appena fui seduto ripartì velocissimo.
Si andava ad alta velocità. Con il rovescio della mano il guidatore si asciugava il sudore che gli colava dalla fronte. Il tachimetro della jeep pareva impazzito. In fondo a quella strada, all'altro capo del mondo, un filo di luce e di speranza mi aspet-

tavano: il villaggio di Lascari non era più così lontano. Su un'asta maestosa, tanto alta che sembrava volesse bucare il cielo, la bandiera americana sbatteva al vento. Fra pietre e polvere, un gruppo di tende militari si confondevano nel nulla. L'ospedale di campagna era finalmente davanti a me. Mio fratello era salvo.

31

Preceduto da una tosse di cui l'eco, insieme al rantolo dei grandi fumatori, doveva ripercuotersi all'infinito nelle cavità del suo torace da lottatore, un medico militare entrò sotto la tenda dove mi avevano ricoverato.
La pancia sporgente sotto la blusa bianca, le due stellette d'ufficiale sul petto, l'occhio acuto, penetrante, un volto rotondo come Orson Welles, si avvicinò al letto scrutandomi con attenzione. In un italiano dagli accenti siculo-americani, dopo le formalità d'uso – cognome, nome, data e luogo di nascita – mi augurò in tutta serietà il benvenuto nel suo ospedale e prese a interrogarmi.
«Che rapporto c'è tra te e il ragazzo che abbiamo appena operato?» mi chiese subito.
«Sono suo fratello» risposi intimidito.
La vita del mio quasi gemello, quell'altro me stesso, mi preoccupava più di qualsiasi altra cosa e senza attendere chiesi della sua salute.

«Vorrei sapere, dottore, come sta. Mi dica la verità. È veramente fuori pericolo?».
Probabilmente perché abituato a situazioni ben più drammatiche, o forse per la durezza della vita militare, l'Americano parve quasi irritato dal modo in cui mi informavo.
«Naturalmente che è fuori pericolo, sta benissimo. Appena un piccolo intervento alle gambe e una fesseria alla mano. Nulla di cui preoccuparsi. Per adesso dorme. Ha avuto fortuna. Se la caverà» rispose con convinzione, rassicurante a ogni costo.
Ma subito dopo, senza transizione, seguendo brutalmente la sua idea aggiunse:
«Visto che è tuo fratello, dimmi un po': cos'è successo?».
Alcune infermiere della Croce Rossa, la testa coperta di bianco come le suore, entrarono a loro volta sotto la tenda. Attorno a me, mani discutevano, occhi vivevano. Il settore era popolato di feriti leggeri in via di guarigione. Un leggero brusio accompagnò l'ingresso di una vistosa infermiera dagli occhi di smeraldo. Dai loro letti di sofferenza, i soldati le lanciarono un unico e comune sguardo, le labbra chiuse. Ma il silenzio non durò molto. Passando dalla sorpresa alla familia-

rità stavano per andare oltre il segno quando il medico, con un semplice gesto della mano, spense ogni audacia.
«Su, racconta» disse, girandosi verso di me.
Arrossendo, ripresi fiato:
«A dire la verità» dissi con un filo di voce appena udibile, «non ricordo più nulla. Tutto è successo così rapidamente...».
Il medico mi incoraggiò.
«Dai, fa uno sforzo. Cerca di ricordare dove eravate, cosa facevate, ciò che ha potuto mettervi in questo stato...».
Era difficile riassumere, rendere con poche parole ciò che avevamo vissuto. Senza le emozioni, la storia che vedevo bella e grave non sarebbe stata più che una farsa. Trasformatomi in maestro dell'ellisse, da degno figlio della Cinese, descrissi gli avvenimenti con pochi colpi di pennello:
«Che posso dirle? Una passeggiata finita male. Una bomba a mano disinnescata. Una falsa manovra di mio fratello. O forse qualcuno che ci ha voluto uccidere. Tutto è così confuso... Non ricordo davvero più nulla».
Orson Welles andava e veniva davanti a me, in silenzio. Doveva pensare che i siciliani, sempre vulcanici, sempre eccessivi, anche quelli della mia età,

avevano veramente una tendenza a spingere le cose all'estremo.
«Uccidervi? Perché, non eravate soli? C'era qualcun altro con voi?» insistette, cercando di ottenere più dettagli e una maggiore precisione.
Stuzzicato nel mio gusto del tragico, diedi libero corso alla fantasia. A modo mio. Grazie anche a una voglia di protagonismo. Quasi mio malgrado.
«Per essere soli, certo che lo eravamo, ma a pensarci bene credo che in alto, sulla collina, dietro gli ulivi, ci fosse un uomo. Giovane. Biondo. Una testa di tedesco», dissi, fermandomi là dove l'Americano avrebbe certamente voluto che cominciassi.
«Un uomo? Biondo?» fece come riflettendo da solo, ad alta voce.
Poi, guardandomi con la stessa intensità di sguardo che aveva avuto entrando, aggiunse:
«E attorno a voi, per terra voglio dire, cosa c'era?».
Al ricordo di quelle immagini mi sentii salire le lacrime, ma vinse la derisione.
«Che posso dirle, dottore?» risposi in un soffio. «C'erano degli esplosivi, dei fucili, delle bombe a mano a colori... Che so? Io non sono un artificiere».

Finito che ebbi di parlare, il medico mi contemplò in silenzio. Il mio racconto, per quanto sincero, non lo convinceva. Si avvicinò al letto e domandò a bruciapelo:
«Dimmi un po', dove abitate tu e tuo fratello?».
Anche se mi sorprese quel cambio di tono, gli risposi normalmente:
«Di solito abitiamo a Palermo ma in questi giorni siamo venuti a Cerda, in villeggiatura...».
«E i vostri genitori sono con voi?».
«No, papà è morto in guerra e la mamma non è potuta venire, è rimasta a Palermo. Pensandoci, dal momento che sfortunatamente qui non c'è telefono, se avesse il modo di mettersi in contatto con lei, di chiamare il Palazzo Reale...».
Il medico mi interruppe.
«Un modo di chiamare dove?» disse, strizzando gli occhi, come se ciò lo aiutasse a capire meglio.
«Dicevo che bisognerebbe chiamare il Palazzo Reale a Palermo» ripetei timidamente, attento a separare ogni parola.
E poiché pareva che non capisse, mi feci un dovere di dargli qualche spiegazione:
«Il fatto è che abitiamo nel Cortile della Fontana, lei sa, dove adesso vive il generale Patton... Il nostro appartamento è quello proprio sopra il suo».

Ancora una volta, Orson Welles strizzò i suoi occhi piccoli e penetranti, aspirò una boccata da un sigaro immaginario, diede un colpo di tosse.
«Hai detto Patton?» si strozzò, scettico.
Con la falsa innocenza infantile che aveva il dono di esasperare mia madre ripetei, gli occhi persi nel vago:
«Sì, Patton, il generale Patton. Lo conosce, no?».
Il medico sembrò sconcertato, la situazione era tutt'altro che normale. Naturalmente non poteva raccontare a un ragazzo della mia età – e perdipiù siciliano – i suoi guai con il generale che comandava la VII Armata dopo la triste storia degli schiaffi, e confessare l'imbarazzo nel quale lo trascinava la stessa prospettiva di dovergli parlare.
Per il momento, si contentò di rovesciare la domanda:
«E a te, ti conosce?».
«Certamente che mi conosce» dissi prontamente, piccato sul vivo all'idea che mi si trattasse da bugiardo.
Per dare più forza alle affermazioni mi parve utile aggiungere qualche particolare:
«Anche l'altro giorno abbiamo fatto colazione...».
Orson Welles non mi lasciò terminare la frase, tut-

to questo era più di quanto normalmente potesse accettare. Aveva l'aria esasperata.

«*Wait, wait a moment, bambino*» disse in inglese. E riprendendosi subito, seguitò nel suo italiano dagli accenti profumati di Sicilia che in altri momenti e altri luoghi mi avrebbe tanto divertito.

«Vuoi farmi credere che abiti con Patton e che il Generale non conosce che te?».

Questo era troppo. Stimolato da tanta incredulità, la mia timidezza naturale sparì e l'ironia tutta siciliana ne prese vantaggiosamente il posto.

«Certamente io non avrei usato quelle parole per dirlo ma in qualche modo è così...» sibilai.

L'Americano sospirò. Pareva stanco, distrutto da ciò che doveva considerare soltanto menzogne.

«OK! OK! Farò informare il suo Quartier Generale» disse allora, deciso a finirla.

E tuttavia, prima di andarsene, mi guardò intensamente come se cercasse di leggermi negli occhi il desiderio di fermarlo, di evitargli di compiere quel suo passo. Insomma, che gli dicessi tutta la verità, che confessassi chi ero, da dove venivo: in breve, ciò che era realmente successo prima di finire disteso su quel letto del suo ospedale militare. Benché il mio sguardo disperatamente vuoto non gli dicesse nulla di tutto questo, tentò un'ultima volta:

«Hai gli occhi furbi, sai? Sei proprio sicuro che posso chiamare il Generale?» mi chiese con uno strano sorriso che gli si inceppava sulle labbra.
Rifiutandomi di capire ciò che la mia storia potesse avere di talmente straordinario da dubitarne un solo istante, risposi quasi seccamente:
«Certo. Glielo giuro, dottore. Lo può anche chiamare da parte mia...».
Orson Welles non andò oltre.
«OK, lo farò. Ma allora attento...» fece, inutilmente minaccioso.
Poi si girò e, stralunato, lasciò quella tenda-ospedale sotto gli sguardi divertiti dei soldati della corsia, che avevano seguito le cose.
Sorpreso, vedendolo andar via così pensieroso, gli lanciai un'ultima occhiata. Aveva il volto teso. Il dubbio, d'un colpo, aveva oscurato l'arroganza.

32

Nella Sala del Trono, contigua alla Sala dei Venti, Patton sedeva di spalle alla finestra a forma di ogiva che lo inquadrava, come se desiderasse che il controluce gli desse quell'aria mistica, fatta di sprazzi di luce, di cui i re amavano ammantarsi nei giorni di udienza. Dall'alto della volta riccamente affrescata di mosaici bizantini, tra scene di caccia ai cervi e la maestosa bellezza di qualche pavone reale dai pennacchi coronati e le piume ocellate di un blu mescolato di verde, due leoni rampanti dallo sguardo stupefacentemente umano lo osservavano con aria beffarda.
Dimentico degli obblighi funzionariali in cui era stato confinato, il Generale rievocava i tempi felici quando, nel teatro delle operazioni, dava libero corso alle sue intuizioni folgoranti lanciandosi a corpo morto nella battaglia, del tutto indifferente alle istruzioni provenienti da Washington.
Rivedeva con commozione quell'11 agosto già così lontano, mentre scriveva alla moglie Beatrice,

dopo le sue prime vittorie siciliane contro i tedeschi che aveva obbligato a battere in ritirata:
«*Credo di avere una specie di sesto senso per la guerra, così come ho la facoltà di mettermi al posto del nemico. Inoltre, non esito a prendere rischi*».
Intanto, qualcuno bussò alla porta e lui gridò:
«*Come in!*».
Probabilmente reso ancora più rispettoso dall'atmosfera magica che regnava nel luogo, un sottufficiale entrò, depositò sul tavolo regale una busta che portava bene in vista la scritta «personale» e subito uscì.
Patton aprì il plico con un gesto secco che tradiva l'irritazione di essere stato disturbato nelle sue meditazioni e lesse con un'attenzione estrema.
Poi, chiuse gli occhi e smise di masticare in suo chewing-gum. Cleo avrebbe adorato quel volto severo dove neppure un muscolo si muoveva. D'altra parte, il messaggio era suo. Si concludeva con queste parole:
«Lo so di essere ridicola. Se mi sono decisa a scriverle è perché il suo oroscopo – che ho appena terminato – mi dice che presto lei partirà. Così, desidero dirle quanto mi sarà penoso non rivederla più. La prego di non dimenticarlo e di non dimenticarmi. Cleopatra».

Il Generale sorrise. In altre circostanze avrebbe provato un senso d'orgoglio ma questi giorni non gli portavano che sospiri e delusioni. L'animo non c'era più.
Cara piccola Cleo, pensò. Piccola ma sensuale. Certamente innamorata. E ingenua. Aveva tutta la freschezza dei suoi trent'anni e il candore di una giovinezza ancora legata ai sogni. La sua innocenza aveva qualcosa di fatale. Anche i suoi oroscopi. Il modo in cui era riuscita a studiare il suo tema astrale era un dato assai convincente. Di certo, le sue capacità in materia superavano le speranze del Generale. Ai suoi occhi, Cleo, come certi luoghi pittoreschi, 'meritava la visita'.
Patton lesse e rilesse il messaggio. Le previsioni di Cleopatra sulla sua prossima partenza non soltanto erano di buon augurio, soprattutto gli davano quella spinta di cui il suo morale aveva tanto bisogno.
Soddisfatto della piega che stavano prendendo le cose, sorrise beato, strizzò l'occhio ai leoni rampanti che lo osservavano dalla volta della Sala del Trono, e chiamò l'ufficio dell'aiutante di campo. Fedele alla sua discrezione, il sottufficiale che aveva portato il messaggio di Cleo gli si presentò davanti senza dire nulla. Abbozzò un vago salu-

to militare e fu tutto. Riguardo alla situazione del momento, che credeva di intuire, era ancora più riservato e rispettoso del solito.

«Vammi a cercare l'autista» ordinò il Generale seccamente.

In quel momento l'autista oziava nelle vicinanze del Cortile della Fontana, a due passi da lì. Il sottufficiale andò in fretta a chiamarlo facendo in modo che Patton non dovesse aspettare un solo istante.

Rasato di fresco, scarpe lucidate a specchio, pantalone e camicia impeccabili – era così che il Generale amava vedere i suoi soldati – l'autista di turno era appena apparso nel rettangolo della porta e già Patton lo interrogava:

«Che giorno è oggi?».

«Venerdì, signore» fece il militare, con un'aria timorosa, ché gli avevano detto quanto quella mattina il clima fosse temporalesco.

«E che ora è?» martellò Patton con lo stesso tono.

L'autista consultò l'orologio.

«Le undici e trentaquattro... No, tra trentaquattro e trentacinque. Sa, Generale, gli orologi non sono mai esatti come vorremmo...».

Patton rifletté un istante. Chiese:

«E quanto tempo ti occorre per andarci?».

Questa volta il soldato ebbe qualche difficoltà a controllare la sorpresa.
«Per andare dove, signore?» disse, spalancando gli occhi.
«A Porticello» rispose il Generale, come se la cosa fosse evidente.
E seguendo l'idea che aveva in testa continuò:
«Devi andarmi a prendere due o tre aragoste; le voglio per questa sera, a cena...».
«Bene, signor Generale. Trasmetterò l'ordine» assicurò l'autista, felice all'idea di essere libero.
Ma Patton ancora non lo lasciava.
«Consideralo già fatto. Figurati che voglio andarci io stesso. È per questo che ti ho chiamato. OK?».
Un secondo e lo sguardo dell'autista mostrò tutta la sua delusione.
«*Yes sir!*» rispose, e senza più tergiversare uscì a preparare l'auto.
Patton fece qualche passo in direzione della Sala Cinese. Si contemplò in un grande specchio, gonfiò il torace. Sì, aveva un gran bel portamento. E poi, la ruota della fortuna stava girando in suo favore. Aveva fretta di rivedere Cleo e di leggere quell'oroscopo che lo incuriosiva. Avrebbe invitato Cleo quella sera stessa incaricandosi personal-

mente della cena. Una cena che voleva fosse da capogiro. Dal momento che Cleo chiedeva un ultimo incontro, glielo avrebbe offerto. E, poteva esserne certa, se ne sarebbe ricordata per molti anni. Grazie alla magia di una parola, *Gorgeous Georgie*, «Giorgio il magnifico», era ritornato ai tempi del suo splendore. Aveva ritrovato quella fiducia in sé che per troppo tempo gli era venuta meno. Comunque, attento agli invidiosi! Lui, bersaglio dei vanesi in quella fiera delle vanità in cui allora nuotava Washington, finalmente avrebbe ostentato la sua tempra d'acciaio. Avrebbe mostrato a tutti che era sempre il più audace dei combattenti. Lui, il grande stratega della battaglia di El-Guettar, nella quale l'America aveva ritrovato l'onore perso con la sconfitta di Kasserine. Lui, l'incontestabile vincitore della campagna di Sicilia. Lui, che presto avrebbe ritrovato i pericolosi cammini della gloria.

Patton uscì, attraversò gli appartamenti reali, arrivò al Cortile della Fontana e s'avvicinò alla sua jeep. Stava per salirvi quando l'autista gli fece segno che qualcuno lo chiamava. Era il solito soldato con gli occhiali, responsabile della «cifra», delle decodificazioni, che adesso correva verso di lui con un messaggio in mano.

Il Generale prese la busta che quello gli tendeva, se la mise in una tasca dei pantaloni senza leggerla, si infilò subito in auto e dette ordine all'autista di partire. La mattinata gli aveva portato tante speranze. 'Le noie' si disse, 'possono aspettare'.

33

La strada era quasi impraticabile. Nella nebbia del primo mattino, l'ospedale di campo americano, già lontano alle mie spalle, aveva l'aspetto di un incubo che stava per sparire. Anche la bandiera a strisce, che di solito fluttuava allegra sopra le tende si era afflosciata miseramente, per mancanza di vento, lasciandosi cadere lungo l'asta come una goccia d'olio.
Rabbrividendo per l'emozione ma un po' anche per la temperatura alquanto bassa di quelle zone di montagna, avevo appena lasciato la strada asfaltata. Per prudenza, avevo preso dei sentieri laterali. Ciò mi permetteva di andare dritto senza essere visto dai veicoli militari americani che non avrebbero tardato a lanciarsi al mio inseguimento. Girate le spalle al paese di Lascari, mi dirigevo verso Cerda.
Ero in fuga.
Poco prima dell'alba, eludendo la sorveglianza di un soldato americano distrutto dalla stanchezza

e dall'alcool, ero andato a vedere mio fratello sotto la tenda delle cure intensive. Dovevo baciarlo, prima di partire.
Immobile, le gambe coperte da un lenzuolo e da una coperta militare per proteggerlo dal freddo, teneva gli occhi aperti probabilmente per la paura che il buco nero al quale era sfuggito lo inghiottisse nuovamente. Incidentalmente, prima di entrare sotto la sua tenda, avevo scovato su un tavolino a rotelle un vecchio tozzo di pane che adesso masticavo con voluttà.
Mio fratello girò la testa verso di me, per nulla sorpreso di vedermi comparire a quell'ora in quei luoghi superprotetti.
«Stai bene?» mormorò, con una voce esangue.
«Sì» feci sottovoce, la gola stretta dall'emozione. «Dimmi, che cosa è successo. Come siamo finiti qui?».
Ignorando ciò che sapeva veramente sugli interventi chirurgici ai quali era stato sottoposto – un'infermiera della Croce Rossa mi aveva fatto capire che la mano destra aveva subito una piccola mutilazione – mi limitai a rispondergli:
«Suppongo una bomba a mano. Non ti devi stancare, te lo dirò più tardi. Sono venuto a salutarti perché me ne vado...».

Pino si raddrizzò a metà.
«Te ne vai? A quest'ora? E dove?».
«Scappo. Ho sentito che mi vogliono operare al braccio. Allora, dopo ciò che ho sofferto quando mi hanno ricucito la testa e tolte le schegge che avevo sulla faccia sai cosa gli dico? Scusate tanto, questa volta sarà senza di me».
Mio fratello si spazientì.
«Non mi hai risposto, te ne vai dove? E poi come?».
Anche costretto a letto, le gambe e la mano destra avvolte come salami in pacchi di garza sterile, restava lo stesso. Se si trattava di me, riusciva a controllare la sua angoscia.
Scelsi il mio tono più deciso per rassicurarlo.
«Te l'ho detto, scappo. E poi, come vuoi che me ne vada? A piedi. Piglierò la direzione di Cerda e poi vedrò. L'ideale sarebbe riuscire ad arrivare a Palermo. Mi manca la mamma. Ieri ne ho parlato al medico, spero che la rassicuri. Deve essere preoccupata, di sicuro. E soltanto lei potrà farti uscire di qui...» dissi a raffica, tentando di essere il più convincente possibile.
Nella luce delle lampadine che rischiaravano i luoghi con parsimonia, vidi che Pino piangeva. Tentai di riconfortarlo:

«Dammi fiducia. Te l'ho detto. Tra due giorni, con la Cinese, ti verremo a prendere. Tu la conosci, no? D'accordo?».

Lo baciai teneramente, sgattaiolai verso l'uscita e, dato un ultimo sguardo al luogo dove lasciavo mio fratello, partii in direzione di Cerda, a una trentina di chilometri. Piangevo.

Ancora pochi giorni prima sarei stato paralizzato dal terrore alla semplice idea di trovarmi solo, nella semi oscurità di una notte senza fine, alla mercé di tutte quelle entità che popolano i boschi della terra. Ma avanzavo, passo dopo passo, dicendomi che dovevo fare uscire mio fratello da lì, e al più presto. Di fatto, mi dirigevo verso la tenerezza, la sicurezza, le sole braccia al mondo tra le quali nulla di male mi sarebbe mai potuto capitare: la Cinese, la sua forza, il suo sorriso mi aspettavano alla fine di questo nastro d'asfalto, in fondo alla strada.

Certo, mi avrebbe detto per delle ore quanto mi detestava per essere stato un figlio così cattivo e averle inferto tante preoccupazioni. Ma i suoi occhi, le sue lacrime di gioia, le sue mani carezzevoli presto mi avrebbero confessato il contrario.

Questa sola idea mi rendeva felice e mi portava un po' di pace. Lasciati i sentieri secondari, adesso finalmente ero sulla strada principale. Sfioravo gli alberi assetati che costeggiavano il selciato. Non sentivo più freddo, lo sforzo di questa marcia sostenuta era bastato a riscaldarmi. Ma sapevo che presto il mio stomaco avrebbe reclamato del cibo e che i miei piedi così mal calzati, già un po' feriti, avrebbero creato altri problemi. Per la stanchezza, urtavo contro i sassi. Il semplice fatto di camminare mi era doloroso. Eppure sorridevo. Malgrado il dolore. Malgrado tutto. Ero pieno di speranza. Mi sentivo libero. Sopra di me il cielo schiariva. Già il sole faceva capolino, maestosamente scortato da leggere nuvole rosa dalle forme arrotondate.

Mi sforzavo di non pensare a nulla. Se d'improvviso sorgeva in me l'immagine di mio fratello, non avevo difficoltà ad allontanarla, tante erano le cose che mi si agitavano in testa. Dalla morte di mio padre, questa era la seconda volta che mi sentivo indifferente a ciò che mi poteva succedere. Vagavo. Ero senza desideri, senza paure, senza rimpianti – liberato da me stesso. Non riflettevo. Non ero né triste né gaio; mi lasciavo assalire, inondare, dall'unica visione dell'incubo che avevo appena vissuto. Questo mi aiutava a vivere il momento presente senza debolezze e mi

dicevo che, dopo ciò che avevo subito, non avrei avuto più paura di nulla, mai.
Buona parte della giornata trascorse in questo modo, come se una corrente silenziosa mi trasportasse altrove. Alberi scarni, senza foglie, nubi, roveti, sassi, qualche fico d'India raccolto con tante precauzioni e mangiato alla svelta, e ancora alberi, sassi e l'immensa solitudine di questa campagna deserta, ostile, inospitale: gli angoli perduti della Sicilia, un tempo amati da Cerere e da Dioniso e da allora dimenticati da Dio.

Tra poco sarebbe scesa la notte. Per adesso, mentre un venticello cominciava a scuotere i rami brulli di qualche rara betulla e il cielo leggermente coperto, in mezzo lutto, già scuriva, seguitavo ad avanzare.
Sempre allo stesso ritmo, un passo dopo l'altro, in una specie di *trance* che mi impediva di realizzare che camminavo da tanto tempo, avevo raggiunto la strada nazionale – quella che da Lascari va a Cerda e da lì a Palermo.
Girandomi verso il cammino che avevo già percorso, scorsi un giovane pastore dai capelli neri coperti di polvere. Io ero il cittadino in camiciola e pantaloni di cotone blu, lui l'eterno contadi-

no che malgrado la giovane età era già vestito di velluto nero a coste dalla testa ai piedi. Mi seguiva, lo sguardo torvo, o almeno così mi pareva.
Alla prima occhiata mi dissi che doveva essere uno dei quei ragazzotti mal messi, per nulla divertenti, taciturni, che in tutta probabilità vivevano da soli, le pecore e il cane come unica compagnia e famiglia. Una strana angoscia che pensavo di non dover più provare mi afferrò alla gola.
Costeggiando gli alberi che delimitavano la strada, bruscamente deviai sulla destra, traversai correndo la nazionale, poi mi girai a guardare indietro. Forse a causa del mio sguardo di animale braccato, vidi che il ragazzo scoppiò a ridere.
«*Runni vai accussì?* Dove vai, così» mi gridò, dirigendosi verso di me.
«E tu?» feci con il coraggio della disperazione.
«Io?» rispose stupefatto. «Io qua sono a casa mia».
A mano a mano che si avvicinava vidi che in una specie di sacco di tela che gli pendeva da una spalla aveva un'anguria. Spinto dalla fame e dalla sete, feci un gesto esplicito con la testa e finii col chiedere:
«Non me ne daresti una fetta?».
Il ragazzo spalancò gli occhi, erano di un blu insospettabile.
«Una *fiedda*?» fece ridendo.

E aggiunse subito:
«Tieni, te la do tutta intera. Prendila. È tua».
Con un gesto sciolto posò l'anguria per terra e attese, come se mi volesse studiare. Poi, vedendo quanto fossi maldestro ad affrontare quella specie di pallone rotondo che non sapevo aprire senza che esplodesse, da una tasca dei pantaloni tolse un coltello a serramanico che avrebbe fatto impallidire di paura e invidia tutti i bambini di questo mondo. Ci fu uno scatto. Mi tese la lama con un movimento franco, senza ambiguità, e disse sorridendo:
«Tieni! Prova con questo! lo sai usare?».
«Sì» dissi timidamente.
Con un colpo deciso aprii l'anguria e ne tagliai diverse fette. Poi, chiudendo il coltello con un gesto che si voleva esperto, fiero di me glielo restituii ringraziandolo.
Un breve istante, il rosso vivo, color sangue, del frutto punteggiato da una scarica di semi neri e brillanti mi dette la nausea. Le gambe ferite di mio fratello mi tornarono alla memoria. Ma, presto, spinto dalla fame, inghiottii la prima fetta golosamente.
Gli occhi blu del ragazzo erano sempre fissi su di me. Vedendo le ferite che avevo al viso e le tracce di sangue che ancora mi macchiavano i vestiti, esclamò:

«*Minchia! E che ti successi?*».
Trangugiai una seconda, poi una terza fetta di anguria, mi asciugai lentamente le mani sui pantaloni e risposi, esitando:
«I tedeschi».
«*I Tirischi?*» fece con un tono poco convinto.
Vedendo il suo scetticismo non insistetti. Allora aggiunse, a commento:
«Tedeschi o no, sei bene ammaccato».
Aperto, amichevole, per nulla mugugnoso o introverso, quel contadino smentiva tutte le leggende. Mostrandosi realmente interessato a quello che mi capitava, mi chiese ancora:
«E dove vai, così?».
Un'improvvisa corrente di amicizia parve stabilirsi tra di noi. Giocai sulla franchezza.
«Dove vado? Mio fratello è in ospedale a Lascari, ho certi amici a Cerda, ma è a Palermo che voglio andare. Voglio andare da mia madre».
«Palermo? È lontano Palermo!» commentò.
«Lo so. E che devo fare?».
Il pastore guardò il cielo:
«È che è tardi. Sono già le sei meno un quarto...».
Non capivo dove volesse arrivare e non potei che ripetere stupidamente:
«Lo so, e allora?».

Il volto del pastore si illuminò.
«Allora niente» disse. «Ho un'idea. Vieni con me».
La fiducia. Senza riflettere mi lasciai guidare attraverso i campi. Avevamo appena aggirato la scarpata di un vecchio burrone senz'acqua quando, alla svolta di un boschetto, vidi in basso, un po' più lontano, un bardotto – uno di quei muletti dall'aria simpatica anche se perennemente triste. Avvicinatici all'animale, il ragazzo fece qualche passo fino a un muretto sormontato da filo spinato che segnava il confine del pascolo. Si preparava a superarlo di un balzo ma invece fece un salto indietro e si appiattì al suolo.
Appoggiatosi quindi al muretto, proprio sotto il filo spinato, si alzò lentamente, le mani nelle tasche dei pantaloni, tese le orecchie, e lanciò uno sguardo circolare attorno a sé. Una contadina, un fazzoletto variopinto annodato sui capelli, era appena entrata in un pollaio.
Il giovane pastore si girò verso di me, mi fece segno che non mi mostrassi e mormorò, in un soffio:
«Mia zia».
Ammutolito dalla paura, mi chiesi se ci avesse visto. Non appena la zia si fu allontanata il ragazzo entrò nel recinto, alzò il ramo che serviva da bar-

riera, si arrampicò sul dorso del muletto e si portò accanto al muro ché anch'io vi potessi salire.
Partimmo senza rumore e, come vecchi complici, incollati l'uno all'altro, lasciammo che il destriero ci portasse verso luoghi più sicuri.
Percorremmo molta strada. A un certo punto, discesa una lunga scarpata, il pastore esclamò:
«Guarda, ci siamo! Siamo a Cerda. Cosa vuoi fare? Dove abitano i tuoi amici?».
Risposi, a mia stessa sorpresa:
«Piuttosto morire che tornare da loro».
«Lo immaginavo» fece lui, semplicemente.
Daccapo consultò il cielo con occhio esperto.
«Forse non è troppo tardi, ti accompagno alla stazione. Con un po' di fortuna... Un treno di notte, chissà?».
Sui due lati delle file di pali telegrafici che sovrastavano la strada ferrata, i piccoli ceppi torti e neri delle vigne si succedevano interminabili nella terra arida e il vento ghermiva il fumo di una locomotiva appena arrivata facendolo girare, spazzandolo, con un rumore sordo d'acqua che bolliva.
Saltando dal muletto, corsi verso la stazione lasciando che il pastore legasse la cavalcatura al solo albero che nasceva di fronte all'ingresso.

Lungo i marciapiedi deserti, un rosario di vagoni dai sedili di legno si immobilizzò davanti a me con un fracasso stridente di ferraglia. Capii subito che quel trenino sgangherato era la mia fortuna, mi salvava la vita. La vettura di testa era già da sola tutta una speranza. In grandi lettere nere su fondo bianco portava la scritta «Messina-Palermo».
Mi ci diressi, affrettandomi a salire a bordo. Poi, ripensandoci, presi posto in un vagone di terza classe - un compartimento non lontano dalla ritirata, dove avrei potuto nascondermi per sottrarmi al controllore.
Sul marciapiede, il capostazione sembrava semiaddormentato, il berretto rosso in equilibrio sul ginocchio, gli zigomi che parevano passati alla pietra pomice. Per lui, quello era l'ultimo treno della sera, dopo una lunga giornata di lavoro lo aspettava una buona notte di riposo.
Spostando con precauzione la tendina per non attirare la sua attenzione, feci un gesto discreto al giovane pastore che mi stava cercando con lo sguardo. Temendo che non mi avesse visto, correndo ogni rischio gli lanciai un grido di addio. Al grido rispose subito un colpo di fischietto. Il ferroviere dava il 'via libera' e il treno si mise in moto. La stazioncina dagli scuri dipinti di verde comin-

ciò a sfilarmi davanti agli occhi. Un groviglio di rotaie rese luccicanti dall'uso si stendevano davanti e dietro di me inseguendosi all'infinito. Il convoglio si immergeva già nella notte quando udii nettamente il pastore urlare a squarciagola:
«*Accura a tia, palermitanu!* Sii prudente, palermitano. E buona fortuna».
«Buona fortuna» risposi allora, al vento.
Per la prima volta ero combattuto tra il desiderio di ritrovare mia madre e la tristezza di lasciare un amico.

34

Quella mattina Patton aveva fatto recapitare a Cleo un messaggio quasi lapidario: primo, la invitava a cena, secondo, sarebbe passato a cercarla lui stesso verso le dieci. Lasciato quindi il Palazzo si era diretto a Porticello dove era andato alla ricerca delle due aragoste che intendeva far servire la stessa sera a cena. Soltanto allora, benché si fosse ripromesso di non lasciarsi scoraggiare dai messaggi che arrivavano da Washington, si era deciso ad aprire il plico che gli era stato consegnato quando stava per salire sulla jeep. Servendosi dei canali riservati normalmente alle questioni militari ed evitando così di parlargli direttamente, il medico dell'ospedale di Lascari aveva preferito spedirgli quella missiva per raccontargli la nostra avventura.

«*Se mi permetto di sollecitare direttamente la Sua attenzione, è in quanto questi ragazzi non soltanto sostengono di abitare nel Suo stesso palazzo; affermano anche di conoscerLa personalmente e non posseggono altra referenza se non la Sua*».

Leggendo il messaggio, Patton aveva provato rabbia per ciò che gli si diceva ma anche un gran sollievo. Dopotutto eravamo vivi ed era quello che importava. Tornando da Porticello avrebbe incaricato il tenente March di informarne mia madre con tutte le dovute precauzioni. Probabilmente in un secondo tempo avrebbe dato istruzioni affinché un'ambulanza militare ci venisse a cercare a Lascari – sempre, naturalmente, che fossimo trasportabili. D'altro canto, il medico era stato esplicito, al riguardo: «*È mio dovere formulare qualche riserva sullo stato di salute del fratello maggiore. L'amputazione di un dito della mano destra e le profonde ferite alle gambe e all'inguine rendono una sorveglianza medica ancora necessaria*».

Dalla finestra della sua stanza, vedendo il tenente March che si dirigeva verso casa sua, Cleo discese le scale di corsa a farglisi incontro. Ma ritornò lentamente, a testa bassa – l'ufficiale la aveva informata che il Generale sarebbe arrivato in ritardo all'appuntamento. La notizia della nostra disavventura aveva avuto l'effetto scontato. La Cinese, mortalmente preoccupata, aveva fatto chiedere a Patton di aiutarla a recarsi immediatamente al capezzale dei suoi ragazzi. Solo che, patatrac!, proprio mentre Patton requisiva un'au-

tomobile affinché il suo autista personale conducesse mia madre immediatamente a Lascari e contemporaneamente faceva avvertire i responsabili dell'ospedale di quella visita fuori programma, ecco che la notizia della mia scomparsa complicava ogni cosa. In primo luogo perché era impensabile che mia madre ne fosse messa al corrente; inoltre perché la mia fuga coinvolgeva la responsabilità dell'ospedale americano.
Prima di rimettersi di postazione presso la finestra, al coperto dagli sguardi inquisitori dei genitori che chiacchieravano nel salone, Cleo passando aveva preso in mano il ritratto di Patton che conservava in camera da letto come un'icona da venerare. Quant'era bello, coraggioso, protettore, penetrante, caldo, audace (non abbastanza, per i suoi gusti), insolente, cortese e soprattutto vivo, quell'uomo!
Tenendo il ritratto tra le mani si era lasciata cadere sul letto, gli occhi presi da una strana febbre. Per tutto il giorno non aveva pensato che a lui, felice di constatare con quali difficoltà era riuscita a resistere alla dolcezza di quegli equivoci incontri (troppo pochi, per i suoi desideri) ai quali il Generale aveva avuto l'audacia di invitarla. Nella noia dell'attesa, si assopì. E adesso, in sogno, lo rivedeva.

Nella magia di quel dormiveglia gli diceva che doveva sbrigarsi, il giorno della partenza si avvicinava. Era fiera del suo vestitino di satin, morbido come una sottoveste, che Patton le stracciava addosso con grande sensualità prima di portarla, nuda, nella Stanza Cinese del Palazzo Reale dove tanti amori dinastici, riflessi nello specchio inclinabile che faceva angolo, erano sbocciati, poi stretti, disciolti, e dove adesso, in ginocchio, lei baciava i piedi del suo meraviglioso rapitore.
La svegliò un sussulto. Lei gli apparteneva. Ma finito il sogno che altro poteva fare se non aspettare? Aspettare che lui venisse alla sua ora e a suo piacere. Se lo avesse voluto, lo avrebbe seguito fino in cima al mondo. Con voluttà, sognava di mordergli le labbra. Lasciava ogni sua volontà alle mani più potenti del destino e sorrideva nell'oscurità.
Egoisticamente dimentica delle disgrazie che colpivano la Cinese, sua amica, e così delle nostre vicissitudini, Cleo fantasticava sulla felicità che l'attendeva. Stiracchiò le braccia perfette e la giovinetta che ancora era in lei immaginò la dolcezza del peso di un corpo d'uomo disteso per la prima volta sul suo.
Dei sassolini batterono alla finestra. D'un balzo, si avvicinò alle gelosie. Patton era lì, un largo sorriso carnivoro sulle labbra. I gomiti sul muretto

e quel suo portamento di felino dalle unghie appena ritratte le dettero una primizia dei fremiti che aveva tanto atteso e tanto sperato.
Discese correndo, si precipitò tra le sue braccia e, lasciato ogni ritegno come se adesso il suo sogno continuasse nella realtà, gli diede un primo lunghissimo bacio.
Senza neppure chiederselo, malgrado l'ora avanzata, anziché raggiungere i lussuosi e freddi appartamenti dove la cena li aspettava già, passeggiarono un po' tra i giardini del Palazzo.
Commossa fino alle lacrime, gli occhi bassi, Cleo prese la mano di Patton tra le sue. Vampate di calore. Sentimenti incontrollabili. Dolce complicità degli inizi. Fruscii di seta in tutti i cespugli. Sì, a te che amo. Sì, a te primo e ultimo. Sì, a te, miracolosamente sorto nella mia vita.
Per un improvviso desiderio di confidarsi con lei, Patton raccontò dei lunghi mesi di attesa, di sofferenza, di solitudine, di ombre e umiliazioni che non aveva mai confessato. Una liberazione.
Silenziosa, Cleo lo contemplava con tutta la gravità della gioventù e gli si strinse contro mordendogli teneramente le labbra.
«Amore, amore, amore!».
«*My sweetheart!*».

«Sì, lo so, sono una bambina, un'idiota. Ma che vuoi? Ho voglia di piangere. Ho voglia di saltare. Ho voglia di urlare. Ho voglia di te».
Tacque, un po' vergognosa. Come era cambiata! L'idea che Patton stava per partire le faceva nascere insospettabili audacie.

Cleo allontanò le labbra, riaprì gli occhi emergendo dalle profondità di un universo infinito. Gemendo di piacere lo supplicò di lasciarla andar via ma si strinse ancora più forte contro di lui. I loro corpi si fondevano. Il desiderio si insinuava in lei poggiando il suo lungo dito di fuoco sotto la gonna di satin; la scia bruciante saliva, si arrestava, riaffermava il suo potere, sempre più forte, assoluto. Soli notturni le roteavano dentro la testa.
Distesa sull'erba, nuda, Cleo sentiva adesso il peso del suo amante su di sé e planava nella più alta delle quattro sfere celesti: i dolci empirei dai fuochi eterni. Patton aveva vent'anni. Reni protese, corpo in estrema tensione, faceva l'offerta di se stesso a una donna abbacinata e che lo amava dal più profondo del suo essere. Avviso di gioia. Monito dell'uomo alla donna che penetra e che sorride con beatitudine e smarrimento. La vita gli sfuggiva in gioiosi tumulti.

Un lungo silenzio, come per assaporare le delizie del piacere e fissarle per sempre nel palinsesto della memoria. Poi, placati i singhiozzi, Cleo pudicamente si coprì, cercò conforto presso il suo seduttore, e con una voce profonda da far trasalire i demoni gli disse:

«Grazie a te, sono finalmente donna».

Era felice di essere andata fino in fondo al desiderio. Abbagliante di sensualità gli dette un lungo bacio e mormorò tra le labbra:

«Signore abbi pietà di me...».

Raddoppiando d'audacia Patton la strinse a sé e la possedette una volta ancora. È credibile che in quelle circostanze non avesse l'animo di chiedersi esattamente a quale «signore» la supplica fosse diretta.

35

Il sole si era appena alzato e già c'era grande effervescenza nel cortile centrale del Palazzo. I militari si attivavano in un balletto incessante di veicoli di ogni sorta. Si smontavano le tende di fortuna. Si coprivano i camion con i loro teloni. Si facevano brillare le auto: tutto lasciava credere che, senza aspettare di aver ricevuto la minima istruzione, Patton, come era sua abitudine, avesse già dato il segnale della partenza. Ciò che restava dell'Alto comando della VII Armata doveva essere pronto a partire a ogni istante. Non c'erano dubbi secondo lui, che il giorno fatale si avvicinava. Vedendo il mio volto segnato dalla stanchezza e i residui metallici che lo punteggiavano come pustole dopo una violenta scarlattina, senza parlare dell'aspetto miserevole che mi faceva somigliare a uno di quei monelli dipinti da Gustave Doré, l'MP di fazione all'ingresso principale del Palazzo, a Piazza Indipendenza, smise di masticare il suo bravo chewing-gum. Mi guardò con stu-

pore e si precipitò al posto di guardia per avvertire i superiori.
Ignoravo che per la cerchia immediata del Generale, la mia scomparsa dall'ospedale da campo coinvolgeva la sicurezza militare. Come ero riuscito a sottrarmi all'attenzione dei soldati di guardia? Questo per loro non era soltanto un mistero ma un'inammissibile mancanza dei loro servizi.
Il giorno si alzava pigramente. La mattinata si annunciava dolce e chiara. L'aria sapeva di sale marino, di salamoia: fragranze che scacciavano per momenti quelle della resina, della lavanda, del limoncello e dei fiori esotici che a sbuffi si alzavano dal giardino, portati da una leggera, incostante brezza di terra.
Una certa agitazione – la tensione febbrile che precede ogni transumanza – sconvolgeva il Quartier Generale di Patton, dove la Cinese si era recata alle prime ore del giorno per sapere quando sarebbero venuti a cercarla per condurla a Lascari. Sotto le volte reali, in fondo agli appartamenti accuratamente stuccati, nel deserto e nelle ombre della sua solitudine, il cuore della mia madre Coraggio era gonfio di speranze contraddittorie, di attese, di promesse lontane e di singhiozzi a malapena trattenuti.
Dopo averla ascoltata, un sottufficiale di passag-

gio, uno sbarbatello appena arrivato, si era permesso di abbaiarle:
«*It's not my problem, lady*. Ritorni a casa, la informeremo».
«Ma si tratta dei miei figli» aveva gridato lei, le lacrime agli occhi.
Poi, di fronte all'indifferenza con cui il ragazzotto aveva reagito al suo dolore, aveva finito per gettargli in faccia il fazzoletto, minacciandolo con quel tono altero che era il suo, e che di solito paralizzava gli interlocutori:
«Mi si tolga di torno o la prendo a schiaffi!».
Poiché i militari di West Point facevano molto meglio in questo campo, l'effetto sperato non era stato ottenuto. Il sottufficiale era furente. Per fortuna il buon Rainwater passava di là e ne era seguita una lunga spiegazione in americano. I termini erano in gran parte sfuggiti alla Cinese meno le parole «*friend*» e «*Patton*» che, appena pronunciate, avevano cambiato la situazione in suo favore.
«*Sorry, sorry, I'm so sorry!*» aveva esclamato il giovanotto, confuso.
Ma la Cinese non aveva lasciato la presa finché non era stata rassicurata come si doveva: un'automobile sarebbe stata messa a sua disposizione entro un'ora.

All'esterno, in un'agitazione febbrile più o meno simile a quella che aveva regnato all'arrivo degli uomini del Quartier Generale, una massa di operai siciliani invadeva il Cortile della Fontana tossendo, sputando, brontolando, martellando, sudando, cantando, urlando: in una parola vivendo. Stavano alzando in fretta una grande impalcatura. La cornice superiore del patio minacciava a ogni istante di crollare.

Quando giunsi sotto le finestre della mia stanza mi assalì un dubbio. I racconti, tante volte ascoltati, delle dolorose reazioni emotive ai 'ritorni improvvisi' oscurarono il mio entusiasmo. Potevo semplicemente presentarmi così alla Cinese? Che ne sapeva lei di cos'era successo? Era al corrente degli interventi chirurgici che mio fratello aveva subito? E non la avrei spaventata con quella camicia sporca di sangue e il viso miserevolmente butterato? Senza esitare e malgrado la stanchezza, tornai indietro. Anche se ero senza notizie delle gemelle da quella famosa partenza per Cerda in compagnia della madre, sapevo che Silvia mi avrebbe aiutato.
Per un lungo momento andai su e giù, sotto casa loro, poi trovai il coraggio di suonare.

A quell'ora mattutina, impossibile riaddormentarsi, Silvia si agitava nel letto. Forse un presentimento. In uno stato di torpore abbracciava il cuscino, spiava improbabili messaggi, cacciava le cattive nebbie di una notte largamente popolata di fantasmi.
Sentendo il campanello suonare nell'ingresso, una volta, due volte... alla terza, visto che nessuno si decideva ad aprire, Sandra, la gemella, si spazientì:
«Silvia, la porta! Cosa aspetti? Va a vedere chi è!» gridò, guardandosi bene di scendere lei stessa dal letto.
Da brava sorella minore – quante volte le era stato detto che era nata qualche minuto dopo Sandra! – Silvia si alzò, nascose il suo orsacchiotto di pezza sotto le lenzuola, si ricordò che la sua camicia da notte era trasparente, si coprì con un lungo camicione da nonna, e andò ad aprire all'importuno.
Vedendomi, gridò:
«Madre mia, che ti è successo?».
«Una lunga storia» dissi, grattandomi la fronte come un lebbroso e incapace di darle su due piedi tutte le spiegazioni che avrebbe voluto.
Questa volta, Silvia mi scrutò attenta, trattenne

le lacrime dell'emozione, mi baciò delicatamente sulla guancia e mi fece segno di entrare. Rimasi lì, immobile, pensando per un momento all'universo dal quale ero fuggito. Rendendosi conto della mia esitazione, mi rassicurò:
«Entra, entra! La mamma è sempre a Cerda, papà dorme e poi, come sai, è sordo. Quanto a Sandra, chi la strappa dal letto?».
Invece, appena entrato, udii proprio la sua voce:
«Chi è?».
Per tutta risposta, la sorella ribatté:
«Non avevi che da alzarti anche tu e aprire la porta, cara mia. Ora lasciami in pace».
Ero impaziente. Passava il tempo. Silvia propose di dividere con me la sua prima colazione.
«Non ne ho il tempo. Ho bisogno di te» dissi con voce strozzata.
Silvia sollevò un sopracciglio in un'espressione interrogativa. In piedi vicino alla biblioteca la guardavo appiattirsi in un canapè d'angolo con la stessa grazia di quel giorno, così lontano ma anche tanto vicino, quando, dopo avermi teneramente smaliziato, era venuta a rannicchiarsi tra le mie braccia.
Arrossii per il forte desiderio di baciarla. Quanto era bella e come la desideravo! Non le sfuggì

lo sguardo impercettibile che le posavo sulle labbra e già mi tendeva le braccia quando, non resistendo alla curiosità, Sandra spinse la porta con fracasso ed entrò nella stanza.

«Santo cielo, sei un Cristo!» gridò a sua volta.

E aggiunse subito, con un tono angosciato:

«E tuo fratello? Dov'è tuo fratello?».

Chiaramente, erano tutte e due all'oscuro delle nostre avventure. D'altra parte sarebbe stato del tutto vano aspettarsi che la loro madre, vinta da un improvviso sentimento di colpa verso di noi, avesse pensato a informarle.

Spinto dall'urgenza di rivedere la Cinese e temendo che impietosendosi della nostra sorte Sandra mi facesse perdere tempo, risposi piuttosto freddamente:

«Pino sta bene, è di mia madre che mi preoccupo, semmai».

«Tua madre?» si spaventò Silvia.

«Voglio dire che vedendomi arrivare così si potrebbe spaventare. Se invece tu, Silvia, mi accompagnassi, se parlassi con lei preparando il terreno, rassicurandola, allora magari...».

«... allora Zorro non dovrebbe fare altro che sfoderare la spada» rise lei, per nascondere un leggero tremito delle labbra.

«È proprio questo, esattamente questo» replicai, dirigendomi verso la porta perché si sbrigasse.
Silvia sospirò. Con uno sguardo furtivo cercò l'assenso della sorella, ebbe ancora un risolino nervoso e andò presto a vestirsi. Riapparve dopo poco, i capelli annodati in una elegante crocchia e con indosso un vestito la cui larga sottana le dava la grazia e la leggerezza di una ballerina di Degas.
«Voglio confidarti un segreto» balbettai, uscendo di casa.
Avevo l'aria così seria che lei finse un trasalimento e portò le mani al viso come per proteggersi da ciò che le avrei detto. Falsamente inquieta ripeté:
«Un segreto?».
Tanto confusi e disordinati, affettuosi e ingenui, erano i sentimenti che si agitavano dentro di me, che riuscii a malapena a mormorare, timidamente:
«Sei bella, sai?».
Silvia mi guardò con tenerezza, abbozzò un dolce sorriso e riprese a camminare tenendomi per mano. Quando fummo sotto casa mia, il suo volto per un momento si oscurò. Aveva un affetto particolare per la Cinese, che glielo ricambiava bene. Così, pensava già a ciò che le avrebbe dovuto dire.

36

Nella stanza dagli scuri chiusi dove il ritratto di mio padre campeggiava al posto d'onore, la Cinese non aveva neppure più il coraggio di pregare. Restava all'Eterno, ormai, di capire il suo dolore, a lui di fare in modo che le cose cambiassero. E di aiutarla. Con i due figli in pericolo, la sua solitudine aveva preso dimensioni da tragedia greca. Anche il pianoforte era silenzioso. Persino Bach e le sue *Variazioni Goldberg,* che tante volte la avevano aiutata a superare i momenti difficili della sua vita, erano finiti nel dimenticatoio. Per fortuna che detestava il colore nero, altrimenti il quadro sarebbe stato completo.
Nei viali del giardino reale aspettavo impaziente che Silvia svolgesse il suo ruolo di messaggera. La Cinese, la sua tenerezza, le sue certezze, anche le sue sfuriate mi mancavano. Non sognavo che una cosa, rannicchiarmi tra le sue braccia.
Silvia esitò ancora qualche minuto prima di decidersi a salire. Stava per suonare il campanello

quando mia madre, mossa probabilmente da un presentimento, aprì la porta e se la trovò davanti.
«Silvia!» gridò, stupita di vederla a un'ora tanto mattutina.
Evitando il suo sguardo la mia «messaggera» avanzò timidamente:
«Posso entrare?».
Notò la profonda ruga che solcava la fronte della Cinese, le occhiaie profonde che tradivano tante notti d'insonnia, l'abbassarsi degli angoli della bocca, così rari in quella donna volitiva. Volle rassicurarla:
«Mi trattengo poco. Solo un momento...».
La Cinese non le lasciò finire la frase. Forse Silvia veniva a prendere notizie, meglio che non gliene parlasse.
«D'accordo, ma allora solo un momento. Come hai visto, stavo per uscire... Mi devono venire a cercare» rispose, con la sua cortesia estrema.
Una volta entrata le offrì comunque un caffè, precisando:
«Oh, naturalmente non è un espresso. È caffè in polvere, americano, un dono del Generale».
Silvia girava macchinalmente il cucchiaino nella tazza fumante.
La Cinese le chiese:

«Non hai una bella cera, figlia mia. Sei sicura di star bene?».

Silvia scosse la testa negativamente. No, non si sentiva affatto bene. Bruscamente, trattenendosi per non scoppiare in lacrime, le vere ragioni della sua presenza a una tale ora le uscirono di bocca in un torrente di confessioni. In disordine e al limite dell'inquietante. La visita destinata a preparare il terreno per il ritorno del figliol prodigo cominciava male.

Posseduta da una tremenda angoscia, mia madre già temeva il peggio. Come se una tempesta magnetica la avesse privata del suo leggendario ritegno, esternò tutta la gravità di un profondo dolore che finalmente riusciva a esprimere. Parlò della vedovanza, del modo barbaro con il quale le era stato strappato il marito; disse fino a che punto noi, i figli, eravamo adesso tutta la sua vita. Eravamo la sua stessa esistenza. Eravamo la sua terra. Eravamo tutto, ecco.

Silvia lanciò uno sguardo furtivo attorno a sé. Dalla nostra partenza per Cerda, la casa aveva mutato aspetto. Le luci dolcemente smorzate che cancellavano le crepe e riuscivano nella sala da pranzo a creare degli angoli di intimità avevano ceduto il passo a una lampadina elettrica dai bagliori

aggressivamente lattiginosi. Un guasto era all'origine del cambiamento. Un commutatore doveva essere cambiato, ma la Cinese aveva perso ogni entusiasmo. I figli non c'erano, tutto poteva aspettare.
Con l'aiuto dell'anima siciliana, in questo angolo del Palazzo, all'ombra del focoso Patton, era come se si rappresentasse una scena del *Giardino dei ciliegi,* quando il vecchio maggiordomo, dimenticato dai suoi padroni, chiude le imposte di casa per sempre. Una versione che, certo, avrebbe sorpreso il grande Čechov.
La Cinese rabbrividì, si raccolse in un angolo, poi di scatto balzò in piedi, ribelle. La sua vera natura riprendeva il sopravvento.
«Guardami, Silvia. Sei sicura che non mi nascondi nulla?» disse con un tono di voce improvvisamente duro.
«Ma no, le ho detto tutta la verità. Sono qui soltanto per...».
«... per rassicurarmi, per far da cuscinetto tra mio figlio e me? Lo so, lo so. E ti ringrazio. Ma dimmi... con tutto questo come sta? Sta bene?».
Senza fiato Silvia la rassicurò:
«Glielo giuro. D'altra parte, tra pochissimo, lo vedrà lei stessa».

Poi cercando di calmarla sempre di più si perse in un oceano di dettagli via via sulla mia salute, il mio coraggio, la mia incoscienza, la mia maturità, il mio volto ferito (oh, appena!), la mia angoscia a vederla piangere, l'attaccamento profondo che avevo per lei, persino i sentimenti unici che mi legavano a mio fratello. Insomma, trascinata da una febbre, scaricò su mia madre tutto ciò che le passava per la testa. Tutto le andava bene pur di riempire il tempo che la separava dal mio ritorno.
Appena ebbe finito di parlare – un rumore di passi e una porta che sbatteva le annunciavano la mia presenza – Silvia si alzò, lasciò la stanza e andò a guardarsi a lungo nello specchio della stanza da bagno.
La Cinese aveva ragione, aveva il viso davvero stravolto. Restò così, immobile per un lungo momento, fissa e pallida come se qualcuno le avesse tolto la vita. D'improvviso, senza girarsi, si accorse che accanto a lei un altro volto altrettanto pallido, il mio, si rifletteva nello specchio.
«È fatta... l'ho vista... si è messa in pace. E tu sei stata straordinaria!» mormorai con voce rauca.
Silvia si sforzò di sorridere. Era incapace di dire una sola parola. Tenendoci per mano, faccia a fac-

cia, ognuno di noi cercava nello sguardo dell'altro risposte improbabili a domande che non osava fare.

«Sono felice di averti ritrovata. La notte scorsa, nel treno che mi portava verso Palermo, non ho fatto che pensare a te. Non avevo che le lacrime per tenermi compagnia...».

Gli occhi mi si appannarono nuovamente, l'orgoglio di essere riuscito a pronunciare quella frase mi emozionava. Era forse così che gli adulti parlavano d'amore.

Silvia alzò allora i suoi grandi occhi verdi al cielo ed ebbe un sorriso assai eloquente – mi diceva a suo modo che no, non era così che si parla alle donne. Decisamente era un campo nel quale avevo ancora molte cose da imparare.

Arrossendo, ferito nel mio orgoglio di giovane maschio e tuttavia già maldestro, mi ingolfavo in un dedalo di spiegazioni fumose, ma vidi che lei non ascoltava più. Un'improvvisa agitazione aveva appena attirato la sua attenzione.

La Cinese correva in tutte le direzioni. Qualcuno bussava alla porta e poiché si tardava ad aprire i colpi si facevano sempre più forti. Una voce imperiosa – certamente quella del buon vecchio March – risuonò come una tromba:

«Buongiorno signora, suo figlio è lì? Il Generale vorrebbe vederlo».
«Certamente!» fece la Cinese, per nulla sorpresa.
Seguì un silenzio imbarazzato, poi udimmo che chiedeva a sua volta:
«E l'automobile?».
«Non lo so, signora» rispose il March, sempre eccitato. «Vedrà con il Generale. Credo che abbia preso lui stesso le cose in mano».
Mi assalì un violento desiderio di sparire. Avevo la testa in fiamme, ero disperato. Mi sentivo colpevole di tutto ciò che mio fratello e io avevamo fatto sopportare a nostra madre. Ne provavo vergogna.
Lasciando Silvia con un semplice bacetto, un bacio pietoso, sulla punta delle labbra, fuggii in camera mia e chiusi la porta a chiave, a doppia mandata. Appena qualche istante, poi, vinto dalla stanchezza, caddi in un beato languore e finalmente mi addormentai di un sonno pesante.

37

Il generale Patton voleva ripagarsi delle preoccupazioni e dei problemi che mio fratello e io gli avevamo procurato. Deciso a sottopormi a un interrogatorio, aveva scelto l'ambiente solenne della Sala del Trono. Sapeva che, una volta seduto lì, non avrei potuto vedere il mio giudice che in controluce – quella suprema prerogativa dei re che si stava arrogando corrispondeva perfettamente alla sua natura. E io ero il plebeo di fronte a Cesare. Con un gesto ampio della mano mi fece segno che mi avvicinassi. O probabilmente voleva vedere da più vicino a che cosa potesse assomigliare un mostro della mia specie. La vista della mia faccia livida, smunta, segnata da tante piccole ferite non ancora del tutto cicatrizzate, non parve commuoverlo più di tanto. Al contrario. L'espressione del suo volto rimase immutata. E tuttavia, malgrado la luce violenta che mi accecava, credetti di scorgere con chiarezza che gli ridevano gli occhi.

Servendosi di March come interprete mi chiese a bruciapelo:
«*Listen, you, little bastard!* Cosa facevi in un'altra vita? il ladro? l'incendiario? l'avventuriero? lo scassinatore? il *Rocambole*? il pirata?».
«In un'altra vita?» feci sbalordito.
Patton insistette:
«Sì, voglio dire in un'esistenza anteriore!».
E poiché restavo muto si fece ancora più esplicito:
«Guarda me, per esempio: prima di essere quello che sono, voglio dire un generale americano, ho già vissuto una prima vita sotto le spoglie di un legionario romano, poi un'altra – ma questo molto più tardi – come *grognard* di Bonaparte. In breve, ero uno di quei *sons of bitches* come te, sempre pronto a rompere i coglioni al mondo intero. Adesso, lo capisci cosa voglio dire?».
Feci segno di sì. Lo capivo benissimo ma le mie capacità intellettuali non rispondevano più. Troppa tensione, probabilmente. E questo, malgrado gli sforzi che March prodigava per rendermi intelligibili i propositi del Generale e far sì che quell'incontro non mi risultasse troppo penoso. Fu la mia intuizione a venirmi in aiuto. Dovevo a ogni costo entrare nel suo gioco, anche se ciò compor-

tava qualche rischio. Una volta di più la Cinese aveva ragione. La vita è come un gioco di scacchi: il sacrificio intelligente di qualche pezzo a inizio di partita libera il gioco, destabilizza l'avversario e ti aiuta ad arrivare prima allo scacco matto.
«*Asshole!* Buco di culo!» urlò dunque il Generale, per neutralizzare il mio silenzio, che era una confessione.
March non tradusse e Patton rincarò, sullo stesso tono:
«*You know you are a fucking son of a bitch, don't you?*».
Questa volta non ebbi difficoltà a capire. Mi stava trattando da figlio di puttana. Così gli risposi serenamente:
«Mah, cosa posso dirle... Visto che questo complimento viene da uno come lei che in questo campo è un esperto, le credo senza difficoltà».
«*Fuck you!*» esclamò ancora, adesso però nascondendosi il viso nelle mani per nascondere il ridere che lo invadeva.
Più seriamente mi domandò:
«A proposito, cos'hai in faccia, che t'è successo?».
Spalancai gli occhi:
«In faccia? Oh, niente di grave, una bomba a mano...».

Senza nascondere la sorpresa a quel mio apparente distacco ripeté:
«Una bomba a mano? E come lo sai?».
Presi un'aria sgomenta.
«Perché mi pare di aver visto un oggetto metallico rosso e nero che rotolava verso di noi. Perché c'è stato un gran bum! Tutto qua...».
Il Generale cambiò tono e esclamò:
«Perdio, complimenti! Hai avuto fortuna! Normalmente con quegli oggetti là si muore, lo sai?».
Con fatalismo siciliano risposi sospirando:
«Normalmente... sì, lo so...».
Per un istante credetti che Patton stesse per scendere da quel suo trono che scorgevo in controluce per venirmi ad abbracciare. Invece, frenò il suo slancio e cambiando argomento chiese:
«E adesso dimmi un po', come hai fatto a fuggire dall'ospedale?».
Capii dal tono della voce che il clima generale dell'incontro stava girando in mio favore. Senza darmi la pena di scansare la domanda o di tentare di giustificarmi, spiegai:
«Sono uscito da dove ero arrivato, per l'ingresso principale».
Il Generale si rivolse a uno degli ufficiali che gli

stavano al fianco, commentò le mie parole scuotendo la testa e riprese:
«Come mai nessuno ti ha visto partire?».
La mia risposta rifletté l'evidenza:
«Probabilmente perché non correvo. Camminavo normalmente, come se andassi a prendere un po' d'aria. Devo dire che là dentro puzzava, un orrore!».
Il sorriso di Patton si accentuò. Disse:
«Il sangue non profuma di rose, lo sai?» e aggiunse con perfidia:
«E com'è che hai abbandonato tuo fratello? Non hai avuto paura a lasciarlo tutto solo, laggiù?».
March, che svolgeva sempre quel suo ruolo di interprete protettore, notò il mio stupore.
«Paura di cosa? È in ottime mani. E poi dovevo assolutamente tornare da mia madre, non c'era che lei per farlo uscire da là...».
Patton tirò un lungo sospiro ed esclamò:
«Per quello hai ragione, vecchio mio!».
Mi infilai in quella breccia e profittai per chiedergli, la voce che un po' mi tremava:
«E lei, ha notizie di mio fratello?».
Patton scosse la testa. Si era alzato e camminava su e giù mentre lo guardavo. La voce gli si fece più grave ma anche più affettuosa:

«Non te ne preoccupare, ho fatto tutto ciò che occorreva...».
«E mia madre lo sa?».
Patton zittì, fece un segno ai suoi soldati – per quanto lo riguardava, l'incontro era finito. Prima di uscire, però, mi si avvicinò, mi passò la mano tra i capelli ed esitò un momento in preda a Dio sa che pensieri. Poi, sulla soglia della porta, quando già stava lasciando la Sala del Trono, mi disse, più rassicurante che mai:
«Lo sa, lo sa! Naturalmente che lo sa!».

38

Una volta tanto faceva cattivo tempo. La Cinese, dopo aver fatto la doccia mentre io ancora dormivo, aveva aperto la finestra della sua camera dicendosi: 'Pioverà. In fondo, per mio figlio, preferisco così. Farà meno caldo e lui avrà meno difficoltà a stare a letto a curarsi le ferite che se ci fosse il sole'.
Il giorno avanti, prima del mio 'interrogatorio' sotto le volte leggendarie della Sala del Trono, anche la Cinese era stata ricevuta da Patton ma con tutt'altri riguardi. Adesso che ero tornato a casa, che mi aveva ritrovato, il solo pensiero che la ossessionava era quello di mio fratello. Per questo, era urgente che il Generale mettesse un'auto a sua disposizione. Era urgente che lei andasse al capezzale di Pino. Era urgente farlo tornare a Palermo. Tutto era definitivamente urgente.
Alla fine, però, il Generale non aveva ceduto. Improvvisamente, per ragioni che sarebbero rimaste senza spiegazione, l'idea stessa che un'auto-

mobile dell'esercito americano dovesse condurre mia madre a Lascari pareva irritarlo. Per quanto avesse insistito, la Cinese non ottenne nulla. Tutto sembrava bloccato, non c'era più un'uscita. Aspettandosi che il Generale si irritasse, fu invasa da una solitudine che la pietrificava. La rabbia di sentirsi nell'impossibilità di agire la paralizzò. Turbato da tanta cieca disperazione, Patton finì col cedere:
«OK. Visto che insiste» disse, «manderò uno dei miei uomini a cercarlo. Preferisco fare così. Adesso torni a casa. Suo figlio sarà qui domani, alle prime ore della mattina».
Poi, davanti al dubbio che impercettibilmente le si disegnava negli occhi, aveva persino aggiunto: «Glielo prometto, signora, parola di soldato!».
«Parola di soldato!». Venendo da lui, quelle tre parole erano bastate a calmarla. Per mia madre erano una certezza. Meglio ancora, si sarebbe detto che per un effetto magico lei avesse ritrovato il suo sorriso come se mio fratello fosse già di ritorno, là, accanto a lei.

Adesso, anche se la notte era stata lunga, la gioia di rivedere suo figlio e di saperlo fuori pericolo la riempiva di felicità. Attiva come non mai, ave-

va messo in ordine la camera, fatto e rifatto il letto finché non aveva trovato lenzuola di lino abbastanza comode e leggere ché le gambe di Pino riposassero al fresco.
Bruscamente, come capita talvolta quando l'attesa finisce per ferirci con la tensione quasi sadica del suo prolungarsi, un'ondata di sentimenti e ricordi segreti la sommerse, obbligandola a rivivere una giornata ben più dolorosa – quella della scomparsa di mio padre. Assalita dall'angoscia, venne a svegliarmi come se cercasse di scacciare la sua solitudine. Non chiedeva che questo. Ma le prime sofferenze fisiche della mia vita e il passaggio all'adolescenza mi avevano già iniziato all'egoismo.
«Lasciami dormire, mamma. Sono stanco» dissi, recalcitrante a darle ciò che, per una volta, lei osava chiedere. È vero che ero il figlio e che nella mia cecità di figlio mi rifiutavo di vedere quanto l'amassi.

In cucina, il vapore che fuggiva dal bollitore faceva tremare i contorni delle cose. Il tempo di prendermi un caffè e la Cinese tornò alla carica:
«Vieni, accompagnami. Preferisco aspettare all'aperto. Vado a Piazza Indipendenza, qui mi manca l'aria. Soffoco».

Trasalii, ma che idea! Non sapendo che dire la seguii comunque o più esattamente la precedetti di qualche passo. Camminavo davanti a lei come un automa per farle notare la mia contrarietà.
Era una giornata assai strana. Alzatosi all'improvviso, un leggero vento di terra aveva rapidamente ripulito il cielo di ogni nube. Il dolce tepore di quella stagione palermitana si spandeva sui giardini di Villa Bonanno. Dal vicino quartiere di Ballarò già salivano le prime grida dei pescivendoli che vantavano la loro mercanzia, fresca, appena arrivata.
I raggi di un sole primaverile giocavano con le foglie degli alti palmizi e laggiù, di fronte a noi, si formavano come dei miraggi. L'asfalto luccicava come l'acqua. In lontananza, le rare carrozzelle che venivano dalla vicina cattedrale sembravano fluttuare nell'aria.
Un'ambulanza militare spuntò di fronte a noi, i fari accesi. La Cinese esultò:
«Eccolo, è qui. Svelto, sbrigati, rientriamo. Ho orrore di dare spettacolo».
Era felice. Era gaia. Il suo viso irradiava giovinezza. Mia madre era più bella che mai.

39

Il Cortile della Fontana era tutto un frastuono, il rumore che accompagna le grandi manovre. L'*armada* mobile della VII Armata, o perlomeno ciò che ne era rimasto, rombava con tutti i suoi motori. L'effervescenza era al colmo. Casco sul cranio, stivali al ginocchio, medaglie sul petto, impeccabilmente vestito dalla testa ai piedi come per una parata, Patton gridava ai suoi soldati:
«In un mese, tra qualche giorno, qualche ora... domani, vi porterò all'inferno!».
E i suoi uomini, rigidi sull'attenti come soldatini di piombo disposti a ranghi serrati su un immaginario campo di battaglia, fremevano, pietrificati ed elettrizzati insieme per una scarica emotiva di origine quasi sovrumana.
L'operazione *Overlord*, come fu definita in codice segreto la traversata della Manica per lo sbarco in Normandia, era in gestazione. A Washington quasi si recitava già quella commedia che avrebbe potuto intitolarsi: «Patton, il ritorno». In

effetti, il suo prestigio e i suoi ottimi rapporti con i francesi erano argomenti in suo favore. Così, quando il presidente Roosevelt, di ritorno dalle riunioni strategiche del Cairo e di Teheran, si fermò in Sicilia, il Generale capì che dopo cinque lunghi mesi di terribile attesa la sua messa in quarantena stava per finire.
«*Il mio destino è assicurato ed ero pazzo o forse anche vile a dubitarne. Ora sono in marcia verso nuovi successi*» scrisse allora alla moglie. E poiché l'anno finiva, aggiunse: «*Spero di riuscire a battermi di più e meglio nel 1944. Il Destino mi sosterrà favorevolmente*».

Non lontano da lì, sognante e del tutto estraneo alla confusione che a poco a poco si affievoliva, e per quanto le mie scarpe fossero bucate e così colme di un'infinita stanchezza, saltellavo da un riquadro all'altro del gioco del mondo.
Solo.
Da quando anche mio fratello era tornato, vivevo e giocavo sempre da solo. Ferito, colpito nella sua stessa carne, incapace di spostarsi senza l'aiuto delle stampelle, Pino viveva come fosse in catalessi, tanto la sua mente era altrove. E per quanto la nostra complicità restasse intatta, essa ormai

si manifestava soltanto con qualche occhiata furtiva o con dei piccoli gesti, impercettibili segnali delle mani. Gli sguardi febbrili, elettrizzati, erano finiti. Finite anche le corse folli, le fughe selvagge attraverso i labirinti del Palazzo Reale. Finiti i piani audaci sulle fiammeggianti comete del sogno. Il quotidiano, nient'altro che il quotidiano. Un rapporto che si riassumeva in uno scambio vicendevole di assistenza. Un infermiere benevolo contro un mago addormentato. La vitalità, l'inventiva, l'entusiasmo, la rivolta, il sogno: tutto ciò che aveva fatto sì che fossimo in perenne guerra contro le forze psico-chimiche distruttrici della vita, si era ridotto a una sorta di encefalogramma piatto. L'età che chiamano della ragione ci aveva raggiunti. E con essa erano venuti i rimorsi, gli scrupoli, le paure, i rimpianti e la realtà, dove però non accade nulla che non sia rigorosamente conforme alla logica. Colui che mi aveva insegnato a superare me stesso, a camminare con i piedi per terra ma cavalcando le stelle, la sola creatura capace di capirmi (e campassi cent'anni non troverò mai nessun altro come lui), una delle basi stesse della mia vita si allontanava lentamente per tuffarsi nell'universo glauco degli adulti. Oggi, gli bastavano due parole prima di cola-

zione o prima di cena. Poi il bacio della sera. E la buona notte.
Saltavo dunque sui riquadri del gioco del mondo quando ebbi la sensazione che qualcosa mi scivolasse tra i piedi. Una cosa indefinibile, come spinta dal vento, per quanto l'aria fosse stagnante. Un odore di legno bagnato si spandeva nell'aria. Una musica jazz in parte coperta dal vociare degli operai che lavoravano al restauro della cornice del patio, e adesso tornavano al lavoro dopo la lunga pausa del pranzo, mi strinse il cuore. La cornetta di Glenn Miller suonava *In the Mood* forse per l'ultima volta. Gli Americani si stavano dando da fare. Tutto aveva il sapore della partenza. Sentivo che, presto, il cerchio si sarebbe chiuso.
Cacciati dagli operai, dei pipistrelli si erano rifugiati, spaventati, in alto sotto la cornice. Patton passò davanti a me e mi fece il saluto militare. Rideva. Senza nessuna ragione, non sapendo che fare, forse per stizza pensando al tempo che passava, diedi un gran calcio a un mucchio di travi che erano servite a innalzare l'impalcatura. Nuovamente sentii qualcosa di molle e vivo sfiorarmi. Un acuto morso a una gamba mi fece sussultare. Urlai di dolore. Un grosso topo,

uscito da sottoterra come un mostro cieco, si dibatteva pendendo da una delle mie caviglie. Impossibile liberarsene, mi mordeva ormai così fortemente il tendine del piede che lui stesso non riusciva più a lasciare la morsa. Messo in allarme dalle mie grida, Patton rapidamente tornò indietro.

Urlò:

«*Don't move!*».

Tutto si svolse rapidamente. Il Generale portò la mano alla cintura, afferrò la pistola dall'impugnatura d'avorio, e mentre io mi piegavo su me stesso, sparò.

Uno sparo. Una detonazione assordante. Colpito nella parte grassa del ventre il topo letteralmente esplose. Sanguinavo e il mio sangue, mescolandosi a quello dell'animale, mi era schizzato addosso sporcandomi al punto che Patton, per un momento, pensò che una scheggia della sua pallottola mi avesse colpito.

Tutto cominciò a girare attorno a me. Ero l'asse immobile di un mondo in vertigine. Le gambe tremavano, il corpo si fece leggero. Un uccellino, felice di vivere, gorgheggiava a gola spiegata gonfiando le sue piume piene di sole. Due MP arrivarono di rinforzo. Uno di loro mi prese in braccio e nascose il sangue che colava con un foglio di giornale. «Portatelo a casa, io chiamo un medico!» ordinò il Generale ai due soldati.

Quello che mi aveva in braccio si diresse verso casa mia, suonò alla porta, entrò, riferì brevemente alla Cinese, stupefatta, cos'era accaduto, mi depose sul letto. Disse infine, per rassicurarla:

«Niente di grave, signora. Il topo. Lo choc! Per adesso dorme. Un medico sta per venirlo a vedere. Il Generale ha già fatto ciò che occorreva».

«Concedete ai miei figli una pari salute!» la Cinese aveva chiesto un giorno all'Eterno. E quella mattina le sue preghiere vennero esaudite. Mio fratello con le sue ferite, io con un inizio di setticemia: ci trovavamo finalmente alla pari, uniti in una stessa avventura. Un'avventura immobile, inchiodati al letto.

Mentre per noi il tempo passava con una lentezza infinita, per il vincitore della campagna di Sicilia il purgatorio, al contrario, era terminato. Anche se doveva ancora pazientare, altre soddisfazioni, altre difficoltà, lo attendevano. Questo era l'inizio della sua più grande odissea. Patton era in marcia verso dei successi più grandi. Verso il realizzarsi del suo destino.

«*Goddammit. Fuck you. Sons of bitches*».
Nel Cortile della Fontana, proprio sotto le nostre finestre, Patton urlava come al suo solito. Ma questa volta non era per collera. Esultava. Era radioso. Addio Palazzo Reale! Addio Palermo! Era arrivato il giorno della partenza. Finalmente uscito dal tunnel, il Generale stava per raggiungere l'apice della gloria, del suo cammino, della sua leggenda. Presto anche l'apice della sua vita. Ma questa doveva essere un'altra avventura. Un'altra stagione...

COMUNICATO *STAMPA*: *Heidelberg, Germania. 21 dicembre 1944.*
Valoroso guerriero e capo carismatico, il generale George G. Patton è morto come è vissuto – con coraggio. «*Era*» *dice il generale Keyes,* «*il più qualificato comandante di terra americano che l'esercito tedesco abbia mai affrontato su tutti i fronti dove s'è battuto. Meritava molto più della nostra riconoscenza per le vittorie riportate dalle nostre armi nell'amara battaglia d'Europa che si è appena conclusa*».

Indice

Questo volume è stato stampato nel mese di novembre del 2002 su carta Grifo Vergata delle Cartiere Miliani di Fabriano. La sovracoperta è realizzata in carta Roma fabbricata a mano e appositamente allestita dalle Cartiere Miliani di Fabriano per la collana « Il divano ».

Stampa: Officine Grafiche Riunite, Palermo

Legatura: LE.I.MA. s.r.l., Palermo

Il divano

1 Abate Dinouart. L'arte di tacere
2 La volpe amorosa
3 Nino Savarese. Gatterìa
4 Kenelm Digby. La polvere di simpatia
5 Jean-Baptiste Pérès, Richard Whately e Aristarchus Newlight. L'imperatore inesistente
6 Jean-Françcois de Bastide. La petite maison
7 Enrique Vila-Matas. Storia abbreviata della letteratura portatile
8 Choderlos de Laclos. L'educazione delle donne
9 Herbert George Wells. Piccole guerre
10 Champfleury. Il violino di faenza
11 Gustave Amiot. La Duchessa di Vaneuse
12 Gustav Weil. Il racconto più bello del Corano
13 Celio Calcagnini, Celio Malespini, Giuseppe Battista, Pio Rossi. Elogio della menzogna
14 Alexandre Dumas. La cappella gotica
15 Gotthold Ephraim Lessing. Favole in tre libri
16 Carl Jacob Burckhardt. Incontro con Rilke
17 Lady Bell. Piccolo manuale di giochi per viaggiatori
18 Honoré de Balzac. Massimilla Doni
19 Ippocrate. Sul riso e la follia
20 Johann Wier. Le streghe
21 Catalina de Erauso. Storia della monaca alfiere scritta da lei medesima
22 Antonio Tosti. Contributo alla conoscenza della stupidità umana
23 Edmondo De Amicis. Manuel Menendez
24 Konstantin Nicolaevič Leont'ev. Storia di un giovane suliota
25 Paul Claudel. La mistica delle pietre preziose

26 La fiaba d'amore dei principi russi Pietro e Fevronija
27 Ninon de Lenclos. Lettere sulla vecchiaia
28 Geoffrey di Monmouth. La profezia di Merlino
29 Salvatore De Matteis. Essendo capace di intendere e di volere
30 Jacob Wassermann. Donna Giovanna di Castiglia
31 Ernest Haycox. La diligenza per Lordsburg
32 Pierre André Gargaz. Progetto di pace perpetua
33 Madame du Châtelet. Discorso sulla felicità
34 Vsevolod Garšin. Attalea Princeps
35 Jean-Pierre Claris de Florian. Rosalba
36 Frank Harris. Montes, il matador
37 Anatole France. Crainquebille
38 La navigazione di San Brandano
39 Nathaniel Hawthorne. La casa del tesoro
40 Davide Bertolotti. Il filtro degli Inchi
41 Karel Čapek. Fogli italiani
42 William Beckford. Storia del principe Alasi e della principessa Firuzkah
43 Seneca. La fermezza del saggio
44 al-Ghazâlî. Lettera a un discepolo
45 Apuleio. Amore e Psiche
46 Nicolò Tommaseo. D'amor parlando
47 Il libro dei Tre Caratteri
48 Ivan Bunin. L'affare dell'alfiere Elaghin
49 Le pietre mirabili. Magia e scienza nei lapidari greci
50 Stendhal. I privilegi
51 Arthur Conan Doyle. La nuova rivelazione
52 Herbert R. Lottman. Dieci domande sui libri
53 Henry von Heiseler. L'altro
54 Tiziano Colombi. Il segreto di Cicerone
55 Tsàn-yan-ghia-tsò VI Dalai Lama. Canti d'amore
56 Oscar Wilde. Il delitto di lord Arturo Savile
57 Guida del cercatore d'oro della California
58 Geoffrey di Monmouth. La follia del mago Merlino
59 Aleksej Apuchtin. Il diario di Pavlik Dol'skij

60 Aleksej Apuchtin. L'archivio della contessa D**
61 Mykola Kostomarov. La rivolta degli animali
62 José de Acosta. Le peregrinazioni di Bartolomé Lorenzo
63 Jean Paulhan. Guida di un piccolo viaggio in Svizzera
64 Karl Gottlob Schelle. L'arte di andare a passeggio
65 Ernesto Ragazzoni. Le mie invisibilissime pagine
66 Louis Fürnberg. Mozart e Casanova
67 António José Branquinho de Fonseca. Il Barone
68 Costantino Porfirogenito, Ibn Rosteh, Liutprando da-Cremona. Il libro delle cerimonie
69 Luciano Canfora. Demagogia
70 Hector Berlioz. Eufonia o la città musicale
71 Giovanni Iudica. Il principe dei musici
72 Julien Offroy de La Mettrie. Il sommo bene
73 Samuel Johnson. Storia di Rasselas principe di Abissinia
74 Alessandra Lavagnino. Zanzare
75 Chester G. Starr. Lo spionaggio politico nella Grecia classica
76 André Gide. Il caso Redureau
77 André Gide. Ricordi della Corte d'Assise
78 André Gide. Fatti di cronaca
79 Pierre de Marivaux. Il bilboquet
80 Charles Cros. La scienza dell'amore
81 Robert S. Hichens. Come scoprì l'amore il professor Guildea
82 Charles Lamb. Rosamund Gray
83 Giulietta Ascoli. Balie
84 Platone. Apologia di Socrate
85 Luciano Canfora. Manifesto della libertà
86 David Herbert Lawrence. Le figlie del vicario
87 Henry James. Adina
88 Massimo Bontempelli. Noi, gli Aria
89 Giorgio de Marchis. Il poeta, il ragazzo, la ragazza
90 Maria Attanasio. Correva l'anno 1698 e nella città avvenne il fatto memorabile
91 Giuseppe Scaraffia. Miti minori

92 Nicolas-Edmé Restif de la Bretonne. Lettera di una scimmia
93 Robert de Montesquiou. Dame d'autunno
94 Sophie de Condorcet. Sulla simpatia
95 Cristina Biondi. Il profumo del lino
96 Antoine Galland. Elogio del caffè
97 Il racconto su Drakula voevoda
98 Horacio Quiroga. Il tetto d'incenso
99 Plutarco. Filosofia del matrimonio
100 Andrea Camilleri. Il gioco della mosca
101 Giovanni Maria Rossi. Finis terrae. Viaggio all'ultima Thule con Pitea di Marsiglia
102 Nino Insinga. Per sogni e per chimere
103 Claude Lévi-Strauss. Babbo Natale giustiziato
104 Le parole e le ore. Gli orologi barocchi: antologia poetica del Seicento
105 Pierluigi Celli. Graffiti aziendali
106 Girolamo Aleandro, Girolamo Rocco, Marcello Giovannetti. Esercizi fisiognomici
107 Stendhal. Vanina Vanini
108 Salvatore Di Giacomo, Angelo Morino. Nome e cognome di donna. Assunta Spina
109 William H. Hudson, Angelo Morino. Marta Riquelme ovvero Non toccare la donna bianca
110 Francesco Petrarca. Lettere di viaggio
111 Giovanni Giudice. Doppio assassino
112 Caio Giulio Hygino. Fabulario delle stelle
113 Il cavaliere irlandese all'Inferno
114 Maria Giulia Barberini, Idalberto Fei. Relazione di Moscovia scritta da Raffaello Barberini (1565)
115 Anonimo russo. Da Mosca a Firenze nel Quattrocento
116 Lorenzo Zichichi. Il disertore del Paradiso
117 Marina Minghelli. Santa Marina la travestita
118 Kabir. Canzoni dell'amore infinito
119 I tre racconti dei tre figli di mercanti. Novelline popolari siciliane

120 Torquato Tasso. Discorso della virtù feminile e donnesca
121 Caroline Butini Boissier. Liszt maestro di piano
122 Pietro Spirito. Vita e sorte di Pierre Dumont, socio di Dio
123 Héctor Abad Faciolince. Trattato di culinaria per donne tristi
124 Giovanni Tritemio. Elogio degli amanuensi
125 Giorgio De Simone. L'isola dei pantèi
126 Giorgio de Marchis. Dell'abitare
127 Alexandre Dumas. La rosa rossa
128 Alexandre Dumas. Un'amazzone
129 Giacomo Properzj. Padania o cara
130 Don Pedro Francisco Doménech y Amaya. Indagine su un uomo morso dalla tarantola
131 Leopold von Sacher-Masoch. Diderot a Pietroburgo
132 Henry James. La crespa Cornelia
133 Henry James. Un pittore di paesaggi
134 Alfonso de Liguori. Degli obblighi de' giudici, avvocati, accusatori e rei
135 Luciano Canfora. Un ribelle in cerca di libertà. Profilo di Palmiro Togliatti
136 Gianfranco Dioguardi. Attualità dell'Illuminismo milanese: Pietro Verri e Cesare Beccaria
137 Delarivier Manley. Le avventure di Rivella
138 Eike Pies. Il delitto Cartesio
139 Paolo Terni. In tempo rubato
140 Ippocrate. Aforismi
141 Elliot Silberberg. Il diluvio
142 Vincenzo Vitale. In questa notte del tempo
143 Maurizio Calvesi. Storia della seduzione
144 Angelo Morino. Il libro di cucina di Juana Inés de la Cruz
145 Franco Melandri. Le Siberiane seguono il sole
146 Arthur Schnitzler. Geronimo il cieco e suo fratello
147 Gianfranco Dioguardi. La scienza come invenzione. Alessandro Volta
148 Ginevra Bompiani. L'amorosa avventura di una pelliccia e di un'armatura

149 Nikolaj Gogol'. Roma
150 Vita di Gesù secondo le tradizioni islamiche
151 Claudio Saporetti. Jeshûa e Gesù
152 Giancarlo Lunati. Gesù. Quattro vite verosimili
153 Atti del processo di Giordano Bruno
154 Pasquale Hamel. L'ingorgo
155 Gaetano Savatteri. La congiura dei loquaci
156 Nico Perrone. Il truglio
157 Storia della tiara bianca
158 AA.VV. Per gioco
159 Herbert George Wells. Giochi da pavimento
160 Marco Santagata. Il copista
161 José Maria de Eça de Queirós. Alves & C.
162 Alfonso de Liguori. Maria nostra avvocata
163 Tukārām. Canti del Pellegrino
164 Sarah Kofman. Rue Ordener, rue Labat
165 Melo Freni. Marta d'Elicona
166 Gabriella Brooke. Le parole di Bernfrieda
167 Mário Cláudio. La fuga in Egitto
168 Jacob Wassermann. Il tumulto intorno allo Junker Ernst
169 Paolo Terni. Giorgio Manganelli, un ascoltatore maniacale
170 Enrico Guarneri. Di un amore senza fine. Eloisa e Abelardo 1116-1164
171 Stefano Villani. Il calzolaio quacchero e il finto cadì
172 Arthur Conan Doyle. Il parassita e altri racconti
173 Max Bruschi. Giuseppe Verdi. Note e noterelle
174 Gianni Puglisi. I modi della moda
175 Gianfranco Dioguardi. Sui sentieri della scienza
176 Enrico Micheli. L'Annunziata
177 Luca Toscani. Natale a Comodoro Rivadavia
178 Sergio Valzania. Tre tartarughe greche
179 Giovanni Merenda. L'esilio
180 Sabino Acquaviva. Prima dell'alba
181 Mario Pacelli. Cattivi esempi
182 Alda Bruno. Tacchino farcito
183 Franco Antonio Belgiorno. L'accalappiatempo

184 Gioacchino Lanza Tomasi. Vincenzo Bellini
185 Jaroslav Hašek. Compagno Hašek, comandante della città di Bugul'mà
186 Antonella Santacroce. Diavoli e dannati
187 Paolo Terni. Un vento sottilissimo
188 Henry James. La figura nel tappeto
189 Constance Fenimore Woolson. Via del Giacinto
190 Maria Savi-Lopez. Nani e folletti
191 Theodore Zeldin. La conversazione
192 Giuseppe Scaraffia. Gli ultimi dandies
193 Francesco Renda. Salvatore Giuliano. Una biografia storica
194 Donatien-Alphonse-François de Sade. Il giudice beffato
195 Ernesto Ragionieri. Churchill
196 Jean Giono. L'affare Dominici
197 Francesco Gambero. Si guarda com'è il sole
198 George Sand. I giardini in Italia
199 Joseph e Elizabeth Pennell. L'Italia in velocipede
200 Christian Fürchtegott Gellert. Vita della contessa svedese von G.
201 Elizabeth Gaskell. Il castello di Crowley
202 Parole di fuoco. La vita e il processo di Anne Askew
203 Alessandro Carrera. La vita meravigliosa dei laureati in lettere
204 Wilhelm von Lenz. Il pianoforte e i suoi virtuosi